戀愛的2000分之1秒
非逆 著
大烯豆干 繪

序章

潘穎秀解開襯衫，掛在更衣室的掛鉤上。

外頭攝影棚的打光很強，即使隔著布簾也令人覺得刺眼。

他彎下身，打開褲腰，脫下牛仔褲。

他的手在四角褲的鬆緊帶停留，猶豫了幾秒，懷疑這個決定是不是對的。

「穎秀，你好了沒？」張浩祥在更衣室外道：「攝影棚不是免費給你用的。」

「好了。」潘穎秀提高嗓門回答：「對不起。」

對，他不能一直躲在更衣室不出去，他想。

這場拍攝預計進行四個小時，多拖一分鐘，就是在浪費攝影師的時間成本。

深呼吸最後一次，他拉下四角褲，私密部位接觸到攝影棚內冰涼的空氣，皮膚起了雞皮疙瘩。他套上放在一旁箱子上的浴袍，柔軟的布料輕輕包覆他的皮膚。

回到攝影棚，在場的人除了潘穎秀，只有負責這場拍攝的攝影師、幫忙處理妝髮的造型師，還有張浩祥。

張浩祥站在燈具下，雙手在胸前輕輕交抱，指尖敲打著手肘。攝影師則在一旁的折疊桌邊，弓著身子，看著筆電螢幕。

造型師走上前，拉著潘穎秀到白色的布景牆前。地面也是純白的，兩人踩在上頭的赤腳看起來過度鮮豔。

造型師小心翼翼地向前走，擔心會踩髒地板。

「要現在給他戴上嗎？」造型師回頭和攝影師確認。

「差不多了，我這邊弄完就開拍。」攝影師頭也沒抬地回答。

潘穎秀眨了眨眼，「要戴什麼？」

他不安地看向一旁的布景牆——手銬、皮鞭、纏繞的細繩，各種尺寸的假陽具，還有一些看不出功能的東西。

這和他以爲的不一樣，張浩祥提出邀約時，並沒有告訴他，拍攝主題會和性有關。然而，他一抵達現場，就發現拍攝現場的牆上掛滿各式各樣的情趣用品。

如果說沒有任何一絲驚慌，那他就是在說謊。但潘穎秀坐在漆白的木箱上，想著想著，也不覺得意外，畢竟張浩祥以往替他拍的照片，也都是這樣的風格。

造型師站在布景牆邊，打量了潘穎秀的臉一會，再轉頭看向牆上的各式道具，思考了幾秒，取下一副材質光滑的黑色皮革眼罩，「這個好了。」

他走回潘穎秀身邊，眼罩對著他的臉龐比劃，「形狀剛好可以襯托你的鼻梁。」

這在他們的預期之中嗎？潘穎秀不安地看向張浩祥。

張浩祥走到他身邊，一隻手撫上他的下顎，「我知道你緊張。」

他彎下身，輕聲說：「什麼事都有第一次，之後你就會習慣了。」

潘穎秀嚥下一口口水，閉上眼，點點頭。他將臉貼向張浩祥的手心，溫熱的體溫讓他稍微安心了一點。

「別把底妝擦掉了。」造型師在一旁抗議。

張浩祥笑了，「這不就是你在這裡的用處嗎？」語畢，他的手從潘穎秀臉上移開，向後退了一步。

少了張浩祥的肢體接觸，潘穎秀感到無比寒冷。他張開雙眼，試圖用眼神示意男友，以得到更多支持。

「你很美。」張浩祥向他保證，「照片會很棒的。」

潘穎秀試著建立起信心，可他不像張浩祥那麼肯定。

「好啦，我搞定了。」攝影師舉起雙手大聲宣布。

他活動了一下肩膀和脖子，拿起桌上的單眼相機。他的身材壯碩，粗短的脖子幾乎夾住相機的背帶。

他走到潘穎秀面前，和張浩祥站在一起。

「可以把浴袍脫掉了。」攝影師說：「眼罩戴上，再調整一下髮型。」

「來吧，穎秀。」張浩祥催促著。

潘穎秀點點頭，拉開浴袍。

強烈的燈光照在裸露的皮膚上，潘穎秀感到一股燒燙。他從來沒有在外人面前露出私密部位，他將雙手交疊在雙腿之間，作爲徒勞的遮擋。

「穎秀，抬頭。」造型師說。

鬆緊繩圈住他的後腦，皮革眼罩遮住他的視線，內側柔軟的絨布緊貼他的眼皮，一絲光線也透不進。

失去視覺是一種奇怪的體驗，潘穎秀的觸覺因此變得敏感。

造型師的手指撥弄著他的頭髮、人們在他身邊走動時的微風，以及有人抓住他的手腕，將他的手拉離大腿間的碰觸，都讓他的心跳加速。

「你只要放鬆心情，聽攝影師引導就可以了。」張浩祥安撫著，「沒事，我都在旁邊啊。」

潘穎秀很努力要讓自己放輕鬆，但是冰涼的空氣讓他的手腳緊繃，他只能一次又一次深呼吸。

「拍完就好了。」他小聲告訴自己。張浩祥就在旁邊，不需要害怕，也不會有什麼壞事發生。

「好，來喔，先拍幾張試試看。」攝影師喊道。

潘穎秀照著他的指示揚起下巴，面孔朝向天花板。

快門聲響起，攝影師要潘穎秀把手放在喉嚨上，手指滑過喉結。

看不見身邊的人，反而對於拍攝有一點幫助。一片虛無的黑暗中，只有潘穎秀一個人，他終於能舒展四肢。

「浩祥，去拿繩子過來。」攝影師說。

「什麼？」潘穎秀的心臟猛地一跳。

「沒事，寶貝。」張浩祥安撫著他，「我們加個道具就好。」

繩子要用來做什麼？這完全不在預期裡。潘穎秀有些緊張地開口：「浩祥。」聲音有點乾啞，「我不知道……」

「沒關係。」張浩祥來到他身旁，靠向他的耳邊，「你相信我，嗯？」

潘穎秀的眼眶發燙，點了點頭。

這時，他的雙手被拉起，兩隻手的掌根相碰。略顯粗糙的材質貼上他的皮膚，是細繩，纏繞的繩子陷入皮肉中，使他疼痛地瑟縮了一下。

「好了，我們看看效果如何。」攝影師說。

潘穎秀的下顎微微地揚起，他舉起被捆起的雙手，聽見快門聲從右側傳來，快速而銳利。

他已經算不清擺了多少個姿勢，有些動作他聽不懂攝影師的指示，爲了節省時間，攝影師直接上前拉動他的肢體——他的大腿被人推開。

赤裸的下體使他彆扭不已，渾身發熱。

時間感變得模糊，潘穎秀只希望拍攝能盡快結束，讓他和張浩祥離開這裡。

「暫時休息五分鐘。」攝影師說完喊了張浩祥，「你覺得這個怎麼樣？」

兩人的聲音從遠處傳來，有些模糊，即使潘穎秀奮力豎起耳朵，也無法聽清討論的內容。

「你確定？」攝影師的聲音帶著笑意，「不要之後跟我翻臉啊。」

「並不會。」張浩祥回答。

潘穎秀不知道張浩祥話中的意思，只覺身體一陣顫抖，並不是因爲寒冷，而是因爲這一刻，他就像是盤子上的一道料理。

這時，溫熱的人體靠近他的雙腿，他下意識地退縮，想併攏大腿。

「不要怕，只是爲了拍攝效果而已。」張浩祥的聲音從遠處傳來。潘穎秀知道，那隻碰到他腹部的手，不是他男友的手。

指尖和手掌上粗糙的繭，擦過他的皮膚，一路向下。

「等、等一下。」潘穎秀說。

他的器官被那隻陌生的手握住，沒有因爲他的喊停而停下。一股黏膩溼滑的感受，使潘穎秀驚叫出聲，腹部肌肉緊縮。

浩祥在哪裡？他看見了嗎？他爲什麼沒有阻止？他的腦中有好多無解的問題。熱度往下體竄去，伴隨著腸胃翻攪，他想吐，卻更想哭，他想阻止因刺激產生的生理反應，可他動彈不得。

他想著張浩祥說，「這只是拍攝效果」，如果阻擋攝影師的動作，是不是就耽誤了進度？攝影師是張浩祥的朋友，他的反抗會不會害張浩祥在朋友面前丟臉？

他想像張浩祥的表情變得冷淡，拒他於千里之外，和他一開始請求張浩祥不要拍他在床上的模樣時一樣。

他知道，他不能反抗。

「看起來不錯喔。」攝影師說。

潘穎秀看不見攝影師現在的表情，只能感覺包覆著他下體的那隻手很燙。血液在他的器官中突突跳動，他不該勃起，但是現在他的身體不屬於自己，他無法解釋下腹的那股騷動，還有他收緊的雙腿肌肉。

「啊！」潘穎秀的身體向前挺起，後腦抵住牆面。

那個聲音也不屬於他，他不認得。快門聲離他的耳朵很近。現在掌鏡的人是誰，套弄他的人又是誰？

然後，那隻手離開了。

他腫脹充血的器官，在冰涼的空氣中抽動。他仰著頭，張口呼吸，此時一個光滑的東西貼在他的唇邊。

潘穎秀不知道那是什麼，只覺眼罩後方的眼刺痛著，淚水從眼角溢出。眼淚會把底妝洗掉嗎？攝影師會喊暫停嗎？他心中浮現一個又一個的問題。

接下來的拍攝，他不知道他在做什麼。時間彷彿無限延伸，永遠沒有盡頭。柔軟的布料包覆住他的身體，鬆緊繩扯痛了他的頭髮，有人掀起了他的眼罩，突如其來的光線刺激得他睜不開眼，接著，有雙手將他擁進懷裡。

「你很棒。」張浩祥吻著他的頭頂，低聲地說：「沒事。這種事都會發生的，不要怕。」

涙水沿著潘穎秀的臉頰滑下，落入張浩祥的襯衫。他張開嘴想說話，卻不知道該說些什麼。

「你知道照片有多美嗎？」張浩祥繼續說。

他搖搖頭，又點點頭。他有太多事情不確定，但是至少很清楚一件事——張浩祥對他的表現很滿意。張浩祥溫柔擁抱他、稱讚他，就是絕佳的證明。

「我只是……」他開口，聲音沙啞，他清了清喉嚨，「我只是嚇到了。」

「我知道。」張浩祥輕搖著他的肩，像在哄嬰兒，「你只是還不習慣。」

潘穎秀把臉貼在男友的胸口，聽著他穩定的心跳。

他身上的氣味令他聯想到家。他只想要張浩祥這樣抱著他就好，好像他眞的獨一無二，而他不能沒有他。

只要這樣就好了。

第一章

潘穎秀站在酒吧的角落，被梁柱的陰影完美地遮蔽。彷彿躲在最角落看著眩目的舞台劇，而他是坐在第一排的觀眾。就只是觀眾。

他拿著一杯蔓越莓馬丁尼，甜甜的糖漿使他差點忘了這是酒。

他靠著水泥柱，眼神落在房間另一端——一群正在談笑的攝影師，其中一個是他的男友。

張浩祥頂著一頭長而捲曲的黑髮，向後梳成一個鬆散的小馬尾，尾端正好落在肩頭。和潘穎秀第一次見到他的時候一樣。

儘管站在遠遠的地方，潘穎秀也知道，張浩祥手上拿的是一杯單一麥芽威士忌，那是他最愛喝的酒，每次去任何一間酒吧，他都會點上一杯。

他身穿襯衫與格紋毛衣，配上硬挺合身的卡其褲，與他高大的身形與寬闊的肩膀相得益彰。

張浩祥的襯衫和長褲都是潘穎秀負責燙的，多半是趁對方出門的時候做的。

「你最棒了。」

當張浩祥回家，打開衣櫃，看見燙得整整齊齊、掛在架子上的衣服時，他總是會這麼對潘穎秀說。

然後，他會在潘穎秀的臉頰上印下一吻，「如果沒有你，我該怎麼辦啊？」

潘穎秀想，能遠遠看著張浩祥和朋友比手畫腳的樣子，已經夠好了，如果他擁有了一切還想抱怨，是不是太不知足了？

如果沒有張浩祥，他無法想像現在他會在哪裡。現在他擁有的一切，都是多虧了張浩祥——模特兒事業、住處和生活。

即使不被包含在對話之內，他依然感覺足夠幸福。

只要有張浩祥在，就算他們身處在空間的兩端，潘穎秀也能感覺，他是屬於某個地方的。

「我們是這世界上一樣孤獨的兩個靈魂。」

這是張浩祥曾經說過的話，在他們初次見面的那個晚上。

那一刻，潘穎秀覺得他看見了他。

如果到哪裡都一樣孤獨，那他寧可和張浩祥在一起孤獨。

「啊！」

潘穎秀的肩膀被一旁的人撞上，手中的玻璃杯一晃，酒液差點潑出來。

「抱歉、抱歉。」

他低頭，是一個身高只到他下巴的女孩。她急著要前往他身後的廁所。

「沒關係。」他說。

女孩聞言偏頭看了潘穎秀一眼，潘穎秀迎上她的視線，對她微笑。

然而，他懷疑自己的嘴角有點顫抖。她認出他了嗎？如果她也是攝影師，她也有看過那套照片嗎？

女孩沒有恍然大悟地瞪大眼睛，也沒有露出心知肚明的笑容，身影快速地消失在布簾後方。

看著她的背影，潘穎秀決定更靠近柱子，留出更多走道空間。

他仰起頭，再度啜一口手中的酒，才意外地發現早已見底。

在這個空間的不自在感，讓他全身漫起一股熱氣，臉頰和腹部都微微發燙，就連皮膚和衣物布料之間，也瀰漫著一股熱。

潘穎秀再次看向張浩祥。

此時，一個男人朝張浩祥一行人的方向走去。

男人的腳步十分堅定，像要走進某種競技場。潘穎秀不禁暗笑，張浩祥最討厭別人在他和朋友討論公事的時候湊熱鬧。

「三、二、一……」他在心中倒數。

果然，那個男人站到張浩祥身旁，說沒幾句話，就被張浩祥打發了。

看著男人撤退時一臉尷尬的模樣，潘穎秀幾乎都要同情他了。

視線再度回到張浩祥身上，他背對著潘穎秀，似乎還沒有要結束對話的意思。

潘穎秀低頭看向手機確認時間，現在才晚上八點，小酒吧內的氣氛熱絡，人們來回走動、閒聊，甚至還有人這一刻才走進店裡。

看來這場攝影師的聚會，離結束還有一段很長的時間。他想，他可能需要再來一杯酒。

潘穎秀往吧台走去。一路上，他小心地避開別人揮舞的手臂，以免手上的玻璃杯被打掉。

他在人群中迂迴地前進，來到木製吧台前。

「你好。」潘穎秀清清喉嚨，對著背對他的調酒師說。

酒吧吵嚷，他猜想調酒師聽不見，又試了一次，「你好，請問可以給我一杯藍色夏威夷嗎？謝謝。」

他下意識地點了一杯用鳳梨汁作基底的藍色夏威夷。

調酒師朝他的方向打了個手勢，潘穎秀決定當作他聽見了，轉過身，一手靠在吧台上，等待飲料完成。

一聲鈍響，桌面上放著凝著水霧的酒杯。潘穎秀伸出手取過，「謝謝。」

他的眼神依然落在張浩祥身上，只見他一手搭著另一名攝影師的肩膀。

那位攝影師留著小鬍子，潘穎秀想起曾與他有過一面之緣，他們合作過某個案子，只是他暫時想不起是哪一場拍攝案。

這時，一道嗓音突然在他耳邊響起，他嚇得差點把手上的飲料灑出來。

他的心臟怦怦狂跳，血液裡流竄的酒精，好像隨著冒出的冷汗湧到皮膚外，他瞬間清醒許多。

一定是思考得太過專心了，才會有這麼大的反應。他在心中吐槽著。

他轉過頭，男人雙手的手肘抵在吧台桌面上，側頭打量著他。

他微微皺眉，嘴角卻帶著一抹明顯的笑意，「不好意思，那杯是我的。」男人指向潘穎秀手上的杯子，「但如果你不介意，給你喝也是可以啦。是伯爵紅茶。」

潘穎秀後知後覺地低頭看了一眼，玻璃杯中的液體呈現清澈的棕色，怎麼看都和藍色夏威夷沒有一點關係。

他趕緊把杯子放回桌面，推向男人，「對不起。」

他感覺臉頰溫度上升，真的有這麼醉嗎？連喝了什麼都沒注意到。

「沒關係。」男人接過杯子，湊到嘴邊喝了一口。他對潘穎秀舉杯，「你確定不想喝一口嗎？你看起來滿需要清醒一下。」

「不用了，謝謝。」潘穎秀回答。

潘穎秀愣了下，想想這男人說得也沒錯，他可能需要清醒。不過，誰會在酒吧裡保持清醒？來酒吧不就是要喝到爛醉嗎？潘穎秀竊笑，「伯爵紅茶？誰會在酒吧裡點紅茶？你未成年嗎？」

他打量眼前的人，男人染著一頭銀灰色的短髮，向後抓成隨性自然的造型。潘穎秀第一個注意到的，是他的眉毛，眉型粗濃而筆直，向下延伸到一道高聳的鼻梁，使整張臉顯得立體，線條分明。在眉骨與鼻梁之間，是雙大眼，炯炯有神地直盯著他。

男人的鬍子刮得乾乾淨淨，潘穎秀無從判斷對方的年紀，說他是二十歲的大學生，或是三十五歲的社會人士，都算合理。

看了看，潘穎秀才反應過來，這個人就是剛才試圖接近張浩祥，卻碰了一鼻子灰的可憐人。

「才不是。」男人笑了，「我只是奉公守法，堅決不酒駕而已。」

「你開車來的？」潘穎秀挑眉，「來參加這種聚會，不是應該要搭Uber嗎？」

「我騎車。」男人回答。他伸出一隻手指，對潘穎秀比劃，「你看起來倒是做好了萬全的準備。」

「這麼明顯啊？」潘穎秀將手背貼上臉，感受到強烈的溫差。

「放心，如果你不說，一定沒有人看得出來的。」男人再度皺起眉，露出一抹歪斜的笑容。

潘穎秀反射性地對他報以微笑，垂下視線，男人也沒有繼續說話。

但是，潘穎秀可以感覺到，男人的眼神依然停留在他身上。

這時，調酒師遞過一個酒杯放在桌上，是潘穎秀的飲料。這次他特別多看了兩眼，才拿起酒杯啜了一口。甜膩滑順的飲料流下他的食道，帶著一股溫暖進入肚子。眼前的畫面頓時讓潘穎秀有種似曾相識的感覺。當初和張浩祥在酒吧裡相遇，也是這種場景。

潘穎秀突然覺得，他不該繼續站在這裡。

觀察了一陣，此刻是他離開的最佳時機，他能藉故離開吧台。

可是，他要去哪裡呢？他思忖著。

剛進酒吧，男友就以「討論公務」爲由支開他。靠在張浩祥的臂彎裡，潘穎秀說不出反駁的話，也不想讓張浩祥在朋友面前難堪。所以他露出最溫和的微笑，說了聲「好」就離開了。

其實潘穎秀不知道有什麼事是他不能聽的，他和張浩祥一起經營一個小小的攝影工作室，怎麼樣也算得上是半個商業伙伴。

他覺得他大概是喝多了，突然想不起來，怎麼會出席這場攝影師的聚會。是張浩祥邀請他來的，還是他自告奮勇要陪他來的呢？不，張浩祥不需要他「陪」，是他需要張浩祥的陪伴才對。

潘穎秀輕撫杯子光滑的表面，咬著嘴唇內側的皮肉。

他向來不擅長應付搭訕，或者說，他不擅長拒絕，他不知道要怎麼不得罪人，又同時拒絕對方的善意。如果這個人是想要搭訕他的話。

另一方面，他又有那麼一點想要和對方繼續聊下去。

這個男人，是今晚第一個和他進行有意義對話的人。短暫的眼神交流，也使他在這個空間中，找到了立足點。

他第一次像是活了過來，他想要留下這一點連結。

潘穎秀垂下頭，看著手中的玻璃杯，眼神卻難以聚焦，杯中裝飾用的櫻桃，似乎散發出微弱的光暈。

他哼笑一聲，轉過頭，對上男人的視線，「你是一個人來的嗎？所以你才會和我一樣一個人喝酒……喝飲料？」

「沒，我跟朋友一起來的。」男人歪著嘴角，對站位區的某張桌子比劃，「她跟我說，來這裡可以累積一點人脈。但是我不確定有沒有效果就是了。」他的語氣有點喪氣。

「可能是因爲你沒喝酒的關係。」潘穎秀對他眨眼，「這種社交場合，最重要的手段就是喝酒了。」

「可能吧。」男人笑了一聲，揚了揚下巴，「但是，你不也是一個人在這裡嗎？」

潘穎秀一時語塞，他說得對，對得令人有點生氣。他不喜歡那男人直接點出他孤獨一人的事實，決定假裝沒有聽到。

「所以，你是什麼？」見男人挑起了眉毛，潘穎秀試著解釋，「攝影師？還是模特兒？」

「攝影師。呃，應該說，我還只是助理。」男人咧嘴一笑，「我看起來像模特兒嗎？我可以把這當成誇獎嗎？」

「這是你自己說的。」潘穎秀不由自主地回以一個微笑。

他再度打量男人的臉，確實有本錢當模特兒。男人看上去不比他高，考慮到身高，或許更適合走平面拍攝。

也只不過是個半生不熟的模特兒，又知道什麼？還不是靠攝影師男友才有工作的。潘穎秀一頓，在心中吐槽著自己。

一隻手伸到面前，喚回潘穎秀飄遠的思緒。

他眨了眨眼，看著眼前粗壯的手腕和指節分明的手指。

「你好，我是戴君儒。」他說：「這樣自我介紹會不會太老派？」

「嗯，有點像十幾年前的偶像劇。」潘穎秀老實地說。他伸出空著的手，「我是潘穎秀。」

「我知道你是誰。」戴君儒說。

一瞬間，潘穎秀無法抑制驚訝的表情。啊，這才是他在等待的答案。在今天這種場合，這句話早就該出現了。

他勾起嘴角，「爲什麼？」

戴君儒撇了撇嘴角，轉移視線，「呃……之前我在那個誰的作品集裡，有看過你。」

除了張浩祥的攝影作品，潘穎秀也透過他的介紹，接了幾個攝影師的拍攝工作。最廣爲人知的，就是他拍攝的第一組照片。

「《空白》。」

他腦中的聲音幾乎和戴君儒的重疊在一起。

潘穎秀陷入左右爲難的局面，他像被人摘去面具，赤裸無比，可是又還想維持住一絲尊嚴，將微笑死死地鎖在臉上。

「哦。」他輕聲說：「所以，你也是想要找我拍照的嗎？」

《空白》是在張浩祥替他拍的照片獲得關注之後，潘穎秀第一次以模特兒的身分接拍的攝影集。

那組照片上傳到社群平台後，潘穎秀的名字就像漣漪般擴散出去，尤其是在大尺度拍攝的圈子裡。很多人都想邀請潘穎秀拍照，甚至開出六位數價碼。

對於這個效果，張浩祥感到很得意，他緊抱著潘穎秀說：「看吧，我眞的沒有看錯人。」

在這之後，兩人也決定一起經營工作室。

潘穎秀不意外戴君儒知道他是誰，事實上，他更意外這裡沒有任何人注意到他。

然而，心底仍有一股失望之情，輕輕地拉扯著他的神經。

「呃，當然不是大尺度。」戴君儒有些支支吾吾，「但是如果有機會的話，我是希望能請你來……」後面的話，消失成含糊的咕噥。

他從口袋裡掏出手機，打開通訊軟體，推到潘穎秀面前。

「我們可以先留個聯絡方式嗎？如果你之後有空的話？」戴君儒抬起眼，對上潘穎秀的視線。

潘穎秀轉開頭，看著手中的玻璃杯。冰水沿著杯側留下，在紙杯墊上留下一圈深色的痕跡。

他舉起杯子，仰頭喝了一大口，酒精的熱辣感令他腦袋發燙，他用力閉上眼，等待反胃感過去。

有何不可？反正，還有什麼事是不能應付的？他從口袋裡掏出手機，存下戴君儒的聯絡人資料。

「謝謝。」戴君儒拿回手機，「我傳個貼圖給你……」

潘穎秀手中的手機震動，而他沒有點開跳出的通知，直接把手機塞回口袋。和戴君儒說話的興致，頓時消失無蹤，此時的潘穎秀只覺得頭暈目眩。

四周吵雜的人聲，令他喪失辨識方位的能力。腸胃一陣翻攪，現下的他只想去廁所，把肚子裡那堆不該存在的東西全部吐出。

「你還好嗎？」

戴君儒的聲音傳進耳中，離他太近，他有些頭皮發麻。潘穎秀緊抓吧台桌的邊緣，弓起身，盡可能將重心壓在桌子上。

「你需要去廁所嗎？我可以——」

戴君儒的話還沒說完，潘穎秀也來不及回答，一隻手臂就伸來。

潘穎秀的視線一片模糊，膝蓋一軟，整個人向後倒，撞在後方的人身上。

「讓我來顧就好了，謝謝。」

潘穎秀舉起手，摀住嘴，將反胃感嚥回肚裡。

張浩祥的聲音像是透過擴音系統傳入他的腦中，嗡嗡作響。

在過去的兩個小時裡，戴君儒不只一次懷疑自己爲什麼要在這裡。

「來嘛，你還那麼菜，最需要人脈了。」

他在攝影社群裡認識的攝影師告訴他，「這次很多大哥都會去喔！你搞不好還會碰到徵攝助的人，可以直接跳槽。」

戴君儒從小就清楚人脈的重要性，他的爸媽身爲律師，擁有最多的就是人脈。但他一點都不在乎，大學時，一所法律系都沒有塡，最後進了外文系。不管他爸媽的事務所有多少客戶、有多少資源，都和他毫無干係。

即使如此，他也知道現階段的他需要多認識一點人。

戴君儒在一間廣告攝影公司擔任攝影助理，如果要有更多練習拍攝的機會，需要有更多接案的管道，讓他離獨當一面的目標更近一步。

在他進到這間酒吧之前，他是這麼想的。

邀請他參加這場攝影師聚會的女孩，確實帶著他和幾個前輩打了招呼，但是那些人似乎並不想要認識他。他懷疑，在他介紹完名字後，那些人就會徹底遺忘他了。

他眞的非常、非常認眞在和人交際，不管是以前還是現在。然而很多時候，他都覺得自己格格不入，像不存在於那裡。

當他和一群過度亢奮的同儕討論提案，或是練完球後和朋友們一起去吃宵夜；當他對著身邊的人說的笑話發笑，或是起鬨著要某人把加了辣椒醬的柳橙汁喝下去，這種時候，都像是另一個人的事。

現在，他也有同樣的感受，甚至更糟糕。

看身邊的人們講著陌生人的八卦、他跟不上的業內消息，戴君儒只覺得越來越坐立難安。

他沒想到連喝酒、聊天，都沒辦法和其他人產生共鳴，可是他來這裡，就是爲了認識多一點人。

戴君儒在吧台旁思忖著，一邊喝著伯爵紅茶，一邊打量酒吧裡的環境，試著重振旗鼓。

這次的活動號稱是「攝影師交流聚會」，不過人們一群一群的聚集，分散在酒吧深處的桌椅區，看起來仍是熟識的人聚在一塊。

每張桌子上都堆滿了大大小小的玻璃杯，每個人都提高嗓門，試著壓過酒吧裡的音樂聲，也試著壓過彼此的聲音。

靠近酒吧入口的窗邊，一群女性攝影師圍著一個男人，笑得人仰馬翻。戴君儒隨著響動看去，帶他來這裡的女孩也是其中一員。

然而，更吸引他注目的，是在吧台另一端，一群由六、七個男性組成的團體。

或許是因爲，他們是酒吧裡少數眞正拿著平板，像在分享攝影作品的人；或許是因爲，他們不像其他人一樣，與高采烈地扯著喉嚨說話，而是湊近彼此，低著頭交頭接耳。

他們四周像有特殊的磁場，彷彿與酒吧裡的其他人處在不同的時空。

眞要選擇，戴君儒更想加入那個團體，聽聽他們的討論。

沒有再考慮更多，戴君儒拿起杯子，朝那群男人走了過去。

背對著他的男人綁著一個鬆散的馬尾，看似隨性，但渾身上下都透露著精心打扮的痕跡，尤其是看似不修邊幅，卻完美呈現出腰臀的卡其褲。

戴君儒忍不住拉了拉襯衫，確保自己的儀容。

他繞過黑髮男人，找到人群圍圈的缺口，靠上前。

「如果把這段剪到這裡，你就不需要再補拍有道具的畫面。」其中一個攝影師指著面前的平板，對另一個男人說。

「但是這段我想要留到後面用，你知道，等到他再更硬一點……」

戴君儒皺起眉，懷疑自己聽到的，但是他還來不及獲得更多資訊，也還來不及細想，一個男人便伸出手，擋在平板前輕輕一揮。

「等一下。」男人說，對戴君儒的方向揚了揚下巴。

這時，大家才注意到有外人接近，七雙眼睛同時轉向戴君儒。

其中一人雙手抱在胸前，從頭到腳打量了戴君儒一圈。在他身邊的黑髮男人，偏過頭，垂下視線看著戴君儒。

他們的眼神，讓戴君儒感到相當不自在，他們的動作清清楚楚地說著，他們並不歡迎他。

不該出現在這裡的，他有些後悔。

「呃，嗨。」戴君儒舉起手中的杯子，大方地說。這個場合本來就是來交朋友的，他沒有做錯任何事。

「嗨。」黑髮男人回答，再回頭看了同行友人們一眼，「我們沒有見過面吧？」

「嗯，我才剛開始拍攝沒多久。」戴君儒點點頭，「我現在還只是攝助。」他謙虛地說。

「啊，原來是菜鳥。」黑髮男人微微一笑，「好懷念。攝助也沒關係，誰沒菜過。」他對戴君儒伸出手，「我是張浩祥。」

張浩祥帶著笑容說出的話，讓戴君儒覺得有些被冒犯。

他大學畢業、剛當完兵就當上攝影助理。對他來說，這個發展已經是很理想的起步了。

他想，張浩祥並沒有惡意，他說的話只是字面上的意思吧？

他握住對方的手，「你好，我是戴君儒。」

「以後有機會的話，我們搞不好可以幫你牽個線。」張浩祥又看了身邊的人一眼，一個男人對張浩祥挑起眉。

戴君儒注意到，他們已經鎖起平板螢幕，並收回身側。

「好啊，當然。」戴君儒說。

「其實，我們的事情討論到一半。」張浩祥說：「是還沒公開的案子。」

他的微笑依然完美地定在臉上，但是戴君儒看得出來，那抹笑意並沒有到達他的眼裡——他們對他的歡迎和耐心已經用完了。

「沒事，我懂。」戴君儒點了點頭，「我剛好也要去找我朋友……」

「很高興認識你。」張浩祥說：「以後見啦。」

戴君儒退開，七個人所圍成的小圈子立刻封閉，像是迫不及待要抹去他存在過的痕跡。

戴君儒離開後才意識到，儘管張浩祥那麼說，卻沒有留下任何聯絡方式。

現下他失去了找人說話的能力，只想假裝剛才的對話都不存在。他需要時間讓自己從丟臉的感覺中走出。

他退回吧台邊，找到棲身之所，一邊喝著不再冰涼的紅茶，一邊環顧四周，祈禱沒有人注意到他失敗的社交嘗試。

手上的玻璃杯空了，他轉過身，向調酒師又點了一杯伯爵紅茶。

調酒師雙眼毫無生氣地直瞪著他，戴君儒只是聳了聳肩，回以最無辜的眼神。

接著，有個人慢悠悠地晃向他身邊的吧台桌。

男人試著向調酒師點單，但是調酒師沒有回應，男人又試了一次，才得到敷衍的回應。

戴君儒同情地看向距離他不到一隻手臂的男人，產生一種同病相憐之感。

再看了一眼，他幾乎不敢相信自己的眼睛。

他知道男人是誰，雖然不知道他的名字，但是他看過他。

他想，在攝影的各大群組和社團裡，沒有人不知道那男人是誰。

半年前，那套名爲《空白》的攝影集公開的時候，立刻就在男體攝影圈引起一陣騷動。

根據掌鏡的攝影師說明，這組作品命名爲「空白」，指的是高潮後，大腦一片空白的狀態。

這組照片恰當地捕捉了模特兒高潮後，迷茫之中失神、柔軟而脆弱的模樣。

那組照片呈偏藍的冷色調，背景是一片虛無的全白空間，凸顯出模特兒白皙無比的皮膚。模特兒纖瘦，卻有著恰到好處的肌肉線條。他染成霧藍色的頭髮，有著淡淡的金屬光澤。剩餘的所有線條和物件都是黑的，包括模特兒所戴的眼罩、纏在他手腕上的細繩，還有抵在他微啟的嘴唇邊，那根光滑閃亮的假陽具。

戴君儒對大尺度的男體攝影並沒有興趣，如果不是朋友傳給他，他或許永遠也不會看見這個人。

他收到照片的第一個反應，是問那個朋友：「你轉傳這個不是犯法嗎？」

「當然不是。」他朋友說：「這是攝影集拿來做宣傳的毛片。我這裡還有攝影棚的側拍，你想看嗎？」

戴君儒回絕了，不想多看跟這組照片有關的內容，因爲這讓他有一點不舒服——它看起來太私密了。

或許是因爲模特兒被遮住雙眼，他的姿態、下半臉的表情，都無助得可以。僅僅是看著毛片，戴君儒的後頸就起了雞皮疙瘩。

又過了一、兩個月，他聽說《空白》開賣了，但是戴君儒沒有去查，就連朋友提議翻拍幾張內頁照給他，他也興致缺缺。

他知道，這不是他該看的東西，也沒有任何人該看。

現在，那名被許多人欣賞、購買、分享的模特兒，就站在他面前，臉頰因酒精而不均勻地泛紅。他落單，還一個人喝酒。

戴君儒以爲會有很多人認出他，成爲攝影師之間的熱門話題，但是沒有，這男人和他一樣像個局外人，在吧台邊遊蕩。

戴君儒先認出他的嘴唇——飽滿、厚實的下唇，還有天生就像是在微笑的嘴角弧度。即使照片裡，男人的上半臉被眼罩遮住，然而他特殊的鼻型和嘴唇，戴君儒堅信自己不會認錯。然後，他注意到男人那頭藍髮，在酒吧的燈光下，髮色顯得更混濁。

儘管如此，眼前的男人比照片中要美麗得多——微微彎起、帶著笑意的雙眼，細而筆直的鼻梁，還有修長的脖頸形狀……戴君儒想不到別的詞彙來形容。

意識到盯著人看太沒禮貌，他甚至還是透過那組照片認出他的。戴君儒眨了眨眼，轉開視線。

男人完全沒有注意到戴君儒的存在，靠在吧台上，眼神有些遲鈍地轉向那群將戴君儒排除在外的攝影師。

一杯飲料上桌，男人轉過身，機械式地拿起玻璃杯。

「不好意思，那杯是我的。」戴君儒忍不住出聲。

對方的震驚反應，幾乎足以讓他忘記剛才的社交失敗。該怎麼和一個見過裸照的男人閒話家常？和男人的互動與對話，讓戴君儒感到不眞實，在他短短的攝影生涯中，從沒遇過這種狀況。

「我知道你是誰。」戴君儒脫口而出。

他太努力想保持鎭定，反而對舌頭的掌控力減弱。在一切都還算順利的對話中，哪壺不開提哪壺，這一刻，他只想賞自己一巴掌。

還能再愚蠢一點嗎？他在心中暗自吐槽。

聽見那句話後，潘穎秀眼中原有的光芒突然熄滅了。

「所以，你是想要找我拍照的嗎？」

是的，戴君儒想。

他想要用兩千分之一秒的曝光時間來拍他，將他的模樣凝固在快門閃爍的瞬間。他想要記錄他對他露出的笑容，還有他低垂雙眼時，睫毛覆蓋的模樣。那絕對會是他所有的作品中，最滿意的一組。

但是在他剛才說了那句話之後，潘穎秀可能不會願意當他的模特兒了。

即便如此，他仍試探性地遞出手機，在心中做好被拒絕的準備。

潘穎秀沒有拒絕，猶豫了一會就接過手機，存下戴君儒的聯絡資訊。

戴君儒在他們的對話視窗中，傳了一則打招呼的兔子貼圖。這時，他也才意識到，自己一直都屏著呼吸，就像高中時期，第一次不是以朋友的身分，約同性出門的悸動心情。

還沒來得及把手機收回口袋，他便注意到潘穎秀的狀態不太對勁。

他的臉色蒼白，俯身在桌面上，虛弱的樣子好像隨時都有可能嘔吐或暈倒。

「你還好嗎？」戴君儒靠上前，猶豫著該不該伸手扶他。

「你需要去廁所嗎？我可以——」

就在他猶豫的這一秒，有個人從後面走上前，一把扯過潘穎秀。略為有力的動作，使潘穎秀單薄的身軀劇烈晃動。

「讓我來顧就好了，謝謝。」男人抓著潘穎秀說。

戴君儒皺眉，抬頭看向他，是張浩祥。

看潘穎秀倒在他身上的模樣，戴君儒知道，兩人的關係不是一般的朋友。

大家都說攝影圈很小，今天，戴君儒終於見識到了。

「他看起來很不舒服。」戴君儒說：「你可能要先帶他去廁所。」

「我看得出來。」張浩祥帶著溫和的微笑，「我男友的酒量不是很好。」

潘穎秀偏過頭，對男人緩緩地擺了擺手，「我沒事，有點頭暈而已。」

「眞的嗎？你臉色太蒼白了。」戴君儒瞇起眼，又問了一次。

他不是很相信張浩祥的話。如果這個人是他的男友、如果他是個攝影師，就應該有敏銳的觀察力，能看得出，潘穎秀不只臉，就連嘴唇都褪成了不太健康的顏色。

「他得休息一下。」戴君儒對張浩祥說：「你要不要帶他去沙發那邊坐著？」

「我才離開幾分鐘，你就交到了好朋友。不錯，長大了。」張浩祥對斜倚在他身上的潘穎秀說：「你需要坐下來嗎，寶貝？」

潘穎秀撐開眼皮，朝戴君儒投以一個眼神，「我沒事。眞的。」

張浩祥聳聳肩膀，撇了下嘴角，向戴君儒說：「我男友說他沒事，你可以不用操心。」

戴君儒討厭他說話的口氣，對方話裡的酸意，幾乎能穿透皮膚。

「我們……回家，好不好？我有點累了。」潘穎秀的聲音有點沙啞，額頭和鼻尖上浮出一層薄汗。

「可是我跟我朋友還有事沒討論完。」張浩祥說：「你不想陪我了嗎？」

潘穎秀閉上眼睛，蒼白的嘴唇微微顫抖。

聽到兩人的對話，戴君儒懷疑地打量眼前這位自稱是潘穎秀男友的人。

說他雞婆也好，戴君儒決定忽略張浩祥，問潘穎秀，「你確定嗎？如果你需要吃個解酒藥，或是去吐——」

潘穎秀嚥了一口口水，輕輕搖頭。

張浩祥嘆氣，「每次都是你。就跟你說過了，不會喝就不要來這種聚會。」

「對不起。」潘穎秀的聲音輕得幾乎只剩下唇語。

「別道歉。」張浩祥搖搖頭，「別人會以爲我在欺負你。」他瞥了戴君儒一眼，伸手勾住潘穎秀的腰，帶著他往酒吧的入口走去。

「嘿！」戴君儒出聲喊。

他用微弱的理智，阻止自己從椅子上跳下來的動作。他沒有立場介入情侶，就算張浩祥的反應令他擔心，他終究只是個外人。

潘穎秀垂著頭，乖乖地跟著男人。男人領著他前進的動作有點太快、太用力，挽在腰際的手勾得有點太緊，手指深深陷進衣服皺褶裡。

直到兩人的身影消失在盡頭，潘穎秀都沒有再回過頭。

戴君儒咬著口腔內側，看著他們的身影消失在玻璃門之外，挫折地嘆了口氣。

當他把視線從酒吧的大門轉回來時，他才發現，人們正目不轉睛地瞪視著他。

「幹嘛？」他兩手一攤。

沒有人回答，但有人露出一絲微妙的微笑，戴君儒無法解讀其中的意味。

不久後，周邊看熱鬧的人散去，回頭進行中斷的對話。而邀約他來參加聚會的女孩，像是想起了他的存在，走到他身邊。

「戴君儒，我是帶你來交朋友，不是來打架的。」她挖苦道。

「差得遠了好嗎？」他翻了個白眼，壓低聲音，「我問妳，妳認識張浩祥嗎？」

「張浩祥？」女孩說：「我聽過他。我知道他是攝影師，男朋友是模特兒，他們有一個工作室。」

攝影師與模特兒，所以《空白》是張浩祥的作品嗎？

回想起那些照片中，令他無法直視的私密感，似乎有了合理的解釋。

但是眞的有人幫另一半拍全裸寫眞集販售嗎？戴君儒搖了搖頭，或許這也是潘穎秀想要的，搞不好這是他們作爲伴侶的紀錄，他又有什麼資格批判情侶之間的情趣？

然而，他想起他提起那組照片時，潘穎秀動搖的眼神，他不覺得潘穎秀喜歡那個作品，至少不喜歡別人透過那個作品認識他。

「別人會以爲我在欺負你。」

張浩祥的話聲突地在戴君儒的腦中迴響，他突然有點不確定，讓潘穎秀跟他走，究竟是不是對的。

接下來的聚會，他失去了興致。他掏出手機，在潘穎秀的對話視窗裡留下訊息——

「你還好嗎？好好休息。」

和朋友打聲招呼，戴君儒便提早離開這場聚會。

直到他騎車回到租的小公寓，盥洗完畢，躺到床上時，那句訊息都還處於未讀的狀態。

第二章

三個月後。

潘穎秀是被手機鈴聲給吵醒的。他眼睛還來不及睜開，伸出手，胡亂往床邊桌上摸索。

大部分時間，潘穎秀的手機都是設定成震動模式，但是這幾天他破了例。

張浩祥因爲拍攝工作，要去南部待上一週。潘穎秀不確定他的工作內容，張浩祥也沒多做解釋，僅僅用「有簽署保密協定」帶過。

潘穎秀好奇爲什麼得花上一個星期，又追問了兩句，張浩祥的臉就垮了。

「如果可以說，你問第一次的時候，我就會告訴你了。」他扯著嘴角，把床上收拾到一半的行李袋推開，「你什麼時候才能學會察言觀色？」

「對不起。」這幾乎是潘穎秀的預設回答，因爲張浩祥不喜歡聽他解釋。

爲了轉移話題，讓張浩祥忘記唐突的問題，潘穎秀爬過床鋪，拉起他的手親吻著指關節。

張浩祥抬起另一隻手，撥開潘穎秀臉上的髮絲。他打量著潘穎秀的臉，嘆了一口氣，「你眞的很美。」語氣幾乎像是懊惱。

接著，他低下頭，吻上潘穎秀的嘴唇。

那天晚上，張浩祥和他做愛時顯得特別賣力。潘穎秀想，這或許是男友表示歉意的方法，因爲他沒辦法透露工作細節。

潘穎秀被強壯修長的身軀包裹著，感受對方將他深深壓進柔軟的床墊裡，一次又一次地撞進他的體內。

潘穎秀背對著，隨對方的動作呻吟。他知道張浩祥喜歡看他的後頸，喜歡看他抓著被單喘息的樣子。

隔天，潘穎秀一睜眼，迎接他的是空蕩蕩的床墊——張浩祥在他起床之前就離開了。

潘穎秀打開手機鈴聲，確保不會錯過任何一則訊息、任何一通電話。但是他的「到了嗎」，一直到當天午夜都沒有得到回應。

張浩祥大概只是和客戶見到面，所以很忙。潘穎秀告訴自己不要太焦慮，忽略腹部緊揪的感覺，阻止每過十分鐘就瞄一眼手機。

然而效果甚微，他一直等到半夜，才終於收到張浩祥的訊息。

「到了」，簡單的兩個字，就足夠讓潘穎秀緊繃的胸口舒張開，終於能入睡。

接下來的幾天，潘穎秀不時會傳一封訊息給張浩祥。他小心翼翼地構思，以免張浩祥覺得他緊迫盯人。

「吃飯了嗎？」

「看氣象說會下雨喔，記得帶傘。」

「我先去洗澡囉！」

「愛你！」

但是張浩祥就像消失了，沒有回覆這些訊息，甚至連已讀都沒有。

「不要一直去盯著對方有沒有看你的訊息。找事情做，讓生活充實一點。給對方空間。」

網路上那些建議人們「如何應付伴侶暫時分別的不安全感」的文章，是這樣告訴潘穎秀的。

所以潘穎秀在網路上找男友愛吃的美食食譜，做出精緻的義大利燉飯，再拍照傳給對方。

他還把家裡打掃了遍，將房間的床單和枕頭套拆下來洗，擦過公寓裡所有家具，甚至把鞋櫃裡的鞋子一雙一雙地擦過。

剩下的時間，潘穎秀回頭翻閱兩人剛認識時傳的訊息和照片。

張浩祥的每一句情話，直到現在，仍會讓他揚起嘴角。討論晚餐內容時，張浩祥會說，就算不吃飯也沒關係，只要看著他就會飽了。潘穎秀拍了路邊的一朵杜鵑，張浩祥則會告訴他，這朵花戴在他的頭髮上會更漂亮。

後來，兩人交往的時間長了，情侶間的甜言蜜語就少了。

他們幾乎是認識後就立刻同居，住在一起本來就會讓摩擦變多。

爲了減少起衝突，潘穎秀會把張浩祥的公寓打掃乾淨，會在他需要清靜的時候保持安靜，也會在他求歡的時候滿足需求。

網路上的心靈雞湯或許有用，時間過得比潘穎秀想像中還快。

一天、兩天、三天、四天，張浩祥只出現過一次，說他在忙，沒時間回訊息。於是潘穎秀決定不打擾他。

「眞的不用擔心什麼。」潘穎秀告訴自己，「張浩祥只去一個星期就會回來了。」他是這樣說的，潘穎秀也相信他。

更重要的是，他們剛接下一個案子，預計要進行三個月，已經收了客戶的訂金，目前還沒開始拍攝。

他相信，再過兩天，張浩祥就會回家了。

此刻，手機鈴聲在床邊桌上大響，潘穎秀的心臟隨之飛快加速。是張浩祥吧？他終於有空聯絡他了！

他興奮地接起，「喂？寶貝……」

「二哥！」

失望之情像一記拳，狠狠擊中潘穎秀的腹部。他有一刻無法呼吸，差點對著話筒發出挫敗的低吼。

他清了清喉嚨，嚥下堵在舌根的腫脹感，「嗨，成成，怎麼了？」

「沒啊，我只是要提醒你，你昨天忘記轉帳給我。」潘穎成的聲音無比歡快。

潘穎秀的腦中浮現出弟弟小時候噘著嘴、抓緊他衣角耍賴的模樣。這一刻，四歲的潘穎成，和大二的潘穎成，在他的心中重疊。

「啊……」潘穎秀抬起手遮住眼睛，「哦，對不起，我忘了。」心跳還沒有完全平復，咚咚地敲打著他的胸腔。

「沒關係。」潘穎成輕快地說：「只是你再不轉帳給我，我就要餓死啦！」

潘穎秀哼笑一聲，嘆了一口氣，從床上坐起身，「你兩個星期要用四千塊？你都拿去吃什麼了？饗食天堂嗎？」

「唉唷，你不懂啦。」潘穎成回答：「念書很花錢耶。」

潘穎成小他四歲，但他總是把潘穎秀當成上個世代的長輩。不過就某方面來說，潘穎秀確實是長輩，尤其是要給生活費的時候。

「你打工的錢沒有存下來嗎？」潘穎秀爬下床，往廁所走去，「你上次不是說，院長辦公室——」

潘穎成大聲嘆了一口氣，打斷他，「有啦，有啦！你不要管那麼多。」

他的話讓潘穎秀認清弟弟眞的長大了。無論潘穎秀多想把他當成那個哇哇大哭的孩子，然而在電話另一端和他對話的人，早已是成年的男人。

「好啦，不問。」潘穎秀走進浴室，在鏡子前站定，「我等一下就轉給你。你現在在學校嗎？」

「對啊。」潘穎成說：「謝啦，二哥。還是你對我最好。」

「少來這套。」潘穎秀回答：「我不會因此多給你五百喔。」

通話在潘穎成的笑聲中結束。

潘穎秀把手機放在洗面台，打開水龍頭，捧起水拍在臉上，冰涼的水使他稍微清醒了些。

他把沾溼的瀏海往後梳，再度拿起手機，打開網路銀行，準備把錢轉給潘穎成。

他困惑地看著手機螢幕，有那麼一瞬間，他不確定他看到了什麼——帳戶餘額只剩十五元。

不管重看幾次，「1」、「5」這兩個數字仍靜靜地定在那裡，像是某種無聲的嘲笑。

十五元？他記得明明還有十幾萬的存款……

他皺起眉，點開帳戶明細，上面顯示著兩條「自行提款」，一筆十萬，一筆兩萬五千，餘額就是他帳戶裡的那十五元。

自行提款？他呆滯地看著螢幕，沒印象什麼時候有提出戶頭裡的錢。

血液瞬間湧上潘穎秀的大腦，他一陣耳鳴。隨後，他抓著手機，衝出浴室，門口的腳踏墊差點害他滑倒。

他找到放皮夾的外出袋，拿出皮夾。

也許是把金融卡弄丟了，也許是被人盜領了現金……他思考著各種可能，手指一邊顫抖地翻開皮夾。

金融卡好端端地躺在卡片夾層裡，只不過，那張卡和他以往放卡的習慣不同，上下顛倒了。

潘穎秀用力地咬住嘴唇，以制止顫抖的自己。強烈的痛楚逼得他不得不集中注意力。他的手指摸索著金融卡邊緣，最後，他拿出那張卡片。

潘穎秀閉上眼睛，深吸一口氣，強迫自己冷靜思考。

「這是什麼意思？」

細小的聲音在他的腦內深處低語，但是潘穎秀不想要聽，他拒絕相信它想告訴他的事。

「不可能，不可能的。也許張浩祥只是急著用錢，先借錢周轉，還沒有機會解釋而已。」潘穎秀告訴著自己。

他腦中浮現以往他拿出金融卡，讓張浩祥「臨時借用」的時刻。

張浩祥知道潘穎秀的卡片密碼，就是設定爲生日，要領出錢不是難題。

這很正常，對吧？情侶知道對方的提款密碼，不就是信任的一部分嗎？

「你確定嗎？那他的密碼是多少呢？」

腦中的細小聲音嘲諷地反駁，潘穎秀用力甩了甩頭，想拋開這個念頭。

張浩祥一定可以解釋，只要聯絡上他，他一定會給出一個解釋。

潘穎秀顫抖的手緊抓手機，心跳聲在耳朵裡發出隆隆聲響，每一下都像在衝撞他的腦門。

他試了兩次，才終於退出網路銀行，找到通訊軟體。

在點開置頂的聊天室之前，他就看見了未讀訊息。視線還沒有聚焦在預覽的文字上，他就習慣性地點開了視窗。

「我覺得，我們還是分手吧。」

看著文字訊息，潘穎秀的腦中彷彿響起了張浩祥的嗓音。

「最近我有點累，沒有辦法繼續下去了。不是你的錯，是我……」

潘穎秀沒有讀完那則訊息下方長長的內容。他的呼吸一緊，像肺部被緊緊掐住，沒有辦法把空氣吸入胸腔。隨之而來的，是一股強烈的疼痛感，讓他一陣暈眩。

再度回過神時，他已跪倒在地面上，雙手抓住沙發椅墊。他的手機躺在腳邊，螢幕還亮著。

這不是他第一次恐慌發作了。

在他七歲的那一年，他媽媽對他說「要是沒生你們這些兒子就好了」，成了他印象最深刻的一次。

每一回的心跳加速、呼吸暫停，以及短暫的失去記憶，就像是某種ＳＯＰ，潘穎秀幾乎快要習慣了。但是有一件事，每次都像第一次一樣。

「這個人不要他了」、「這個人想要去一個沒有他的地方重新開始」，有了這些念頭後，隨之而來的是絕望之感，彷彿受強烈的重力吸引並下墜。

這股深深的恐懼，每次都像第一次一樣。

他大口喘氣，像是剛從深不見底的水域裡爬出。他的胸口依然疼痛不已，像是被爪子抓住，每一口呼吸都得耗費兩倍的力氣。

潘穎秀拿起手機，螢幕上，依然是他與張浩祥的對話視窗。

他的手指顫抖地在螢幕上遊走，終於匯聚起足夠的力氣，按下語音通話。

撥通的鈴聲響起，時間一分一秒過去，對方始終沒有接聽。

他並不意外，耐心地再撥出一次、兩次，視窗裡一整串皆是由他這端發出的「取消通話」。

潘穎秀把臉貼在冰涼的沙發上，閉上眼睛。胸口那股緊繃的感覺終於鬆了些，他終於有辦法好好呼吸。

他再度拿起手機，留下一則訊息。

「爲什麼，寶貝？可不可以用講的？」

他不懂爲什麼要分手？這太突然了，事前沒有任何一點徵兆。他們才在一起一年，工作室幾個月前才剛起步，他做錯了什麼？

張浩祥離開前的那場熱烈性愛，突然竄進他的腦海，然後是張浩祥對他展露出的不耐煩。還有張浩祥在拍攝時，對他的提問皺眉、嘴唇抿得死緊的表情。

現在回想起來，潘穎秀猜，幾個月前那場攝影師聚會，可能是一切的源頭。

那天，潘穎秀醉得站都站不住，只能提早離開。出了酒吧後，張浩祥在回程的Uber上挖苦潘穎秀，說他現在可以靠自己找人約拍，不需要他了。

潘穎秀不確定張浩祥是不是在爲這件事生氣，他記得他很認真地爲這件事道過歉。在戴君儒開口之前，他真的不知道他是攝影師。

他不該答應和對方交換聯絡方式的，潘穎秀有些後悔，如果他好好拒絕搭訕，張浩祥是不是就不會離開他了？

但是，他知道，他或許永遠都不會得到答案了。

潘穎秀撐著沙發爬起身，用盡意志力讓膝蓋保持穩定。現在，他有更重要的事情要做，他得轉帳給弟弟。

他回到房間裡，脫下寬鬆背心，隨手拿了一件衣服套到身上，仔細一看，才發現那是張浩祥的T恤。

接下來的事情，他不太記得了。他不記得是怎麼把身上僅有的兩千元現金存進銀行，再轉帳給潘穎成，也不記得他怎麼和潘穎成解釋只能給這金額，並應付對方犀利的質問。

他回到家，摔在床上，閉上眼睛。他告訴自己，「這只是一場惡夢，一覺醒來，張浩祥就會回來，一切就會沒事了。」

夜半時分，他倏地睜開眼，雙眼因爲哭泣而刺痛。

他環顧房間，什麼都沒變，裡頭一片漆黑，床上只有他一個人，客廳裡一點動靜也沒有。

潘穎秀躺在床上看著漆黑的天花板，他什麼都不做，只是等待，就像他小時候躺在放至地板上的床墊，等待媽媽下班回家那樣。

他不確定他在等什麼，是手機鈴響，或張浩祥脫好鞋、關上鞋櫃時的喀嚓聲響。

不過，睡一覺對他來說很有幫助，第一波的恐慌已經過去，現在的潘穎秀終於平靜到足以思考眼前最棘手的問題——

現在，他該怎麼辦？

「靠。」戴君儒在空無一人的小公寓說道。

他把手機扔在沙發的一角，後腦勺重重撞上鬆軟的椅背。他搓揉著臉，試著讓緊繃的臉頰肌肉放鬆。

茶几上擺著筆電，螢幕顯示著他調整到一半的照片，但是此刻，他一點也沒心思做了。

已經過了快一年了，他每次和父母講電話，甚至只要看見媽媽的來電顯示，他全身的肌肉仍會僵硬，就像隻炸毛的貓。

每一次和父母對話，戴君儒都像是在和一支由社會菁英、高材生、權貴人士所組成的軍隊搏鬥。就連他媽媽關心他有沒有足夠的錢吃飯，他也覺得那是一種變形的羞辱。

「當攝影助理？你這樣會有穩定的薪水嗎？」

當他向父母宣布進入廣告公司當助理的時候，父親的話像一顆砲彈，擊毀他用短短二十幾年人生奮力堆疊起的自尊。他得用盡全力，才能阻止尊嚴當場坍塌。

「廢話。」他回應：「你少瞧不起人，公司可是有符合勞基法的好嗎？」

這句捍衛的話，聽在他自己耳裡虛弱得可笑，沒想到領到法律規定的基本工資，也得拿來當成證明自己的依據。

然而，如果都是助理，戴君儒寧可在廣告公司裡，幫攝影師扛腳架、燈架和搖臂，也不要在他爸媽的事務所裡當一個幫忙接電話、處理法律文書的律師助理。

他不可能滿足父母的要求，這一點他早就知道了。

戴君儒從沙發上起身，往狹窄的廚房區域走去。

小冰箱夾在流理台與牆壁之間，他打開冷藏區拿出一罐啤酒。

他仰起頭，一口氣喝了半罐，終於感覺舒適了一點。

「靠。」他又說了一次，大嘆一口氣。

打從小學開始他就發現，要讓父母滿意，簡直比登天還難。當他得意洋洋地拿九十七分的國語考卷回到家，爸媽連看都懶得看他一眼。只有在他考出滿滿的一百分，他們才會給他一句稱讚，然後繼續忙著看文件和卷宗。他的努力在他們的眼中，好像不值一提。

國、高中時期，他有著優異的成績，還積極參與學校的活動，加入排球隊，因此在校內人緣不錯，幾乎沒有人不認識他。然而，他卻時常在學校做出叛逆的小事，像是挑戰教官，把頭髮染成金色，或是不好好穿著制服，露出裡頭的重金屬樂團T恤進出校門。

即使如此，他的父母也沒有對他表現出一絲一毫的關注。他被教官記了一支警告，他們不會責怪他。他在期中考考了全校第五名，在升旗時上台領獎，他們也不會爲此感到高興。他們的生活好像就只有那間事務所，還有手上的客戶。

「家就是心所在的地方」，如果這句話是眞的，戴君儒很確定，他們的家並不在兒子身上，而是在繁忙大街上的那間商辦大樓裡。

直到戴君儒在塡寫志願時，破天荒地塡了外文系，沒有塡任何一個法律或政治相關的系所，他的爸媽才終於有了反應。

「你覺得這是玩笑嗎？」戴爸爸質問：「你爲什麼要拿你的未來開玩笑？」

「爲什麼外文系就是笑話？」戴君儒反唇相譏，「念法律系畢業的小丑就有比較少嗎？」

於是，他成了家族中的平輩裡，唯一一個不是念醫學院、法學院或商學院的人。

他早就知道，拿外文系的學歷去一間小小的廣告工作室做攝影助理，只會讓他爸媽加倍失望。但他想，他們失望也不差這一次。

他想成爲攝影師，從小就是，而這不是他父母所認可的。他們期望兒子成爲律師或檢察官，沒有眞正正視過他想走攝影這條路，只當這是孩子的嗜好。

戴君儒知道，他沒有照他們的期望，他們也就不會贊同他。但是無所謂，就算得從零開始，沒有任何人的支持，他也心甘情願。

每個月的兩、三通電話，讓戴君儒覺得煩躁，如果可以，他會用各種藉口迴避。

然而，剛才他仍接起了來電。

他也不知道爲什麼要接，或許只是想找一個出口，發洩修片一整天的疲憊感。畢竟，對人大吼大叫一通，本質上還是很紓壓的。

啤酒的氣泡讓他打了一個嗝，隨後便感覺到胃酸翻騰的不適。他皺起眉，再連著兩口，把剩下的啤酒喝完。

當他回到客廳，手機螢幕又亮了。

「最好不要是媽媽傳來，說他們又匯了多少錢來。」戴君儒默默祈禱，拿起手機。

「潘穎秀？」他皺起眉頭，大聲念出那三個字。

他只喝了一瓶啤酒，應該還沒有醉到會看錯字。

頭像顯示在他的手機螢幕上，直直望著他。有那麼一瞬間，戴君儒不確定該做何反應。

幾個月前的那場聚會中，他傳給潘穎秀的第一則文字訊息，也是截至目前爲止的最後一則。

後來的幾天，那則訊息一直都處於未讀的狀態。即使他有些擔心對方，在對方有另一半的狀況下，戴君儒也沒有任何立場釋出更多關心。

然而此刻，潘穎秀卻打電話給他。

他不知道對方究竟發生了什麼事，但一定有很不好的事情發生了。

戴君儒滑開通訊軟體，點擊他和潘穎秀的對話視窗。那通未接來電，是唯一一則來自潘穎秀的訊息。

戴君儒按下通話，電話只響了兩聲，對方就接起來了。

「嗨。」潘穎秀的聲音，溫柔地從手機另一端傳來。

「呃，嗨。」

發生什麼事了？你還好嗎？那天晚上回去之後，張浩祥有沒有……一時之間，有太多問題湧進戴君儒的腦海中，他沒辦法選擇要問哪一個，也覺得自己像個奇怪的八卦分子。

最後，他只是說：「怎麼了嗎？」

「我這邊有一個案子，需要找個攝影師幫忙。」潘穎秀頓了頓，語氣有點小心翼翼，「你有興趣嗎？」

「案子？」戴君儒瞇起眼，他的提議不管從哪一個角度來說都太奇怪了。

「呃，是有啊。但是……你男友不會介意嗎？」戴君儒回想起張浩祥那抹好整以暇卻不懷好意的笑容。

「我覺得他不會。」潘穎秀低聲笑了笑，「因爲他已經消失超過十天了。」

「啊？」

「我知道這樣對你眞的很不好意思。」潘穎秀繼續說：「因爲這案子百分之三十的訂金已經被他拿走了。等到案子結束，你也只會拿到剩下的費用，但是……」

「等一下，慢一點。」戴君儒打斷他，「錢不是問題，那個等一下再討論。你說他消失十天了，是什麼意思？」

這句話剛脫口而出，戴君儒就有點後悔了，現在的他像是專門打探別人隱私、多管閒事的怪人。

見潘穎秀沉默了幾秒，他補上一句，試著挽救變得有點尷尬的對話，「呃，你如果不想說也沒關係。抱歉，這也不關我的事啦！」

潘穎秀像是沒聽到他說的話，輕快地說：「就是字面上的意思。電話變空號、IG封鎖我，LINE電話也不接。我已經……十天沒有看到他了。」

他頓了頓，「但是他留下一個三個月後要結案的工作。」

戴君儒不解，他爲什麼說得好像與他無關？好像憑空消失的是別人的男友，而爛攤子也是別人要負責收拾。他們到底發生什麼事了？

儘管好奇，戴君儒覺得他不該繼續追問，於是他生硬地轉移話題，「那……你說的案子，具體內容是什麼？」

「我這裡有當時簽下的合約。」潘穎秀說：「如果你不介意的話，我們見個面，我直接給你看，可以嗎？」

「這也許會是個陷阱。分手的前男友、被甩鍋的工作，又要約碰面……」

戴君儒腦中響起細小的聲音，但戴君儒硬是把這個聲音壓了下去。

就只是見個面而已，還能發生什麼事？他告訴著自己。

「你要約在哪裡？」他試探性地問。如果對方給出來的是可疑的場所……

然而，潘穎秀說了捷運站口的速食餐廳。

戴君儒瞥了眼時鐘，還不到晚上九點，速食餐廳那一帶很熱鬧，也是公開場合。

「好。我半小時之後到。」

「謝了。」潘穎秀輕聲說。

雖然只有短短兩個字，戴君儒仍是聽出了話語中濃濃的鼻音。

「待會見面再說吧。」戴君儒猶豫了會又開口：「呃，你還好嗎？」

「已經好多了。」潘穎秀說：「待會見。」

直到通話結束，戴君儒對這通電話都沒有真實感，但螢幕上短短幾分鐘的通話紀錄，是最清楚不過的證明。

戴君儒低頭看了眼身上的衣著，從門口的掛鉤拿件薄外套，穿上帆布鞋，走出了公寓。

他回頭，特別確認門鎖有好好鎖上。

第三章

速食餐廳裡，夾雜著各式各樣的聲響。學生連線打遊戲的髒話和慘叫聲、情侶間的歡笑聲……

而氣氛與那幾桌天差地遠的，是潘穎秀和戴君儒坐的那一桌。桌面上放著一份資料夾，兩人面面相覷。

如果潘穎秀是旁觀者，大概也會覺得自己悲慘到可笑。

現在他身上除了悠遊卡裡的幾百塊錢，沒有任何一點錢，就連銀行帳戶裡的十五元，也在他轉帳給潘穎成的時候，當成手續費扣掉了。

桌面上那份合約載明，如果違約，他就要負擔二十萬的違約金。不是張浩祥和他共同承擔，而是只有他，因爲乙方是他。

直到現在，他才覺得後悔，怎麼會愚蠢到用自己的名字擔任乙方呢？

這案子是他們的工作室接到的第一個商業案。結案後的酬勞，會比《空白》正式發售後，潘穎秀得到的抽成還多好幾倍。他還記得，當初和張浩祥一起談定案子的時候，他有多麼得意、多麼以男友爲榮。

這幾天，潘穎秀一直反覆思索，不懂張浩祥爲什麼要放棄這麼好的機會。但對現在的他來說，這個問題漸漸地失去了本來的意義。

潘穎秀覺得他從來沒有理解過張浩祥。

訊息裡的分手理由，不管他重複看幾次，都看不出爲什麼張浩祥要消失。

事到如今，對方想分手的理由已經不重要了，知道理由也不能改變什麼。

但是他想，至少可以知道哪裡做錯了，他一定做錯了什麼非常嚴重的事，才會落得現在這種地步。

「嘿。」

潘穎秀回過頭，視線聚焦在來者身上，同時他聞到了一股淡淡的酒味。

他的嘴角不由自主地揚起，「說好的不酒駕呢？」

戴君儒在他對面的椅子落座，愣了一秒，哼笑，「我沒有啊！我搭捷運來。」

潘穎秀露出微笑，關在家裡這麼多天後，能和某個人說話、笑一笑，意外地令他感到放鬆。

這時，戴君儒的眼神在潘穎秀臉上遊走，「你還好嗎？」

「嗯，我就坐在這裡。」潘穎秀舉起手，對自己比劃，「你覺得呢？」

戴君儒的表情困擾，他安靜了會，沒有接下話。

這反應讓潘穎秀的內心產生了一股小小的罪惡感。他不該讓對方這麼難堪的，現在有求於人的可是他。

「對不起，我開玩笑的。」潘穎秀把面前的資料夾推給戴君儒，「這是我當時簽的合約，也附上了提案時的攝影計畫書，你可以先看過再決定。」

接下來的幾分鐘，戴君儒仔細地審視合約。

潘穎秀則藉此機會打量著坐在眼前的男人。在他的記憶中，戴君儒的年紀不太好看出。

然而現在，沒有了酒精的影響、酒吧的燈光以及他當天的穿著打扮，潘穎秀有點意外地發現，戴君儒其實沒有想像中那麼看不出年紀。

戴君儒的眼睛很大，臉頰皮膚光滑，紅潤飽滿，還帶著些微的嬰兒肥。他的打扮隨興得像個大學畢業生。潘穎秀猜，他的年紀不可能比自己大多少。

這時，戴君儒抬起視線，正好和潘穎秀對上，「我可以幫你，沒什麼問題。」他思索一會，皺起眉頭，「但是，你需要先看我的作品嗎？我是說，如果我達不到廠商的要求……」

「我看過了。」潘穎秀簡單地回答。

戴君儒的雙眼瞪大，眨也不眨地盯著他。

看見他驚訝的反應，潘穎秀只是聳聳肩。

有了戴君儒的通訊軟體，再用他的名稱搜尋，要找到攝影作品並不難。

戴君儒和張浩祥的風格很不一樣。張浩祥拍攝的作品十分煽情，不是情色的那種。在他拍攝的人像裡，人物的情緒和光影的張力，都飽滿到像要從畫面裡溢出來，會讓人感到強烈的衝擊。

戴君儒的作品很內斂，拍攝的人物都像套上了一層柔和的濾鏡，低飽和的色彩，給人一種沉靜、平和的感覺。

「如果你願意，我能把你的作品集傳給廠商確認。」潘潁秀說：「如果他們不接受……」那就不知道該怎麼辦了。他沒有把話說完。

找戴君儒來幫忙，是潘潁秀最後的辦法了。

在他躺在床上一天一夜，認清張浩祥不打算處理後，潘潁秀便從好友名單裡尋找救兵。

然而，看著一整排的攝影師名單，他發現，他根本沒有可選擇的對象，那些人都是透過張浩祥認識的，是張浩祥的朋友，不是他的，有些人，他甚至沒有見過面。只有戴君儒是他自己認識的攝影師。

如果沒有認識戴君儒，他或許只能找和他合作過的攝影師，例如找他拍《空白》的那位。

而戴君儒不一樣，他們還沒有合作過，他並沒有在拍攝現場對潘潁秀上下其手，也沒有和張浩祥一起看毛片，大肆討論他的身體有多性感。

「不然這樣吧。讓我看看你的……呃，前任的作品。」戴君儒說：「我可能可以仿出他的調色和構圖。」

潘潁秀點點頭，胃酸突地升起，他還是很難在心中把張浩祥稱為「前任」。

訊息分手的眞實感既強烈又薄弱，他只是理智上知道，心卻拒絕接受那些文字所傳達的意義，還有伴隨「分手」兩個字帶來的其他改變。

不只是工作，他連住處也沒有著落。兩人同居的公寓是張浩祥租的，潘穎秀只是搬進他的住所。因此當張浩祥提出分手，就和下了驅逐令是一樣的。

他想逃離家，所以高中一畢業就離開家了，現在要他從張浩祥的公寓搬走，他還能去哪？

「如果不走，是不是就能等到張浩祥回來呢？」

心底有個聲音試著說服他留下、說服他拖延時間，看看事情會不會還有轉圜的餘地。

然而，有更大的聲音，在尖叫著要他離開。

他確實想離開，只要躺在那張兩人同床共寢的床上，他就無法阻止眼淚落下，無法阻止大腦不斷提醒他，他以爲愛他的男人要拋棄他了，就和所有人一樣……

「穎秀？潘穎秀。」

「哦。」潘穎秀眨了眨眼，「對不起，我剛才有點恍神。」他伸手壓住雙眼眼角，以免淚水再度奪眶而出。

「沒事啦，但是你看起來眞的……很不好。」戴君儒的身子向前傾，手肘撐著桌面，雙眼緊盯著潘穎秀，「你這幾天有睡覺嗎？」

「有。」他微微笑，「對不起，我這幾天在想的事有點多，有點難集中精神。」

他有睡著，只是沒幾個小時就會驚醒，直到他哭到再度睡著為止。

戴君儒思索了一下，臉上浮現一抹笑容，「如果你需要情緒垃圾桶的話，現在你有一個免費的囉！」他說：「對陌生人講心事會比較容易。」

驟變的談話氣氛，讓潘穎秀一愣。要說什麼？說他現在無家可歸又身無分文嗎？

「嗯。我現在最需要的，應該是先找個地方住吧。」

關於住處，他基本上沒什麼選擇，回老家不是個選項，潘穎成和他不在同一個城市，他也沒辦法去他的宿舍借睡幾天的地板。至於他們的大哥潘穎杰就更不用想了，他迫不及待地從家裡搬走，巴不得和家人斷絕往來。他已經好幾年沒有和潘穎杰說過話了，連他現在住在哪裡都不知道。

「啊。」戴君儒點點頭，「你有想要找怎樣的住處嗎？我可以幫你問問看，有沒有人在找室友。」

「謝謝。」潘穎秀深吸一口氣。接下來的話，他難以啟齒，「但是……我可能沒有辦法付房租。」

語落，面對戴君儒困惑的眼神，他垂下視線閃避，「我現在身上完全沒有錢了……」

戴君儒沉默了一會。

隔壁桌的學生們又開始了新的一輪遊戲，叫囂的聲音更響亮，正好填補他們這桌的空缺。

「不然，你來住我這呢？」

「啊？」潘穎秀倏地抬起眼，看向坐在他對面的男人。

「你可以先來我這裡住幾天，等到你想到辦法？」戴君儒急忙地說：「我是說，你找別人分租，那不如和我分，我也是自己一個人住。」

潘穎秀遲疑了一下，「但是我得先找工作，我……不想欠你錢，你幫我很多了。」

「這個你就先不要擔心了。」戴君儒回答。

接著，他像是突然想到了什麼，瞪大雙眼，「我知道了。不然，就像打工換宿那樣，你當我的模特兒，讓我拍攝作品集，這樣我們就算扯平了？」

潘穎秀皺起眉頭。

乞丐是沒有權利挑三揀四的，如果能逃離那間充滿張浩祥影子的租屋處，他不打算拒絕。再說，找不認識的人分租，跟借住戴君儒家，又有什麼差別？

這提議，潘穎秀想，他沒有反駁的理由。

「只是，我家只有一個房間。」戴君儒帶著歉意地笑，「如果你不介意睡客廳——」

「我不介意。」潘穎秀打斷，「就算睡地板也沒關係。」

戴君儒把裝有合約的資料夾推回他面前，「那就這樣吧。我會把我租屋處的地址傳給你，你要過來的時候，再傳訊息跟我說。」

看著戴君儒認真的神情，潘穎秀發現，淚水又在眼眶邊緣試探了。

儘管戴君儒說他們這樣就扯平了，但潘穎秀很清楚並沒有這回事。

他想，戴君儒不知道這樣對他伸出援手是代表什麼——不只是外在，還有內在。

他們只是點頭之交，甚至是在不怎麼清醒的狀況下見過一次面，這個人情債，不知道要還多久才能還得完，也不知道要拿什麼來還。

潘穎秀沙啞地說：「謝謝。」

只要幾天就好，他對自己喊話，只要能遠離那個充滿張浩祥氣味的地方，好好睡上幾天覺，他就可以振作起來。

注意到戴君儒看過來的眼神充滿同情，潘穎秀再也沒辦法把眼淚吞回肚裡。

他感覺到戴君儒從他身邊走過時所帶動的氣流，不久，一隻手輕輕地將一疊衛生紙塞進他緊握的拳頭裡。

潘穎秀拉著行李箱，肩上掛著背包，走出捷運站。

當初他搬進張浩祥的公寓時，也是用同一只行李箱，裡頭裝著的東西，幾乎和那時無異。誰想得到，才不到一年，他就離開了。

這段時間，他和張浩祥一起買的東西，他一樣也沒有帶走，留在那個讓他心碎的公寓裡。

「嗨。」

戴君儒腳踩拖鞋，站在捷運站出口的階梯旁。他的身影在路燈的燈光下，就像被一圈光環包覆。

潘穎秀膝蓋一軟，緊繃的情緒在此刻終於放鬆。他一個踉蹌，伸手抓住身邊的欄杆，穩住身軀。

「喂，怎麼啦？」戴君儒踏上前，伸手擋在他胸口，「你不會又喝醉了吧？」

「沒錢要怎麼喝酒？」潘穎秀對他微笑，「沒事，我只是有點頭暈。」

「你還是沒睡好，對不對。」戴君儒直接地說，不是提問。

他打量著潘穎秀的臉，伸出手，「我幫你拿吧。」

「不用啦，我還沒有嬌弱到這個地步。」

戴君儒「哈」地笑了一聲，手插回短褲的口袋裡，「走吧，我家在後面的巷子裡，不好找。」

兩人沿人行道邁開腳步，戴君儒突然地開口問：「怕我搶你的東西嗎？」他眨了眨眼。

潘穎秀的嘴角不禁上揚，「如果你想要，我送給你都沒關係。」他接著說：「應該是你要擔心吧。讓一個陌生人住進你家。」

「有什麼好怕的。」戴君儒回答：「反正你只要不強暴我、不偷我東西，其他都無所謂。」

「原來是瞧不起我啊。」潘穎秀笑了笑。

戴君儒是對他太有信心，還是對人太沒戒心了？他的行爲，簡直就和從路邊撿流浪漢回家差不多。所以直到現在，潘穎秀都還是不敢相信，居然有人願意冒著未知的風險，歡迎陌生人進入家門。

聞言，戴君儒轉過頭來看他，聳起眉，「你會嗎？」

「不會。」潘穎秀誠實地回答。

「那就好了嘛。」

走著走著，潘穎秀的腳步稍微落後了戴君儒，他習慣走在其他人身後，這會讓他覺得自在。

在戴君儒的帶領下，兩人走進一條充滿小吃攤販和商店的街道。

「想吃什麼嗎？」戴君儒指向兩旁的攤位。

「還好，我剛才吃過了。」潘穎秀下意識地撒謊。

這幾天，潘穎秀的三餐，除了靠張浩祥冰箱中所剩不多的食物，只能精打細算地在便利商店買東西吃，因爲那裡才能用悠遊卡中的餘額支付。他還特別注意餘額，預留能搭最後幾次捷運的金額。因此他只吃麵包、茶葉蛋，喝很多、很多的水。

咕嚕咕嚕——聞到各種食物的香氣，潘穎秀的肚子發出一陣令他臉頰發燙的聲響，直接戳破了他的謊言。聲響之大，潘穎秀能肯定戴君儒絕對有聽到。

然而，他沒有什麼反應，伸長脖子四處張望，一雙眼睛瞪得圓滾，「我餓了耶。」

戴君儒說：「我想買宵夜回去吃。你吃滷味嗎？」

後來，他們不只買了滷味，還買了幾包鹹酥雞和炸蔬菜、地瓜球。

在他們經過煎餃攤位時，戴君儒回頭看了潘穎秀一眼，又停下來買了一盒。

潘穎秀的腸胃又是一陣翻攪，不只是因爲飢餓，也因爲羞恥。

鬼才會相信這是他想吃的宵夜，除非他是體質異於常人的大胃王，不然沒有人能吃這麼多，還擁有好身材。

最後，他們在距離熱鬧的街道稍微遙遠一點的地方，右轉進入了一條更小的巷子，在一間漆成紅色的公寓鐵門前停了下來。

「我家沒有電梯。」戴君儒邊掏出鑰匙，邊回頭對潘穎秀說：「幫我拿這個。」

潘穎秀放開了行李箱，伸出手接過裝有食物的沉重塑膠袋。

潘穎秀以爲他要開門，沒想到戴君儒卻將他的行李箱拉桿收起，一手拎起側邊的握把。

「我眞的怕你會滾下樓梯。」戴君儒對他眨了眨眼，「這是出於安全考量。」

他都這麼說了，潘穎秀只能無聲地跟在他身後，爬上狹窄的磨石子階梯到三樓。

戴君儒將鑰匙插進左邊那扇門的鎖孔裡。門一打開，他朝室內伸出一隻手臂，誇張地對潘穎秀行禮，「歡迎光臨寒舍。鞋子可以直接踩進來。」

「打擾了。」

一股涼爽的冷空氣撲面而來，將洗衣精的香氣送進潘穎秀的鼻腔。他不由地握緊背包肩帶，屏住呼吸，隨著戴君儒的腳步跨過門檻。

公寓不大，形狀狹長，一眼就能將室內格局盡收眼底。門口正對著小小的客廳，左邊的牆上有一扇門，右邊是一間浴室，還有廚房。而客廳那張L型沙發的一角，放著折得整整齊齊的薄被和一顆枕頭。

「之前跟你說過，我家只有一個房間。」戴君儒帶著歉意說，一邊將潘穎秀的行李箱推往電視櫃旁靠著。

「就只能麻煩你先在沙發上將就了。」

「我也跟你說過，我一點都不介意。」潘穎秀回答：「我已經很麻煩你了。」

戴君儒像是沒聽到似地，伸手指向右邊，「浴室在那裡，你就當自己家。」他邊說邊把腳上的鞋踢掉，推到門框另一邊的鞋櫃下方，「我快餓死了。」

潘穎秀卸下背包，把食物放在小流理台上，順從地鑽進浴室裡。

小小的浴室是乾溼分離的設計，淋浴間的門此刻是拉上的，洗手台的架子上放著牙刷和漱口杯、一條被擠得扭曲的牙膏，還有一罐沒有蓋上蓋子的刮鬍泡。

潘穎秀看了眼鏡子裡的自己——凹陷的眼窩和深深的黑眼圈。他撇開了視線，看不出被人口口聲聲稱爲「性感」的男人在哪裡。

他從來就看不出來。

他洗了手，用清水洗臉，深吸一口氣。

有些念頭在他的腦海深處蠢蠢欲動，就像即將發芽的種子，威脅著要破土而出，但是潘穎秀告訴自己，現在還不能有任何冒出頭的機會。

今天，他終於離開了那間令他窒息的屋子，至少能安穩度過這個晚上，再想想之後的事情。

當他再度走出浴室時，各式各樣的小吃已經擺滿半張茶几，而戴君儒正在把滷味倒進大湯碗裡。

「有什麼我能幫忙的嗎？」潘穎秀走到他身邊。

「右邊的第一個抽屜裡有餐具。」戴君儒揚起下巴示意，「可以幫我拿一個大湯勺嗎？」

潘穎秀拿出一個大湯勺、兩雙筷子和兩支湯匙，和戴君儒一起回到客廳。

戴君儒一屁股坐進柔軟的沙發椅墊裡，推過一個空碗到潘穎秀面前，然後拿起筷子，指了指裝有炸物的紙袋。

「跟你說，這家鹹酥雞超厲害，網路上可以找到很多推薦文。」

戴君儒拿起遙控器，打開電視，挑了一部電影，吃起桌上有點過量的宵夜。

潘穎秀在沙發的邊緣坐下，和他保持一隻手臂遠的距離。

儘管很努力地克制，潘穎秀還是忍不住一口接一口地，將香酥的炸雞放進嘴裡，他幾乎可以感受到腸胃在歡呼。

桌上的小吃很快就消失了大半，然而，從戴君儒的動作，潘穎秀不得不注意到他其實沒吃多少，買來的「宵夜」，幾乎全進了潘穎秀的肚子裡。

他只用碗裝了滷味的湯和蔬菜，再吃幾顆地瓜球。他一直將裝有炸物的紙袋推向潘穎秀，動作流暢自然，沒有多看潘穎秀一眼。

「這個給你，我吃不下了。」戴君儒把整盒沒有動過的煎餃放在潘穎秀面前，雙眼仍緊盯著電視螢幕。

或許是進食過後血糖升高，潘穎秀的腦袋有點鈍，眼皮沉重。他瞥了戴君儒一眼，「你不需要這樣啦。」

聞言，戴君儒稍微側過臉，眼神依然定在電視上，「哪樣？」

「請我吃飯，還假裝沒事。」

戴君儒終於正視潘穎秀，他拿起遙控器，暫停電影。

「我只是覺得你需要幫忙，就這樣而已。」戴君儒露出一抹微笑，「就當作是一種投資吧！換作是我，有人願意這樣幫忙，不是很好嗎？」

戴君儒笑的時候，眉頭會微微蹙起，像是在構思惡作劇的孩子。但是他說的話一點都不像小孩。

「我會把錢還給你的。」潘穎秀誠懇地說。

「不需要。」戴君儒的身體傾向他，伸出一隻手，搭在他的肩上。

「這些你都先不要想。我不會跟你討論錢的事。在你吃飽、睡飽、可以好好思考之前，我們不討論正事。」

說是這麼說，但潘穎秀不可能不去想這些事。

他看了看戴君儒的手。他的指甲剪得平整、手腕結實、骨架粗壯，沉甸甸地壓在肩膀。一股溫暖的感覺以腹部爲中心擴散，逐漸向上蔓延，來到胸口。他的鼻子一酸，不得不撇開視線。

他好討厭這樣的自己，在陌生人面前講沒幾句話就落淚。

潘穎秀垂下頭，用手背壓住眼睛，「對不起。」

陳述事實給他人聽，只要對方樂於傾聽，大可沒有負擔的左耳進右耳出。可是按捺不住眼淚，卻是強迫別人第一手承擔他的情緒。

那隻手輕輕捏了捏他的肩膀，沒有挪開。

「沒關係。」戴君儒說：「畢竟是分手嘛。誰沒跟前任翻過臉？」

潘穎秀忍不住嘴角一歪，「聽起來，你很有經驗囉？」

「我看起來不像嗎？」戴君儒的手抽了回去，「好吧，這冒犯到我了。」

潘穎秀抬起眼，戴君儒的眉頭挑得老高，揚起下巴，一臉準備一較高下的模樣。

兩人的視線相交，對望了三秒，潘穎秀忍不住笑出聲。

他說得對，畢竟是分手，他應該有資格暫時放下所有的內疚，好好休息一下。

「謝謝你。」他抹去一滴不小心流出的淚水，「但是我真的吃不下了。」

「那就留著當明天的午餐吧。明天我早上會去上班，你就睡飽一點。」戴君儒說：「我是想要把我的鑰匙留給你，但是……」

潘穎秀用力地搖了搖頭，留鑰匙給他就有點太超過了。潘穎秀懷疑，戴君儒是不是沒有遇過壞人？

「我就待在這裡。等你下班回來再說吧。」

「那就祝我好運，不要被留在辦公室修圖修到九點囉。」戴君儒扮了個鬼臉。

潘穎秀緩緩點了點頭，戴君儒也點點頭，再度拿起遙控器。

「我們可以接著看電影了嗎？」他說：「我已經快忘記剛才看了什麼。」

「如果你不介意，我們可以從頭再看一次。」潘穎秀提議。

戴君儒咧開嘴，「很好，其實我也不太記得前面播了什麼。」

潘穎秀也有同感，他什麼都沒看進去。

晚上，潘穎秀盥洗完，換上睡覺用的舊T恤和運動短褲，盤腿坐在沙發上。

戴君儒站在臥室的門口，抓了抓後頸，「呃，晚安。」

他有些汗顏，「從來沒有人來借宿過我家，所以我也不確定沙發好不好睡。」

「沒有關係。」潘穎秀再三保證，「這樣已經夠好了。」

看著戴君儒走進房裡，輕輕掩上房門，他才爬下沙發，關上客廳的燈。

他將枕頭放在沙發的一角，掀開薄被躺了下來。

不論是沙發的觸感、薄被和枕頭上的洗衣精味道，或是他眼前的天花板，每一項都極度陌生，即將迎來的明天也是。

他側過身，用被子緊緊捲住身體。

潘穎秀向來不認床，但是今天，聽著空調運轉的輕微聲響，他翻來覆去，怎麼樣都睡不著。

第四章

戴君儒一打開臥室的門，看到沙發上熟睡的人，差點大喊出聲。

他睡到反應遲緩的大腦，才終於提醒他，昨天帶了一個人回家過夜。

他搬進這間公寓，到現在快一年了，從沒有人來過。他一直都是單身，也不常帶朋友回來，突然在家裡看見另一個人，是強烈的視覺衝擊。

他小心關上房門，確保不弄出大聲響，躡手躡腳地往浴室走去。

洗手台的架子上，放著另一組馬克杯和牙刷。原本玻璃台面上的水漬和牙膏所留下的痕跡，被清理得乾乾淨淨。

除非是半夜突然有家事小精靈造訪，不然這一定是潘穎秀的功勞。戴君儒嘆了一口氣，他真的不需要這麼做，讓他借住不是什麼大不了的事，但不知道怎麼樣潘穎秀才會接受。

戴君儒擰開水龍頭，用冰涼的冷水洗臉。他打了一個寒顫，大腦終於清醒。

如果他爸媽知道，他居然找陌生男人當室友，大概會氣到臉色鐵青。不過，他也不覺得潘穎秀能給他什麼威脅。

那天晚上碰面看合約時，潘穎秀的模樣，只有「落水狗」一詞能形容，身形比第一次見面時更加單薄纖細，神情疲憊。

他從來沒有親眼看過一個人這麼脆弱、這麼無助，除非潘穎秀是個演技一百分的騙子，否則他的心碎模樣再眞實不過。

說他愚蠢也好，衝動也罷，戴君儒就是想幫他，至少讓他撐過這段時間。

戴君儒關上水龍頭，把臉擦乾，撥開被水打溼、落到眼前的瀏海。

「靠！」

他回到客廳，一抬頭就對上潘穎秀的視線，他又被嚇到，沒有壓抑住喊叫出聲。

「對不起。」潘穎秀斜靠在椅背上，墊著枕頭，將薄被拉到下巴處。

他一手搓著臉，嘴角浮現一抹歉意的微笑，「我是不是應該要先出個聲？」

「沒事，我只是以爲你會再多睡一點。」戴君儒在沙發邊站定，「早安。你有睡好嗎？」

「還可以。」潘穎秀溫和地說。

看他半闔的眼皮，戴君儒知道，答案正好相反。

戴君儒原本不想去上班，只想留在家裡和潘穎秀說話。

他有太多想問的問題，也好奇潘穎秀的狀況，但是全都在刺探他人隱私，他沒有立場開口。

最後，他還是乖乖去公司了。

這天，戴君儒把午餐時間也拿來修片。下午的棚拍案，他快速地架好燈光，從來沒有這麼有效率過。

「今天很亢奮喔。」他的攝影師師父懷疑地打量他，「交女友了？下班是要趕著去約會嗎？」

「沒有啊。」戴君儒想了一下，心情似乎更接近買了一個新玩具，或養了一隻新寵物，迫不及待想要回家把玩。

戴君儒再次開口：「我只是精神特別好而已。」

他淺淺地帶過話題，甚至懶得去糾正對方，他只交男友。

在他和爸媽出櫃時吵得天翻地覆之後，他就什麼都不怕了，不覺得這有什麼好藏，只是他不希望把個人的感情生活帶到工作場合，成爲其他人的談話資本之一。

下班前半小時，戴君儒已經整理好今天攝影現場的側拍照，也修好客戶挑選的毛片。他不時注意著電腦右上角的時間，六點一到，他就從椅子上跳起身，離開公司。

回家的路上，他遏制著想超速、搶黃燈的衝動，提醒自己安全駕駛，然而，每一個紅燈都讓他坐立難安。

隨著越接近公寓，他的心跳得越快，好奇一開門會看到什麼。

機車彎進小巷，戴君儒停好車，爬上樓，在家門前停下腳步。他深吸一口氣，屏住呼吸，伸出手，試探地抓住門把，接著，他把鑰匙插進鎖孔裡。

鐵門還好好地鎖著，伴隨一聲「咯嚓」脆響，鐵門往他的身上彈開。

「哈囉。歡迎回家。」

還沒有看見人，潘穎秀的聲音就傳進他耳裡。對戴君儒來說，這眞是一個奇怪的體驗——回家時有人在客廳等他，還對他說「歡迎回家」。

「嗨。」他關上鐵門，轉過頭，潘穎秀正從廚房走來。

潘穎秀舉起手中的馬克杯，有點尷尬地笑，「對不起，我剛剛在裝水喝。」

戴君儒大嘆了一口氣，「叩」地一聲把安全帽放在鞋櫃上，一邊踢掉腳上的鞋，一邊看著潘穎秀。

「好吧，這樣說好了。」他說：「你要借住在我家，那我先跟你約法三章。」

潘穎秀眨了眨眼，呆滯地看著他。

「首先，不要再對我說『對不起』了。」戴君儒把鞋放進櫃子裡，關上門，轉過來面向他。

他輕輕嘆了一口氣，「你要不要算一下，從你踏進我家門之後，你對我說過多少次『對不起』？」

潘穎秀的道歉讓他全身不舒服，儘管他說不上來爲什麼，他仍肯定，他一點都不想聽到潘穎秀的道歉。

「對不——」面對戴君儒警告的眼神，潘穎秀笑了起來，硬是閉上嘴。

「然後呢？」潘穎秀問。

「什麼然後？」戴君儒直瞪著他，露出不解的表情。

「你說的約法三章。」潘穎秀答道：「第一條是『不准說對不起』，第二和第三條呢？」

這傢伙是認眞的嗎？戴君儒打量潘穎秀的臉，想知道他是不是在開玩笑。

「這個『三』只是修辭，先生。」戴君儒回答。

聞言，潘穎秀眼睛彎起，臉上浮現出一個大大的、露出上排牙齒的笑容，像個天眞無邪的孩子。

他好美，戴君儒捨不得眨眼。就算他的頭髮散亂、沒有整理，就算他的黑眼圈仍然占據著眼下空間，但他笑開嘴時，嘴唇掀起的弧度和下巴下顎的線條，還是美得讓人目不轉睛。

「我在開玩笑，先生。」潘穎秀學他的口氣。

這一刻，時間彷彿凍結了。

戴君儒一點也不在乎剛剛是不是說了蠢話，只是忙著記住潘穎秀臉上的笑容，以及懊惱不能及時用相機記錄下這抹笑容。

戴君儒由衷希望，他能把這笑容永遠保存在潘穎秀臉上。

半晌，他才意識到他直直盯著對方的臉看，久到快要被劃分進變態的範疇了。

他硬生生地轉開視線，看向潘穎秀後方的牆壁。

「你餓了嗎？我們先去吃晚餐？」他轉移話題。

「好啊。」潘穎秀順從地說。

戴君儒打開鞋櫃，「你想吃什麼？夜市牛排還是小火鍋？」

「都可以。」潘穎秀回答。

「那我們出去再決定好了。」

兩人穿好鞋，走出家門，在戴君儒準備鎖門時，潘穎秀侷促地換了個站姿。他支支吾吾，「嗯，你可能要記一下這幾餐的飯錢——」

一股煩躁感油然而生，戴君儒倏地轉頭看潘穎秀，「我想到第二條了。」

「啊？」

「在你解決錢的問題之前，不准再跟我提要還錢的事。」

潘穎秀搖了搖頭，「但是——」

「潘穎秀。」戴君儒警告地道。

「對不起。」

戴君儒發出一聲挫折的低吼。

最後，他們決定去附近的一間麻辣鍋餐廳。

店門打開，一股混合花椒和藥膳湯頭的香氣，竄進鼻腔。

「兩位，謝謝。」戴君儒對帶位的店員說道。

他們在牆邊的兩人桌面對面坐下，研究眼前的菜單。

沿著潘穎秀的視線看去，戴君儒發現，他一直在最基本的幾種口味上徘徊。

戴君儒忍住翻白眼的衝動，把手伸過桌面，指向價格更高的分享鍋系列，「你會介意跟別人共鍋嗎？」

戴君儒接著說：「如果你不怕兩個人的筷子在鍋子裡面打架，我們就點牛筋牛肉的雙人鍋？」

潘穎秀看著他，張開嘴，幾秒後又閉上。他抿起嘴，拉出一個有點緊繃的微笑，「都可以。」

於是，戴君儒不只點了最貴的雙人鍋，還加點了一盤羊肉和一份牛肚。這一刻，他似乎有點理解，小時候爸媽總是會要他吃多一點、再吃多一點的感覺了。

「啊，我要再多加一個滷肉調理包。」

戴君儒在店員收走菜單前又加點，想說明天中午潘穎秀至少還有正常一點的午餐可以吃。

店員走遠，戴君儒轉過頭，才發現潘穎秀直勾勾地盯著他。

「怎樣？」

潘穎秀聳聳肩，「我現在什麼都不能說。你不讓我道歉，又不准我提錢。」

「你就沒有別的話題了嗎？」戴君儒咧開嘴。

「嗯，有點難。」潘穎秀回答：「因爲我今天一整天，腦子裡都只有跟錢有關的事情。」

戴君儒差點脫口追問「你的錢到底都到哪去了」，但是他沒有資格過問，也不確定唐突地發問，會不會讓潘穎秀在餐廳裡哭出來。他不想為了滿足好奇心，造成潘穎秀的二度傷害。

他壓下好奇心，想著讓潘穎秀這幾天能過得舒服一點。

戴君儒點點頭，「所以，你打算怎麼做呢？」

潘穎秀吐了口氣，「反正，我一定要先找打工。」他苦笑，「但要領到薪水，大概也要到下個月初了。」

「打工啊……」戴君儒頓了頓，「你想要找哪方面的？」

「我不知道。」潘穎秀說：「便利商店或是餐廳外場？都可以，我不太挑。」

「可以理解。但是，你有其他經驗的話，更專業一點的工作，會不會比較好？」戴君儒問。

潘穎秀微笑，「如果我告訴你，我大學畢業後到現在，除了模特兒，沒做過其他的工作，你會不會覺得很荒唐？」

「啊？」戴君儒直瞪著他。

「我當完兵之後，就跟張浩……我前任在一起了。在那之後，我就跟著他，當模特兒。」潘穎秀接著說：「到現在差不多快一年，我還沒有做過其他工作。我不知道我現在能做什麼。」

又是那個事不關己的語氣。戴君儒不禁皺起眉頭，他懷疑潘穎秀習慣用這種方式，輕輕掠過還沒有癒合的創傷。

戴君儒打量潘穎秀的臉，腦中靈光一閃。

「你說，你跟他之前是用工作室的名義在接案，對吧？」他向前傾身，對上潘穎秀的視線，「你會修片嗎？還有架器材那些的？」

潘穎秀向後靠在椅背上，眉頭微微皺起，「呃，我是會……」

「那，你要不要來我公司試試看？」

「什麼？」潘穎秀歪頭一愣，沒有聽懂他的話。

「我們公司還缺一個攝助。」戴君儒說：「如果我說你是我朋友，你明天搞不好可以直接跟我去面試。你有履歷嗎？」

「呃，我是可以做一份……但是這樣好嗎？」潘穎秀嚥了一口口水。戴君儒的眼神，不禁跟著他的喉結上下移動。

潘穎秀又補充，「我不想製造你的麻——」

「不會麻煩。」戴君儒打斷，「這樣還省掉我師父一個一個看履歷的困擾呢！」

潘穎秀咬著嘴唇，垂下視線，幾秒鐘都沒有說話。當他再度抬起眼時，眼眶比剛才紅了一點。

戴君儒有點害怕他再度落淚，但是潘穎秀沒有哭，只是輕輕點了點頭，「那就拜託你了。」

「就這麼辦吧。」戴君儒說：「等一下回去，我們把你的履歷做好，明天我拿去給我師父看看。」

潘穎秀張開嘴試圖要說些什麼，但被端著大砂鍋的服務生給打斷了。

「麻辣牛筋牛肉鍋。」她把鍋子放在兩人中間。

「謝謝。」

戴君儒對她露齒一笑，服務生說了聲「不會」，就急急忙忙地走了。

他拿起手邊的筷子，正要催促潘穎秀開動，卻發現潘穎秀勾起嘴角，一手托著臉頰，用奇怪的表情看著他。

脖子後方一陣發麻，戴君儒忍不住清了清喉嚨，「幹麼？」

「很會放電喔！」潘穎秀的眼睛微彎，「這樣會有免費招待的小菜嗎？」

戴君儒哼笑一聲，「有的話就好了，這家的涼拌小黃瓜滿好吃的。」

潘穎秀輕巧的笑聲，意外地令戴君儒的心情放鬆了下來。如果可以，他眞希望他能讓潘穎秀再多笑一些。

「是不是做過頭了，戴君儒？這樣眞的有必要嗎？」

他的心底有一道細小的聲音戲謔地問。

不，才沒有。他反駁心裡的聲音。

大學時，他也曾經在室友沒錢吃飯時，偷偷在他的口袋裡塞進兩百塊。這一切只是舉手之勞而已，沒有那麼複雜。

他用筷子敲了敲砂鍋邊緣，「快點吃吧。我們等一下還有正事要做。」

潘穎秀幾乎要覺得一切都沒事了。幾乎。

他現在有了住的地方，而且不到一個星期，就找到了一份新工作。

他的履歷是和戴君儒一起完成的。文件右上方的大頭照，也是戴君儒從他帶來的硬碟裡，幫他挑選的。

他選了一張潘穎秀在某個拍攝現場的側拍照——襯衫領口微開，眼神認眞且專注地看向鏡頭外。

看到那張照片，潘穎秀想起，那是拍攝某一組年曆攝影時的照片。他身上套的那件襯衫，是張浩祥的衣服，是在等待其他模特兒完成拍攝、一邊挑片時穿上的。

看見那件衣服，潘穎秀的胸口便一陣緊縮，但是他盡可能不要在戴君儒面前表現出來。

戴君儒在看見他的硬碟裡充滿了裸露的肌膚時，瞬間皺起了眉。這模樣潘穎秀切切實實地捕捉到了。

不確定理由為何，但潘穎秀猜測，戴君儒不喜歡他以前的工作內容。

大尺度作品的拍攝成果，帶來了血脈賁張的效果和張力，也許對某些人來說是藝術品，然而，對於自願在鏡頭面前裸露的模特兒，人們卻不會把他們當成藝術家。

至於潘穎秀，他不知道自己是什麼，他也不想知道。

「把你之前和那個……前任合作過的案子，都列上去吧。」戴君儒說：「不需要寫太細，只要寫作品名稱跟時間就好了。」

潘穎秀順從地照做，猶豫了一會，他還是把《空白》加了進去。

雖然他不想把和張浩祥有關的作品放在履歷上，但是他別無選擇。自他離開校園，他的生活就和張浩祥綁在一起，無論好壞，永遠留在他的人生。

隔日，戴君儒把潘穎秀的履歷帶去公司，他焦慮地等了一整天，直到戴君儒下班回來愉快地宣布，攝影師對他的履歷有興趣，才稍稍放心。

爲此，戴君儒還帶他去買了一頂新的安全帽，以利騎車載他去公司。這筆費用，潘穎秀還是默默地記在手機備忘錄裡了。

戴君儒工作的廣告公司，是一間規模不算大的攝影工作室。除了接案拍攝，也會進行設計行銷的工作。公司裡的員工除了負責人、一名攝影師、戴君儒，還有一位平面設計和行政助理。

正是因爲規模不大，攝影師看過潘穎秀的經歷後，沒說太多，只問了「什麼時候可以來上班」，便錄取了潘穎秀。

一旁的戴君儒聽見，在電腦前悄悄地對潘穎秀豎起兩手的大拇指。

潘穎秀和攝影師聊完後，因爲無處可去，在徵得攝影師的許可後，便待在公司裡，觀摩戴君儒的工作內容，自告奮勇地協助他搬待會拍攝要用的道具。

張浩祥有時候會接拍攝案，潘穎秀就會當他的攝影助理，所以架設光罩和吊臂這樣的事，對他來說不算陌生。

攝影師聽見響動，回過頭看著他們，「你今天就要開工了嗎？」他打趣地說：「那就從今天開始幫你算加班費囉？」

「我怎麼就沒有加班費啊？」戴君儒放下手上的木箱，起身抗議。

「我教你控光，也沒跟你收學費啊。」攝影師回答。

戴君儒哼了一聲，背向攝影師，對潘穎秀翻了一個誇張的白眼，潘穎秀只是笑著搖頭，聽師徒倆拌嘴。

見潘穎秀扛著幾座燈架走出器材室，戴君儒立刻趕上前，「讓我來吧。」他伸出手，想要接過潘穎秀手上的重物。

潘穎秀不禁失笑，「我是你同事，不是客戶。」他挑起眉，「還是你怕我搶你工作？」

戴君儒的臉頰微微泛紅，舉起雙手，往一旁退開。

潘穎秀很享受實際做點什麼的感覺，會讓他覺得自己是活著的。

過去兩個星期，他就像在一場混沌，又無法轉醒的夢魘中，然而，搬進戴君儒的公寓，現在看來，就是甦醒的第一步。

下班時間，潘穎秀協助收拾好攝影棚，等戴君儒把工作收尾，再一起離開。攝影師在電腦後方揮了揮手，對潘穎秀喊道：「明天見囉，新伙伴。」

「我盡可能帶他準時到。」戴君儒回答：「但我不敢保證喔！」

來到戴君儒停放機車的地方，潘穎秀戴好安全帽，抬起頭，看見人行道旁的便利商店，突然想起一件很重要的事。

「君儒。」

戴君儒像是被嚇到般彈了一下，「怎麼了？」

「我可不可以……跟你借一點錢？」

「借錢？」戴君儒頭一偏，困惑地看著他，「當然可以。但是，我可以問你要做什麼嗎？」

「我要……」潘穎秀的喉頭一陣緊縮，話梗在舌根。他再次開口：「我要匯生活費給我弟。」

「哦。」戴君儒說：「你需要多少？」

「四千。」潘穎秀低聲說道。

戴君儒皺了皺眉，眼神在他的臉上來回搜索了一圈，若有所思。

見狀，潘穎秀急忙補充，「如果你會擔心，我可以留文字紀錄給你。我寫在我們的對話裡，等我拿到薪水就——」

戴君儒舉起一隻手制止他說下去，「我不是在擔心這個。」他欲言又止，抓了抓臉頰，「我借你，但你不要想太多，好嗎？」

潘穎秀沒想到，戴君儒甚至沒有要求他多做解釋，就答應了。

他想，戴君儒給予的幫助，已經遠遠超過「熱心助人」的程度了。爲什麼他願意爲他想辦法？是因爲他真的看起來太可憐？又或是有其他暫時無法參透的原因？

潘穎秀試圖微笑著道謝，但是他擔心他的笑容沒什麼說服力。比起欠錢，潘穎秀欠下的人情，更令他感到不安。

回到家後，戴君儒便轉了四千元到潘穎秀的網路銀行戶頭裡，他也即時把錢轉給潘穎成。兩分鐘後，他收到了弟弟傳來的「謝謝」貼圖。

新生活對潘穎秀來說一切都很好。

公司的人少，員工之間的氣氛，比起同事更像是朋友。潘穎秀會一邊修片，一邊聽著負責平面設計的小雯低聲哼歌，也會在協助攝影師拍攝時，看戴君儒聚精會神地觀察師父拍照的模樣。

一天、兩天、三天，潘穎秀逐漸適應這樣的生活。

上班時，雜事分散了他的注意力，只有回到戴君儒家，躺在沙發上看著天花板時，他的心才會蠢蠢欲動。

他想念張浩祥的體溫，還有他的手臂橫在胸口的重量。誰想得到，才同居不到一年，他就忘記要怎麼一個人睡覺了。

幸好，他暗自掉淚時，戴君儒都在臥室裡熟睡，他能好好地把眼淚哭進枕頭。

等到搬走時，一定要記得買一顆新枕頭還給戴君儒。潘穎秀默默地在心中承諾。

「穎秀，你來一下。」

「大哥，怎麼了？」

潘穎秀抬起頭，只見攝影師在攝影棚對他招了招手，而戴君儒站在攝影師身後，一臉茫然地聳肩。

潘穎秀放開滑鼠，來到棚景前。

攝影師看著擺放在牆邊的道具，若有所思地搓著下巴。

「我重新看過你的履歷。」他說：「原來《空白》的模特兒是你？」

聽見這句話，潘穎秀的身子一僵。連不遠處忙著調整吊臂角度的戴君儒，手上的動作也一滯，轉頭看向他。

「是。」潘穎秀遲疑地點了頭。

「那你怎麼還來當攝助？」攝影師挑起眉，瞥了他一眼，「不想繼續當模特兒了嗎？寫真集好賺多了吧？」

潘穎秀不太確定該怎麼回應。

其實，當不當模特兒，真正的關鍵是他想不想。

第一次，當張浩祥拿起手機，拍下他在做愛過後閉眼休息的模樣時，他沒有想太多，只是對於照片中他裸露的肩膀和背部，以及昏黃燈光下的朦朧側臉感到驚慌。

因此，他拜託張浩祥刪掉那張讓他感覺赤裸的照片，可是張浩祥卻親吻著他，說他這樣很美。

他想，也許張浩祥能看見他看不見的美好，也確實，張浩祥拍攝的他，在每一張照片裡看起來性感、冷漠，而舒張的軀體卻像是在歡迎，反差且衝突的美，讓他認不得自己。

他不知道他想不想當模特兒，只知道他身為模特兒是事實，無關好惡。

攝影師沒有等他給出答案，「你去那邊的椅子上坐著。」他指示著，「反正景也準備好了，趁模特兒到之前，我們測試一下。」

潘穎秀的眼神瞥向戴君儒，只見他用同樣的姿勢抓著吊臂，眼神懷疑地回看他。

「好。」潘穎秀還是答應了。

攝影棚布景裡，木椅隨性地擺在桌邊，桌面上擺著拍攝的小道具。潘穎秀緩緩地朝棚景走去，在椅子上落座。

潘穎秀不知道攝影師想要讓他做什麼，只能侷促地坐著，雙手擺弄身上穿的針織外套下襬。

攝影師拿起一旁的攝影機，在潘穎秀的面前蹲下。

「來，想像一下，你在咖啡廳等人。」攝影師說：「然後，你左前方有一組客人帶了一隻很可愛的柴犬進來，你忍不住一直盯著牠看。」

攝影師的引導很具體，可以很清楚地知道該擺出什麼姿勢。

潘穎秀忍不住笑了出來。他配合地垂下視線，看向攝影師的右手邊，想像出一隻柴犬，露出淺淺的微笑。

快門聲響了幾次，攝影師又下了其他的指令。

他拿起桌上玻璃瓶裡的乾燥花，遮住嘴，仰起頭，用半闔的雙眼，看向站在他面前、居高臨下的攝影師。

不知為何，在他腦中，攝影師的臉突然和張浩祥的臉重疊——以往在鏡頭後方的人總是張浩祥。

潘穎秀的心臟猛地一揪，身體一顫，一陣鼻酸，他沒辦法再看著眼前的攝影師。

於是，他撇開視線，看向一旁的戴君儒。只見戴君儒雙手交抱在胸前，斜倚在窗邊，目不轉睛地看著他。

兩人視線相交之時，戴君儒勾起一邊的嘴角，對潘穎秀擠眉弄眼了一番。

心底突然掀起濃烈的情緒，潘穎秀低下頭，想轉移注意力。

此刻，攝影師的快門依然沒有停下。

幾分鐘後，模特兒和化妝師抵達了工作室，潘穎秀便溜出棚景，回到座位繼續被中斷的工作。

拍攝工作結束後，攝影師把照片丟進電腦裡，喊住潘穎秀，「我們來看看你今天拍出來的成果。」

「應該很可怕吧。」潘穎秀尷尬地笑，「沒有妝髮，也沒有服裝……」

「我也要看。」戴君儒湊了過來，在潘穎秀與攝影師之間探出頭。

螢幕上顯示著潘穎秀的照片，攝影師在二十幾個檔案間移動游標，最後，他點開潘穎秀拿著乾燥花的照片。

在自然光下，潘穎秀的膚色十分透亮，即使眼下的陰影還沒淡去，直盯鏡頭的明亮眼神，就像在邀請螢幕前的人靠近一點，再更靠近一點。

「這是我嗎？」潘穎秀看到照片，腦中下意識地出現這個疑問。儘管拍過那麼多張照片，每次看到毛片，鏡頭前的自己，還是讓他感到陌生。

「很不錯嘛，穎秀。」攝影大哥一邊說，一邊把圖丟進相片編輯軟體裡，熟練地調色。

戴君儒用手肘輕輕撞了潘穎秀，給他一個讚賞的眼神。他不好意思地咧開嘴，臉頰微微發熱。

「你想兼職嗎？」攝影師問。

這提問使潘穎秀愣了愣，「兼職？」

「我們工作室也有固定合作的模特兒，就像今天下午的那位。」攝影師瀏覽著照片，頭也不回地說：「如果你願意的話，之後的案子能讓你拍。你覺得呢？」

「我……」潘穎秀支支吾吾，有些猶豫。

他在鏡頭前突如其來的情緒起伏，令他有些心有餘悸。

他以爲找個新的攝影師來替代張浩祥的工作，以擔任模特兒爲條件，交換戴君儒的幫助，一切都會沒事。但是，他顯然太天眞了。他低估了習慣與回憶的力量，也低估了它們對他的掌握。

「多一個額外的收入也不錯吧？」攝影師繼續說服，「幹麼要拒絕賺外快的機會，對不對？再說，大部分的案子也不會比寫眞集難拍，你沒問題的啦！」

攝影師的話，讓潘穎秀臉頰的溫度又上升了幾度。

這時，一旁的戴君儒「嘖」了一聲，「他可不是寫眞明星耶，大哥。」

「開個玩笑嘛！」攝影師回頭瞥了他一眼，「怎麼樣？這個提議可不是每個人都有的。你看看戴君儒，他想當模特兒還沒機會呢！」

「我並沒有想當，謝謝。」戴君儒翻了個白眼。

潘穎秀說不出拒絕的話。攝影師願意賞識他、給他機會，如果不接受，也未免太不識相了。他不想糟蹋別人的好意，也沒有什麼理由拒絕。

「好。」潘穎秀輕輕地回答。

「太好了。」攝影師說：「你回去之後整理一下作品集，風格最好豐富一點，明天帶來讓他們幫你建個檔。之後如果客戶有需要，我們會有比較多範例讓他們挑。」

「知道了。」

攝影師停下手上的動作，「至於今天拍的這些照片……」

「不然給我吧。」戴君儒突然開口：「我帶回去修，讓他當作品集的一部分。」

「你？」攝影師挑起眉，「你要帶回去加班喔？這不能報加班費耶！」

「就當練習。」戴君儒聳聳肩，聲音有點不耐，「拍形象照也要錢吧？就當作我幫他出了。」

攝影師打量了他幾秒，手一攤，「好啊，你把硬碟拿來。」

晚上，戴君儒一邊喝著便利商店的咖啡，一邊盤腿坐在沙發前的地上，修著潘穎秀的照片。潘穎秀則坐在沙發邊緣，盯著電腦螢幕，從過往的作品中，挑選作爲作品集的照片。

戴君儒悄悄打量著潘穎秀的側臉，只見他一隻手撐著下巴，遮住半張臉，另一隻手的手指在觸控板上滑動得飛快。

戴君儒放開滑鼠，轉頭面向潘穎秀，「如果你不想，也沒有必要整理作品給他。」他接著說：「你就說，你最近比較沒有心力兼差。」

「不，沒關係。」潘穎秀向後倒在沙發椅背，揉了揉臉頰，「只是……看這些照片有點精神折磨。」

戴君儒同情地看了他一眼，拍了拍他的膝蓋安慰著，「我懂。這大概是攝影師和模特兒戀愛的原罪？把身邊的人當做拍攝對象，分手後，對方是你作品集的一部分，想刪還刪不掉。」

就像一道傷口還沒結痂，又不斷被人拉扯、重新撕裂。

潘穎秀的頭一歪，雙眼轉向他，笑了笑，「看來，你也是過來人喔？」

「差不多吧。」戴君儒說。

他按下儲存檔案鍵，撐起身子，坐上沙發。他側過身、盤起腿，娓娓道來。

「我大學時，和攝影社的學弟在一起過一小段時間，那時候我拍了很多他的照片。後來我發現，他有另一個男友。那個人是別間學校的，還特別跑來我們學校堵我，要跟我談談。」

「要命。」潘穎秀挑起眉，「然後呢？」

「那個學弟裝死，再也不來攝影社了，我也懶得去找他。在那之後，我把我幫他拍的照片全部刪掉了，害我累積的作品少了超過一半，有夠虧。」

「我是說他男友。」潘穎秀說：「他來找你的時候，你怎麼辦？」

戴君儒笑了起來，「那個男的私訊我，叫我在校門旁邊的巷子口等他。隔天，我找了一群體育系的朋友陪我一起會會他。我們碰面時，我很親切地強調，我真的沒興趣當第三者，請他把男友管好。臨走之前，他還跟我握手道謝。」

潘穎秀故作吃驚地往沙發角落退，「哇喔！原來你是會找人去打架的那種人？」

「那叫做保險。」戴君儒聳聳肩，「他私訊的用詞凶狠，我才怕他找一群人來圍毆我呢。沒想到他卻一個人來，我都有點同情他了。」

現在回想起這段感情，還是讓他覺得荒唐至極，整個交往過程，都是一場徹頭徹尾的笑話。

但他就是喜歡上了，而且在這段感情裡，他無愧良心，是學弟同時糟蹋了兩個人的眞心。

潘穎秀點頭同意，「的確滿可憐的。」

兩人突地一陣沉默，戴君儒的嘴一張一闔，有些猶豫地支支吾吾。

見狀，潘穎秀側過身，肩膀靠在椅背上，露出淺淺的笑，「你想問就問吧。」他輕聲說：「我猜你已經忍耐很久了。」

「這麼明顯嗎？」戴君儒咧嘴一笑，舔了舔乾燥的嘴唇，補上一句，「如果你不想說，可以不用告訴我，你沒有義務跟我說。」

潘穎秀沒有表情，只是搖搖頭。

於是，他就問了。將潘穎秀打給他的那一刻起，就盤據在心中的每一個疑問，小心翼翼地問出。

起初，潘穎秀說得有些艱難，怕再度擊垮好不容易建設好的防衛。

看出他的掙扎，戴君儒拿過茶几上的面紙盒，擺在兩人之間，浮誇的舉動讓潘穎秀笑出來，把眼淚給逼回去了。

潘穎秀低聲笑了笑，開口講起他的故事——

潘穎秀是在同志酒吧認識張浩祥的。當時，他和當兵時認識的同梯一起去酒吧，那位朋友對張浩祥很感興趣，然而張浩祥卻搭訕潘穎秀，兩人因此交換了聯絡方式。剛退伍的潘穎秀，偷偷留宿在潘穎成的宿舍裡，思考著下一步。那段時間，張浩祥用「來外拍」的理由，到潘穎秀所在的城市找他，他們見了一次又一次。

某天，張浩祥要回家了，並邀請潘穎秀和他一起北上。

「所以我就把行李箱帶著，跟他一起走了。」

「你就這樣跟他走？」戴君儒直瞪著他，「你不怕他把你賣了嗎？」

「不怕啊。」潘穎秀搖搖頭，垂下視線，「那時候什麼都不怕，覺得沒有什麼事是不能應付的。頂多就是被騙感情而已，還能有什麼損失？」

「被騙感情的損失還不夠大嗎？」

潘穎秀輕笑一聲，「嗯，我現在知道了。」

這反應使戴君儒瑟縮，想把那句不經思考的蠢話收回。然而，潘穎秀像是不在意一樣，繼續說著他的感情故事。

發現他被騙的不只是感情時，戴君儒差點就從沙發上彈了起來。

「他偷了你的錢耶，潘穎秀。」他不可置信地瞪大雙眼，「你不打算報警嗎？至少把你的錢要回來？」

「但是我要怎麼證明是他偷走的？」潘穎秀回答：「雖然他用的是我的卡，可是卡最後還是在我的錢包裡，他可以說是我給他的，也可以死不承認錢在他手上。」

「這樣不對吧。」戴君儒搖頭，「家人偷領你的錢都可以提告了，更何況他只是同居人。」

潘穎秀咬了咬嘴唇，沒有馬上回答。

當他再度開口時，聲音有點沙啞，他清了清喉嚨，「其實那也沒多少錢。」

潘穎秀一頓，「我和他同居的這一年，房租都是他付的，就當作我把房租還給他。」

主動給錢是一回事，被人盜領後再自我說服，怎麼聽都不對勁。戴君儒還想要多說什麼，但是潘穎秀疲憊的表情，令他不忍多說。

他想，現在潘穎秀最不需要的，就是一個交淺言深的人對他下指導棋。

「我暫時還不想處理這件事。」潘穎秀輕聲說：「再過幾天吧。」

「嗯，可以理解。」儘管戴君儒不太贊成他的作法，仍只是淺淺地帶過話題。

潘穎秀斜靠在沙發上，肩膀垮下，眼皮半闔。這副低落的模樣，使戴君儒燃起想爲他做點什麼的念頭。

他的手試探地往潘穎秀探去，落在他的手臂上，握住。戴君儒頓了頓，抬眼看向潘穎秀。他只是默默地看著他，沒有反抗。

戴君儒輕輕一拉，潘穎秀的身體便往他的方向靠來，額頭抵在戴君儒的肩膀，雙臂交抱在自己的肚子前。

這一刻，戴君儒感覺心跳的力道變大了，在胸口咚咚作響。他不確定，潘穎秀靠得那麼近，是不是也能感覺得到？

潘穎秀輕嘆了一口氣，調整坐姿，讓身體能更加自然地靠在戴君儒身上。

「對不起。」潘穎秀的聲音低啞，「讓我靠一下下就好。」

戴君儒緩緩舉起手，環過潘穎秀瘦削的肩膀。他的肩膀骨骼線條分明，彷彿可以摸到凸起的頸椎。

「沒關係。」

他把下巴靠在潘穎秀的頭頂，可以聞到和他一樣的洗髮精氣味，還有潘穎秀獨特的香氣。

他閉上眼睛，輕柔地搖晃著，大掌順著潘穎秀後腦的頭髮，一次又一次，「辛苦你了。」

戴君儒的語氣溫柔，「誰都有需要休息的時候。在我這裡，你就盡量休息吧。」

戴君儒不知道他擁著潘穎秀多久了，但他希望這段時間可以持續得久一點，再久一點。

半晌，潘穎秀深吸一口氣，坐直身體。包裹在他們周遭的某種氛圍突然被打破。

戴君儒意識到雙手依然搭在潘穎秀的肩上，他快速收回手，插進口袋。

感覺到他的慌張，潘穎秀對他微微一笑，臉頰泛起一點粉紅。

見狀，戴君儒轉開視線，看向茶几上的電腦螢幕，以及他喝到一半的冰咖啡。

要命，明明是他主動抱人的，怎麼反而是他在難爲情？

他拉了拉衣服的下襬，一股腦地溜回地板，伸了個懶腰，大聲嘆了一口氣，「啊！再努力一下，很快就修完了。加油！」

生硬的語氣，簡直就像是話劇社社員在念台詞。

「加油。」潘穎秀配合地說道。

戴君儒只是背對他，不想讓潘穎秀看到自己漲紅的臉頰。

下次要抱人之前，記得要先找好台階下。戴君儒提醒著自己。

「對啦！」戴君儒突然轉過頭，又一次拍了拍潘穎秀的膝蓋。

「嗯？」潘穎秀的視線從螢幕上轉移到他身上。

「這週末，我們去外拍吧？」戴君儒說：「當作我們正式合作之前的練習？」

「好。」潘穎秀回答，語氣有些小心翼翼。

「主題很單純，我保證。」戴君儒咧開嘴，「我說過，我不會找你拍大尺度的，記得嗎？」

潘穎秀眨了眨眼，嘴角緩緩地浮起一抹微笑，「記得。」

第五章

戴君儒在鬧鐘響起前就睜開了眼睛。

他拿起手機看了一眼，距離他設定的九點鐘，還有半個小時。他嘆了一口氣，雙手抹過臉，翻身把被子揮開。

前一天晚上，攝影師提議，邀請工作室的同事們一起去吃熱炒，當作歡迎新伙伴加入。

戴君儒便帶上潘穎秀一起出席。

由於他還得騎車，有藉口能推掉同事的勸酒，但是潘穎秀就沒那麼幸運了，是眾人勸酒的目標對象。

潘穎秀喝了兩杯生啤後，戴君儒想起他喝醉的樣子，也記得他前任輕描淡寫地說他酒量不好，就試著幫他拒絕接下來的勸酒。

但是攝影師喝多了，堅持要潘穎秀乾杯，同事們也在一旁起鬨，潘穎秀只好一杯接一杯地喝。

最後，戴君儒幾乎是一路扛著站都站不穩的潘穎秀回家的。

一進家門，潘穎秀就跌跌撞撞地衝進浴室裡吐。

戴君儒跟在他後面，站在浴室外手足無措。

他想幫些什麼，但是潘穎秀制止了他，用沙啞的聲音表示「吐完就沒事了」。接著，又是一陣反胃聲和淅瀝嘩啦的聲響，聽得戴君儒一陣瑟縮。

潘穎秀走出浴室時，眼眶、鼻子和臉頰一片通紅，反而卻看起來清醒許多。

「第一次看到有人喝啤酒喝成這樣。」戴君儒雙手交抱在胸前，靠在門邊，不以爲然地上下打量，「你是不是太想念喝醉的感覺啦？」

「剛失戀沒多久，喝醉一次很合理吧？」潘穎秀的聲音嘶啞難聽，但他露出了完美、耀眼的微笑。

後來，潘穎秀躺到沙發上，雙眼半闔，可是他不像要睡覺，只是抱著被子縮成一團，一臉若有所思。

戴君儒沒有說話，坐到他旁邊，在電視上選了一部動畫電影。看完電影，他才注意到潘穎秀的呼吸已經變得緩慢而平穩。

戴君儒小心翼翼地幫他蓋上被子，努力轉移盯著對方睡臉看的眼神，回到房間。

然而，他躺上床，一閉上眼，潘穎秀的側臉輪廓不斷在他的腦中浮現，他無法阻止自己。

輾轉難眠好一會，戴君儒終於還是在迷迷糊糊中進入了夢鄉。

現在，睡不到六個小時的他，卻亢奮得一點都不覺得累。

戴君儒跳下床，前往廁所。

「幹！」他脫口而出。就算剛才還有一絲殘存的睡意，在這一刻也被嚇到完全消失了。

潘穎秀的上衣捲在肩頭，短褲鬆垮地掛在髖骨上，戴君儒站在浴室門前，呆滯地和他大眼瞪小眼，視線也不自覺落在他那既纖細又有肌肉起伏的線條上。

雖然戴君儒很久之前就從照片中看過他的身軀，也不是第一次看到別人打赤膊，但親眼見到潘穎秀的身體，感受完全不一樣，衝擊更是大。

他的身材骨感，鎖骨的輪廓鮮明，胸肌之間依然透出一點肋骨的形狀，腹肌精實，向下延伸到短褲褲頭的鬆緊帶下方……

「靠，對不起！」他硬生生地撇開眼。

潘穎秀的嘴一歪，手上的動作沒有停下，另一手整理著上衣，「呃，沒關係？」他穿好衣服，撥了撥落到眼前的瀏海，對戴君儒露出笑容，「早啊！」

「我以爲你還在睡。」戴君儒一手扒過頭髮，尷尬得不敢與潘穎秀對視，「我提早起來了，所以就……」

「看得出來。」潘穎秀意味深長地打量了他一圈，側身走出浴室，「你精神很好喔。」

看著潘穎秀回到客廳的沙發旁，戴君儒才鑽進浴室裡，趕緊關上門。

就在他準備脫下短褲上廁所時，他才發現，褲襠正神采奕奕地挺立著。

這只是正常不過的晨勃罷了，絕對和潘穎秀的身體沒有關係。他在心底不斷告訴自己，但是，他還是有想把自己淹死在水槽的衝動。

戴君儒在馬桶上坐了很久，還默背《羅密歐與茱麗葉》的經典台詞，直到他的器官終於聽話為止。

他起身洗臉、刷牙，花了比平常更久的時間盯著鏡子裡的自己，才慢吞吞地走出浴室。

這時的潘穎秀，盤腿坐在沙發上，表情一派自然，好像剛才的尷尬場面沒有發生過。

戴君儒清了清喉嚨，也是，這有什麼好尷尬的？他們都是二十出頭的年輕人，早上起床有一點生理反應，也完全合理吧？

他若無其事地露齒一笑，「怎麼樣，今天應該沒有宿醉吧？」

「我喝啤酒不會宿醉，只會吐。」潘穎秀回答：「昨天晚上你已經見識過了。」

「對。」戴君儒搖搖頭，「我希望那是第一次，也是最後一次。」

潘穎秀勾起嘴角，「我盡量。」

「等我換個衣服，我們就可以出發了。」他抬起手，瞥了一眼手腕上的錶，「在跟我朋友見面之前，我們還有時間先去買個早餐吃。」

四十五分鐘後，戴君儒騎車載著潘穎秀，帶著一包拍照要用的道具服裝、相機包，車頭掛鉤掛著一袋早午餐，前往一間小學。

他剛停好車，安全帽都還來不及摘，就有一隻手「啪」地一聲打在他的背上。

「戴君儒！」

他轉過身，和他約好要見面的東尼站在行道樹下，臉上掛著有點傻氣的笑容。

「唷，好久不見。」戴君儒解開安全帽的扣環，摘下帽子，將被壓得扁塌的頭髮撥鬆。

「謝啦，這麼突然找你幫忙。」他笑著說。

「小事。」東尼擺了擺手。

他身穿背心和短褲，頭上戴著棒球帽，臉和脖子上爬滿汗水，說話時還有點上氣不接下氣。

「等一下進去之後，從第一道樓梯上去二樓。教室號碼在鑰匙上。」他從口袋裡掏出一串鑰匙遞給戴君儒。

戴君儒接過，「感謝。」接著比了比身旁的潘穎秀，「這是我朋友，今天要當我的模特兒。穎秀，這是我大學同學，現在在這裡當英文老師。」

潘穎秀背起裝滿道具的背包，對東尼禮貌地微笑，舉起手揮了揮。

「嗨。」東尼抬頭對潘穎秀點點頭，然後轉向戴君儒，「拍完之後，你記得把門鎖好，再把鑰匙藏在門口的踏墊下。」

「沒問題。」

「如果覺得太熱，也可以開冷氣。」東尼說：「盡量拍，只是別忘了那裡是教室，別做什麼非法的事喔！」

戴君儒翻了個白眼，「是能做什麼？」

「我不知道啊！」東尼咧開嘴，「抽菸啊、吸毒啊，或是在講桌上打砲——」

「閉嘴啦。」戴君儒用力推了他一把，「快去跑你的步。」

東尼一陣踉蹌，大笑起來。和他們道別之後，就沿著人行道跑開了。

戴君儒忍不住朝他的背影再翻了一次白眼，搖搖頭，對潘穎秀說：「不要理他，他是白痴，腦子裡只有健身的那種肌肉笨蛋。」

「但是他是英文老師。」潘穎秀的聲音像在憋笑。

「所以我對下一代的教育感到擔心，還好我一輩子都不會有小孩。」戴君儒拎起掛鉤上的早午餐，伸出手，「背包很重吧？給我吧！」

「還好。」潘穎秀回答，一邊往校門旁的小門走去。

看著不合比例的大背包掛在他背上，像個烏龜殼一樣，戴君儒不禁想起，每一次他試圖幫潘穎秀分擔一點什麼，潘穎秀都會拒絕。

他按捺下心中的煩躁感，加快腳步，跟上潘穎秀。

這間小學週末也會開放給社區的居民進出，因此兩人不受攔阻地進入校園。

照著東尼的指示，戴君儒順利找到了那間英語科任教室。兩人一走進，潘穎秀便卸下背上的大背包，放在教室後排的座位上。

在夏天的陽光照射下，教室裡就像蒸籠一樣又悶又熱。戴君儒在牆邊找到遙控器，立刻打開冷氣，等到兩人吃完早午餐，室內也終於涼快許多。

潘穎秀收拾好吃完的餐盒，起身到教室外的洗手槽洗手和洗臉。

他回到教室，用面紙擦乾面孔，再從大背包裡拿出化妝包，把小鏡子架在其中一張書桌上，夾起瀏海，拿起膚色的液體，用手指沾在臉上，開始化妝。

「你妝都是自己化的嗎？」戴君儒趴在旁邊的桌上，「會不會很難啊？」

「對啊！」潘穎秀對著鏡子說：「比較大的案子才會有化妝師，像是……」他手上的動作停頓一秒，沒有把話說完。

戴君儒知道他又想到了《空白》，連帶著其他記憶。他立刻回應：「其實也不需要化啊。」他急切地想要把話題轉開，「你平常的樣子拍起來也會很好看。」

潘穎秀的嘴角揚起了一抹弧度，轉頭看了他一眼，表情打趣，「這招現在對我不管用喔。」

「什麼？」戴君儒的臉頰緩緩升溫，「我沒有——」

「我沒打算畫得很誇張，只是想要稍微遮一下黑眼圈。」潘穎秀不著痕跡地繼續說：「這樣可以省去你修圖的困擾。」

戴君儒無聲地點點頭。

潘穎秀化妝的動作很輕，手腕移動得很靈巧。他半闔雙眼，在睫毛根部畫下眼線，再用棕色眉筆描繪眉毛的弧度。接著，潘穎秀拿起一小罐唇蜜，用小刷子刷在飽滿的嘴唇上。

這時的戴君儒只希望對方足夠專心，才不會發現他目不轉睛的眼神。

教室裡除了冷氣運轉的聲音，戴君儒只聽得見自己的呼吸聲。

潘穎秀拿下瀏海上的髮夾，對著鏡子撥鬆頭髮。他轉過頭，對戴君儒微微一笑，

「幫我確認一下，我的眉毛有沒有對稱？」

柔和的棕色眼影，使潘穎秀的眼神顯得更加溫柔，戴君儒花了一點時間，才把視線從潘穎秀的雙眼轉開。

他仔細端詳著潘穎秀的眉毛，幾秒後，認真地點點頭，「有，非常對稱。」

潘穎秀笑了笑，把小鏡子收回化妝包裡，彎下身，從大背包中拿出一袋疊得整整齊齊的衣服——一套簡單的白襯衫和休閒西裝外套，都是戴君儒的衣服。

雖然戴君儒不比潘穎秀高，但是他的身形比較寬，他的衣服套在潘穎秀身上，意外地多了一點慵懶與性感。

看著潘穎秀調整袖口的動作，戴君儒覺得胸口有股騷動，他搖搖頭，轉移視線。

潘穎秀走到他面前，一隻手插進卡其褲的口袋裡，「我這樣看起來像老師嗎？」

棕色的休閒西裝外套，搭上淺色卡其褲，再加上隨性紮進褲腰裡的白襯衫，使他看起來像老師，也像辦公室裡的年輕主管。

「夠像了。」戴君儒咧嘴一笑。

從他們約好週末要外拍後，戴君儒就一直在思考拍攝主題，但是不管主題是什

麼，似乎都有些刻意。

戴君儒不希望這個拍攝全出於私心，這是他第一次幫潘穎秀拍照，他希望潘穎秀有話語權。

他想起潘穎秀說過，他從畢業到現在沒有做過別的工作，便靈機一動，想透過這個拍攝爲他圓夢。

於是他問潘穎秀，他小時候最想要做什麼。潘穎秀告訴他，是當一名老師。

因此戴君儒找了他在小學當英文老師的朋友，來到這間小學，拍攝一系列的圓夢照片。

「啊，等一下。」戴君儒在袋子裡摸索了一圈，抽出一條紅、黑、白三色條紋的領巾，「你忘了這個。」

潘穎秀伸出手，想要接過領巾，但是戴君儒沒有給他。

「我幫你？」戴君儒問：「比較好調整。」

潘穎秀遲疑一秒，然後點點頭。

戴君儒小心地將領巾繞過潘穎秀的襯衫領子下方，接著在領口處打了一個鬆垮的蝴蝶結。

潘穎秀低垂著眼，看著戴君儒的手在他的胸口移動。感受到這視線，戴君儒的指尖微微發熱，暗暗希望潘穎秀不要看出他顫抖的手。

戴君儒最後一次調整了蝴蝶結，讓領巾的花色盡可能地露出，然後拍了拍潘穎秀的肩膀，「好啦，就這樣。」

他往窗外瞥了一眼，「現在的陽光很好。我們來試試看吧？」

「好啊。」

在戴君儒準備相機鏡頭的過程中，潘穎秀在教室裡閒逛。身上的白襯衫襯托出色彩鮮豔的領巾，讓他整個人亮了起來。他的手指輕撫過放在架上的英文童書，表情溫柔地將繪本拿起來翻閱。

瞥見這一幕，戴君儒突然可以想像，潘穎秀雙眼帶笑，蹲在小學生身邊，輕柔說話的模樣。

他相信，潘穎秀會是非常溫柔的老師。

戴君儒眞想拿起手機捕捉這些畫面，不需要拍得很漂亮，只需好好收藏潘穎秀現在的樣子。不給任何人看，只留給自己。

「好了。」戴君儒舉起相機，「我們先拍什麼好呢？」

「嗯……我有一些想法。」

潘穎秀走到講桌後方，手肘撐在桌面上，掌心托著下巴。他的小姆指勾在下唇，抬起眼，看著戴君儒。

「現在陽光照過來，皮膚應該會很漂亮喔。」他微笑地說。

一進入拍攝狀態，潘穎秀就像變成另外一個人——眼神冷淡、肢體動作柔軟、嘴唇微啟，看似冷漠卻又像在對人提出邀請，和他平時內斂溫和，盡可能不招人注目的態度大相逕庭。

這麼迅速又專業的轉變，再一次讓戴君儒感到震驚。一點都不像他和潘穎秀同住這短短幾週，戴君儒發現，潘穎秀平常展現的樣子，在照片裡呈現的面貌。

上班時，他總是穿T恤和休閒長褲，看起來像個學生。他的個性溫順服從，不管任何人叫他做任何事，都沒有第二句話，甚至不需要別人開口，就會默默地把雜事做完，像是幫大家訂下午茶，或是幫忙接電話。

「辦公室來的好像不是攝助，而是大家的助理。」

平面設計小雯在聚餐時曾這樣說。

一聽見這句話，潘穎秀的臉頰通紅，垂下視線，把手壓在大腿下。而這一切，戴君儒都看在眼裡。

在公司，潘穎秀總是第一個去拿比手臂還粗的腳架，在家裡，他也總是搶先一步做家事，幫著戴君儒整理衣物。

戴君儒不知道他為什麼要做這些不屬於他的事，但潘穎秀似乎一點反應都沒有，好像只有在實際做點什麼的時候，他才會真正感到自在。

戴君儒舉起相機，就算喜歡潘穎秀的性感，他仍更想要拍下潘穎秀燦爛大笑的模樣，因爲那才是眞正令他無法忘懷的一面。

「嗯，這樣很好。」

陽光灑落在潘穎秀臉上，使他像在發光。看著這一幕，戴君儒按下了快門。

潘穎秀從來沒有遇過一個攝影師，在引導人拍照的時候，是像戴君儒一樣，不斷說故事。

他講著小時候的事，像是他爲了激怒父母，在學校惹盡麻煩，成績仍保持名列前茅，最後收到老師在成績單上留下的「天資聰穎，鬼靈精怪」。

「這大概是老師能想出的說法中，最接近『自以爲聰明的小屁孩』的一個了。」戴君儒說。

他還告訴潘穎秀，他最早的夢想是當一名畫家，但是他在美術課上畫的駱駝，被老師說「像被狗啃過」，在那之後，他就再也不畫畫了。可是，他還是喜歡欣賞美麗的、震撼的畫面。

「有一天，我在一個展覽裡，看見一幅人物肖像。」戴君儒說：「我不記得那個攝影師是誰，但我記得照片的標題叫做《柔情》，是一個老太太的照片。照片中的她只是直視著鏡頭，但是我站在那張照片前，眼淚差點掉下來。」

他頓了頓，「我從來沒有看過一個人的眼神中，可以透露出這麼多的哀傷和溫柔。在那之後，我就決定，不會畫畫也沒關係，我可以攝影。」

戴君儒接著說：「但是我爸媽大概覺得我是痴人說夢。對他們來說，這不是個眞正的工作，幫有錢的混蛋打官司才是。他們可能也覺得，我不是個可以拿出手炫耀的兒子。」

戴君儒還說了學生時代的蠢事，快門沒有停過，逗得潘穎秀咯咯笑個不停。

他不確定戴君儒拍了什麼，只知道自己笑的時候眼角紋路很明顯，並不好看，所以他在外拍時從來不笑。

然而，戴君儒一直逗他笑，還讓他咧嘴大笑、露出牙齒。如果潘穎秀爲了維持表情而收斂地勾起嘴角，戴君儒就會加碼，講一些近乎荒唐的蠢話，甚至扮起傻氣的鬼臉，逼得他宣告放棄表情控管。

戴君儒讓他在黑板上寫字，但潘穎秀毫無頭緒，拿起粉筆，默寫起第一世代《寶可夢》的名字。

戴君儒爆笑，「到底爲什麼會背這個？」他說：「我連牠們長什麼樣子都不記得了。派拉斯特是什麼啊？」

「那隻殼像蘑菇，長得很像寄居蟹的……」潘穎秀停下寫字的動作，回頭看向滿臉疑惑的戴君儒，「好，當我沒說。」

快門沒有停過，潘穎秀在內心細數著寶可夢，他突然意識到，從來沒有在拍攝時這麼放鬆過，如果沒有戴君儒手上那台鏡頭對準他的大砲，他幾乎不覺得是在拍攝。

或許是笑得太多，潘穎秀覺得身子輕飄飄的，像微醺時的暈眩感，又不太一樣。不過，他很確定，他不討厭這種感覺，甚至可以說很喜歡。

純粹的笑、玩在一起，他已經不記得，上一次這樣和另一個人相處，是什麼時候的事了。

「小時候，我和我弟會一起看寶可夢圖鑑。」潘穎秀邊寫字邊說：「我大哥總嫌我們吵，所以我們只能躲在房間裡，做一些不會吵到他的事，像是背寶可夢的名字，然後互相考對方。」

他想起他跟潘穎成窩在小小的床墊上，潘穎成用稚嫩的童音，跟著他念出一隻隻寶可夢的名字。

回憶裡，他瞇著眼，努力記下圖案與名字的可愛模樣，讓他不禁勾起唇角。那時的潘穎成，手掌還沒有印在紙上的皮卡丘大。

戴君儒坐在書桌上，又按了幾次快門。他將相機擱在大腿上，看著潘穎秀，「你跟你弟感情很好吧？」

「很好。」潘穎秀點點頭，「可能因為我們都有點怕大哥？如果成成哭了，大哥就會更生氣，成成就會哭得更慘，然後天翻地覆，大人小孩吵成一團。所以我常常陪他玩、照顧他，讓他乖乖的，不要哭。」

戴君儒好看的眉毛微微蹙起，鼻梁上起了一點皺折。他猶豫了一會，才緩緩開口：「你爸媽……吵架吵很凶嗎？」

「算是吧，鄰居有打電話報警過。」潘穎秀說。

聞言，戴君儒沒有說話，只是認眞地盯著他。

潘穎秀迎上他的視線，一股熱燙在胸口慢慢擴散，他整個人暖了起來，儘管在冷氣房裡，他還是可以感受到體溫漸漸升高。

戴君儒的眼睛明亮眞摯，和潘穎秀在酒吧第一次見到他時一樣。

就是這雙眼，讓潘穎秀覺得自己被看見了，不是鏡頭前戴著面具的他，而是面具後，那個不知道自己屬於哪裡，也不知道手該怎麼擺的潘穎秀。

家庭的事，對潘穎秀來說就像上輩子的事，然而，那雙眼給了他勇氣，他不介意說出口。

「成成那時候還在念幼稚園，但是大哥已經要小學畢業了，跟我媽差不多高。」他舉起手，在半空中比劃，「那時候，如果我爸媽吵架，我爸就會跑出門，留我媽坐在沙發上哭，大哥看到就大罵我媽『廢物』，我媽會歇斯底里地反擊，然後成成會被一觸即發的氣氛嚇哭，大哥就會把謾罵的焦點轉向我們，說我們除了哭，什麼都不會。」

這一切聽在當時的他耳中，像一片轟隆作響的噪音。有很長一段時間，潘穎秀都只能靠著本能，在那些令他無法思考的吼叫和哭泣聲中潛行。唯一支撐他的是潘穎成。成爲保護弟弟的人，他才不會迷失在那股無助和恐懼中。

「哇，好吧。」戴君儒不可置信地彈了一下舌頭，表情扭曲，「你哥聽起來是個混蛋。」

潘穎秀搖搖頭，「他只是沒什麼耐心而已，而且我也懂他爲什麼要那麼說。不過，現在的我只覺得我媽很可憐。」

離家久了，拉開足夠的距離後，長大成人的潘穎秀，終於能以旁觀的角度來看待一切——母親是一個可憐的女人，夾在不負責任又暴力的丈夫，以及她無力保護的孩子們之間。

他也終於可以理解媽媽的絕望和痛苦。那句「如果沒生你們就好了」，他很清楚媽媽是認眞的，她不想要待在這個家，她不想要他們這些兒子，也不想要他。

然而，那都是小時候的事了，現在的他過得很好了，也夠好了。潘穎秀告訴自己。

他看向隔著好幾排桌子，與他相望的戴君儒，他吸著口腔內側的皮肉，皺著眉，表情有點困擾。

爲什麼會覺得一個才認識短短幾週的人，能夠聽這些沉重的故事呢？他搖搖頭，暗自吐槽起自己的多話，臉上堆起最輕鬆的微笑，「那都是好久以前的事了。」

他指了指戴君儒手上的相機，「你拍完了嗎？」

「差不多了，今天應該拍了好幾百張了。」戴君儒咧開嘴，「回去準備挑片挑到眼睛脫窗喔。」

看著戴君儒坐在桌面上盪著腳的輕巧模樣，潘穎秀歪了歪頭。

「那……」他猶豫了會，「你的相機可以借我嗎？」

「相機？」戴君儒明顯地一愣，視線在手上的工具與潘穎秀之間跳轉了幾次，「是可以啊。你要做什麼？」

「我想拍你。」潘穎秀脫口而出，有些意外會產生這個念頭。

陽光灑在戴君儒淺灰色的頭髮，和色彩鮮明的眉眼，他整個人被照亮，站在五彩繽紛的布告欄前，看上去意外和諧。這一刻，潘穎秀只想將眼前的畫面留下。

然而，戴君儒的身子向後一仰，舉起一隻手，「這個就不必了吧。我是幫人拍照的，不知道要怎麼擺姿勢啦。」

「拜託嘛。」潘穎秀對他眨眨眼，露出最無辜的表情，「就當讓我練習？如果照片你不喜歡，可以刪掉。」

戴君儒的表情產生了一系列的變化，抗拒、猶豫、動搖和無奈的情緒清晰可見。看著他的臉，潘穎秀幾乎能聽見戴君儒腦中激烈的辯論聲，他忍不住偷笑。

最後，戴君儒從桌子上跳了下來，把相機推到潘穎秀面前，「你要拍就拍吧。」他的聲音有一點賭氣的意味，「但我先說，如果我的肢體動作很僵硬，你怪我也沒用。」

潘穎秀小心翼翼地接下戴君儒的相機，將掛繩掛上脖子。他謹慎地打量手上沉甸甸的機器，眼神掃過一個個印有英文字母的按鍵。

以前張浩祥從來不讓他碰相機，怕他會毀了他的寶貝，這是潘穎秀第一次那麼仔細地研究相機。

戴君儒走到他身邊，頭湊了過來，「來吧，我教你。」

他伸出手，將潘穎秀的手和相機一起托起，「你先對著觀景窗。對焦之後，如果把這裡的旋鈕拉起來轉，清晰度會有變化……」

戴君儒粗糙的手指碰觸到潘穎秀的手，指腹堅硬的繭掃過他的指，他突然感到一陣發麻，不著痕跡地緩緩吸入一口氣，強迫心跳保持穩定。

在戴君儒的示範下，布告欄上孩子們的手寫字母，從模糊變銳利，再到模糊。

戴君儒的手移開後，潘穎秀便嘗試自己找到清晰的影像。

「我先幫你開成最基本的對焦模式。」戴君儒專注地盯著相機上的小螢幕。

看著神情認真的他在近在咫尺之處，潘穎秀有些失神。

隨後，戴君儒再度把相機推回潘穎秀面前，「你試著對焦在第二排的那張桌子。現在看觀景窗的左下角，會有一個小圓點，那就是對焦了。」

相機發出「嗶」的一聲，圓點在左下角閃爍。

戴君儒細心地帶著他操作相機的基本功能，告訴他曝光時間所帶來的差別，也教他如何用更快的快門速度，留下物體移動的瞬間。

「我喜歡用很短的曝光時間來拍笑容，越短越好。會讓照片中的人像凝固在那瞬間，彷彿下一秒就要動起來。」

戴君儒說話時，呼吸輕輕擦過潘穎秀的側臉，他轉頭打量戴君儒——在耀眼的陽光照射下，戴君儒的臉上像是籠罩著一層光暈。

這段時間，潘穎秀時常在戴君儒不注意時，觀察他的一舉一動。或許在攝影棚忙碌，或許在工作室裡，只要他抬起頭，就能看見戴君儒的身影，或許在電腦前聚精會神地處理照片。

若兩人視線相交，潘穎秀來不及撇開頭，戴君儒就會對他露出淺淺的微笑。

也許是因爲朝夕相處，儘管他們同住的時間才兩週，潘穎秀卻覺得兩人好像認識很久了。

「別看了，在想什麼？戴君儒只是在你需要幫助的時候伸出援手罷了。」

一道聲音在潘穎秀的腦中嚴厲地提醒，他倏地撇開視線。

他怎麼就把戴君儒的客廳當成他的家了呢？明明他依然是那隻無家可歸的流浪動物……

「好了，就這樣。」

戴君儒的聲音打斷了潘穎秀遊蕩的思緒，將他拉回現實。

「交給你吧。」

交疊的手放開，冷空氣突然接觸到肌膚，讓潘穎秀忍不住縮了縮手指。

「你盡量就好。」戴君儒踏下講台，往課桌的方向走去，「如果拍起來很難看，那一定是模特兒的問題。」他咧嘴一笑。

潘穎秀回給他一個笑容，把腦中不懷好意的聲音推開。

戴君儒在距離他三排遠的課桌椅坐下，「好啦，攝影師，你想要我做什麼？」

他坐在矮小的椅子上，一手撐著下巴，身體側向一旁，一腳從桌邊伸出，呈現出的氣質，就像是班上的問題學生，不受管束得讓人頭痛，卻又聰明得拿他沒辦法。

潘穎秀閉上眼，試圖召回不久前還在他腦中的鮮活畫面。沒想到，在一片黑暗中，他還是能清楚勾勒出戴君儒的臉。這段時間無數小時的相處，已經讓他將那張稜角分明的面孔，刻在記憶裡了。

潘穎秀在心中暗笑自己的愚蠢，然後睜開眼，「你剛才跟我說了很多學生時代的故事。」潘穎秀說：「我也要跟你說我的故事。」

他說起高中時交的第一個男友。

那時他還沒有向任何人出櫃，和他在一起的那個學長，是第一個，也是唯一一個知道他是同志的人。

那時，他們都太幼稚，覺得自己與眾不同，還因此引以為傲。至少那個學長是這樣的。

他們在校內的行為稱不上低調，會在一出校門就牽起手。在被教官斥責時，學長甚至會對教官比中指，兩人再一起大笑著跑走。

戴君儒皺著眉認真傾聽，有時露出淺淺的笑容，有時垂下視線，看向潘穎秀的腳邊，再把視線轉回他的身上。

這一切，潘穎秀都拍了下來。他利用戴君儒剛才教的技巧，將快門速度調得很快，讓曝光時間變短，保留下戴君儒現在看著他的眼神，不只在記憶裡，也在照片裡。

撥頭髮的動作、變換姿勢時低下頭的動作，在兩千分之一秒的曝光時間裡，一切都如此完美。

「我們那時候眞的很瘋。後來學長的膽子變大了，在學校裡也會來找我。」潘穎秀接著說：「我們會在學校頂樓的工具間旁邊偷偷約會。他還有要我在頂樓幫他解決過……」

看戴君儒驚恐地瞪大雙眼，潘穎秀忍不住笑了，「怎麼，資訊量過大了嗎？」

「你爲什麼要對戴君儒說這些？想要從他那裡得到什麼反應？鄙夷、嫌棄的目光，還是像拍過的那些照片一樣，留下『對性愛極度飢渴』的印象？也許這樣他就不會再對你那麼好了。」

他腦中的邪惡聲音再度開口。

「不是，但是……」戴君儒直瞪著他，「然後呢？」

「然後就被他的朋友們看到啦。」潘穎秀搖搖頭，「超尷尬的，學長連褲子都還來不及穿好。」

「是他要你幫他的。」戴君儒重述一次，「然後他的朋友剛好在那時候出現？」他緩緩搖頭，不敢相信聽了什麼。

他站起身來到潘穎秀面前，伸出一隻手遮住鏡頭，輕輕把相機推開。

「潘穎秀。」他低聲說：「你沒有想過，這是什麼意思嗎？」

潘穎秀的笑容凝固在臉上，他不是沒有想過，只是拒絕往那個方向去想，因爲這樣他就不需要承認，他就是其他學生口中的那個小婊子。而他爲學長做的事，成爲了學長向其他人炫耀的資本。

「只是巧合而已。」他撇開視線，兩手依然托著相機，手指輕輕摩擦鏡頭邊緣的紋路，「他們本來就要找他，只是我偏偏挑在那個時候答應學長的要求。」

他的人生中，明明有無數個無傷大雅的小故事能講，但他卻挑了一個最可能讓戴君儒嫌棄他的。潘穎秀笑了笑，有何不可？還有什麼好失去的？

戴君儒咬著嘴唇，伸出手，輕柔而緩慢地將相機的掛繩從潘穎秀的脖子上摘下。

他從潘穎秀的手中接過相機，放在講桌上，試探地朝潘穎秀的手腕伸出手。

兩隻手快要相碰之時，潘穎秀感覺手臂上的汗毛豎起，一陣酥麻感爬上他的後頸。這時，戴君儒握住了他的手。他的手心很溫暖，讓潘穎秀頓了頓，卻沒有把手抽開。

「如果我在高中時就認識你。」戴君儒的聲音很輕，但是很低沉，「我絕對會把你學長打到連他媽都不認得。」

「我不崇尚暴力。」潘穎秀回答。

「如果……他覺得傷害別人是一件很好玩的事情，就得接受別人用同樣的方式回報他。」

「這是什麼時代的法律？」潘穎秀抬起眼，歪起嘴角，「《漢摩拉比法典》？以牙還牙，以眼還眼？」

戴君儒翻了個白眼，「管他的。他就是不能設計你，還讓你一個人承擔後果。」

「無所謂，反正他後來就畢業了，我再也沒有看到他。」潘穎秀聳肩，「而且，怪他有什麼用？一個巴掌拍不響，我至少要爲我做錯的那部分負責。」

他沒有資格要求任何人承擔任何責任，如果他當時拒絕了，就不會成爲八卦的主角。這都是他自己的選擇，沒辦法怪任何人。

直到現在，潘穎秀還記得當時學長居高臨下看著他的表情，與眼神中的期待。當他跪在學長面前，看著學長解開褲頭的釦子時，他沒有辦法說出拒絕的話，只希望對方能繼續用那種眼神看著他，好像他眞的能做出令他滿意的事，好像他不是毫無價值。

戴君儒的嘴開開闔闔，但一句話也沒說出口，只有緊握著潘穎秀的手，力道更加強了些。

感受到他的變化，潘穎秀抬起頭，發現戴君儒垂著腦袋，看著手指。

「我不知道。」戴君儒抬起頭，迎向潘穎秀的視線，臉頰逐漸轉紅，「我現在只覺得好想打人。我好生氣。」

「嗯，我就在這裡。」潘穎秀微微一笑，「而且你已經抓住我了，不是嗎？」

戴君儒「嘖」了一聲，下顎的一條肌肉微微抽動。

他發出懊惱的低吼，把潘穎秀往前一拉。有點乾燥卻十分柔軟的唇，擦過了潘穎秀的。

在那一瞬間，整個空間都靜止了，像是被一個泡沫包裹住，在那裡面，這間教室、外頭的走廊和校園全都不存在，只有他和他。

四周的光線好亮，亮得潘穎秀睜不開眼睛。他的耳裡只有自己的心跳聲，還有不太平穩的呼吸聲。

戴君儒吻了他。

他吻了他。

然後，就像炸彈爆炸時，光先閃動著，幾秒過後聲音才追上一樣，泡沫瞬間破滅，教室裡冷氣的運轉聲、校外馬路上呼嘯而過的汽車噪音，各式各樣的聲音在他的耳邊炸響。

下一秒，戴君儒便像被什麼東西嚇到般，向後彈開。

「要死。」他咒罵一聲，鬆開了潘穎秀的手。

「對不起，我不是……剛才那不是……」他瑟縮了一下，「靠。」

「沒關係。」潘穎秀的心跳依然很快，呼吸急促。

他把手收回大腿側邊，悄悄地在褲子上擦乾汗溼的手心。

「我也沒有阻止你，不是嗎？」他試著對戴君儒露出微笑，但他顫抖的嘴角出賣了他。

戴君儒像是沒有聽見，垮著肩膀，手扒過頭髮，「對不起。」他又說了一次：「我不該這麼做的。」

潘穎秀點點頭，是啊，他後悔了，這才是正確的反應。

他深吸一口氣，堆起笑容，「沒關係。我們可以假裝這件事沒有發生過。發生在這裡的事就留在這裡了。」他語帶輕鬆地說，試圖減輕對方的罪惡感。

戴君儒皺眉打量他，不確定要怎麼解讀這番話。

「我們拍完了吧？」潘穎秀活動了一下肩膀，脫下身上的西裝外套，「要準備撤了嗎？」

有好幾秒，戴君儒一句話也沒說。接著，他搖搖頭，伸手拿過講桌上的相機。

「對，呃。」他把相機的電源打開，「我確認一下照片……」

潘穎秀拿著外套，走到教室後方。

背對著戴君儒，他終於可以喘口氣。

這不會改變任何事的，他只是借宿在戴君儒家而已，等到他有錢，等到張浩祥留下的案子結束，他就會離開了。

他在心中對自己說了一次又一次。

潘穎秀將身上不屬於他的衣物脫下，也將臉上的妝卸掉了。

離開教室前，他本來想要繼續負責提大背包，但是戴君儒搶先了一步，提著大背包走出校門。

找到停放機車的停車格，戴君儒將大背包放在腳踏墊上，戴上安全帽，發動機車引擎。

「上車吧。」戴君儒轉頭看向潘穎秀，「我們去吃雪花冰好不好？我好熱。」

「負責騎車的人決定啊。」潘穎秀笑了笑，「我沒有意見。」

「有時候，你只需要回答『好』或『不好』就好了。」戴君儒嘆了口氣。

潘穎秀笑了笑，爬上車，坐在戴君儒後方。他小心地抓著機車後方的把手，避免身體碰觸到對方。

機車駛到第一個路口，在待轉區停下。

戴君儒側過頭，嘴唇動了動。

剛才這唇吻了他……潘穎秀沒聽見戴君儒說的話，滿腦都是那短短一秒的回憶。

他回過神，眨了眨眼，「你說什麼？」

「我說……」戴君儒回過頭，身體向後仰，湊近說：「你可以抓著我。」

戴君儒的眼神掃過潘穎秀的面孔，這番話和溫柔眼神，讓潘穎秀的臉頰一陣發燙。

綠燈了，機車再度前進。

他都這麼說了，潘穎秀這時把手放在哪都有點不太對勁。最後，他將手搭在自己的大腿上，指尖正好會擦到戴君儒的褲腰。

戴君儒微微低頭，潘穎秀懷疑他看了一眼。但是他無從得知戴君儒的表情。

第六章

一連幾天，戴君儒都像處於夢境與現實的交叉地帶。

他無法阻止自己回想那個吻，又想痛揍自己幾拳。

在潘穎秀說了那個令他氣到失去理智的故事後，他沒想到，他的反應居然是親吻潘穎秀。

他能做出無數種反應，卻選擇吻他，還在一個糟糕的時機點——剛分手幾週、揭露受傷的過往。

如果潘穎秀覺得他是趁人之危的渣男，戴君儒想，他也只能認了。

而潘穎秀對高中那段感情所下的註腳，也令他感到不安。

也許潘穎秀的確是被感情沖昏了頭，也許他確實不該在學校做那種事，但是無論如何，都無法抹滅對方設計他的事實。可潘穎秀卻認爲這是他的錯，他爲什麼要爲別人做錯的事情負責？

想是這麼想，戴君儒也不知道該怎麼表達，才不會讓他像個高高在上的混蛋。

在他們離開小學後，潘穎秀就再也沒提過那件事，把在教室裡發生的一切，都留在那裡。

兩人也回到了室友關係。

那天晚上，他們對著電腦螢幕，一起挑選當天拍的照片。

潘穎秀拍的一系列照片，讓戴君儒感到驚豔不已。

照片中的他，有些聚精會神地看著鏡頭後方，有些低垂著視線，嘴角帶著一絲若有似無的微笑。

這一切都是潘穎秀趁著在和戴君儒說話時拍下的。因此，照片裡的戴君儒充滿生命力，好像下一秒就會在畫面裡走動。

戴君儒吹了一聲口哨，「很不錯耶。」他對沙發邊緣的潘穎秀說：「你不考慮走攝影嗎？」

「我？不行吧。」潘穎秀笑著搖頭，「我只是拍好玩的。」

戴君儒還想要繼續遊說他，這時，潘穎秀伸出一隻手指，指向螢幕上的照片——戴君儒撐著下巴，盯著鏡頭看。

「這張可以拿來當你的形象照。」戴君儒點點頭，同意他說的話。

睡前，他們一如往常地輪流洗澡，互道晚安。

回臥室前，戴君儒回過頭，看往坐在沙發上，懷裡抱著棉被的潘穎秀。他的腳趾和一截細瘦的腳踝，從棉被下方露了出來。

「怎麼了？」潘穎秀身體斜靠在枕頭上，察覺到視線，對他淺淺地微笑。

戴君儒被問得一時語塞，他只是不想一個人回到房裡，想要坐到沙發上，坐在潘穎秀身邊，看著他入睡，或者和他一起睡著……

閉嘴，滾回你的房間去。他對自己的大腦說，接著搖了搖頭，「沒事。晚安。」

接下來的幾天，戴君儒謹慎地觀察潘穎秀，擔心兩人好不容易建立起的信任，會因爲他愚蠢的行徑打回原形。

但是潘穎秀和他相處的方式依舊，他們依然每天一起上班、一起回家。在公寓裡，他們的生活習慣也像在跳一支雙人舞，默契好到不會踩到對方的腳。

潘穎秀眞的說到做到，將那天發生的事，留在那間小學裡。戴君儒不知道該鬆一口氣，還是該懊惱。

然而，他總覺得還是有小小的改變。

在工作室裡，當兩人一起整理棚拍器材時，如果肢體不小心相碰，潘穎秀的動作似乎會多停頓一秒。他也更常注意到潘穎秀看著他又迅速轉開的目光。

戴君儒猜，一定有什麼地方變了，只是不確定這改變是好還是壞。

距離上一次戀愛，已經過了一年多了，戴君儒根本不記得要怎麼談戀愛。

和學弟分手後，大三的他又交了一個男友，但對方無法接受戴君儒爲別人拍照，爲此他們吵了無數次架，最後，戴君儒提了分手，結束了這段短短的戀情。

他也因此認清，如果未來還想要繼續追求夢想，得找一個對攝影師的工作型態沒有意見的對象。

「誰說要跟你談戀愛了？人家只是在你公寓裡借住而已。」

腦中的聲音挖苦著他，將他飄遠的思緒拉回現實。

這些戴君儒都知道，但是知道是一回是，內心的嚮往又是另外一回事。

潘穎成又和潘穎秀要了一次錢。

這提醒著戴君儒，自潘穎秀和他一起工作後，已經過了一段時間。

結束和弟弟的通話，潘穎秀的表情有些困擾。由於還沒有領到正式的薪水，他只能向戴君儒尋求支援。

潘穎秀喊了喊戴君儒，嘴一張一闔、欲言又止，顯得更加扭捏。

「他需要多少？」看出他的羞赧，戴君儒主動開口。

「八千。」潘穎秀的臉頰漲得通紅，搖著頭，「如果你不想借我，我懂，我可以再想別的辦法——」

「我可以借你。」戴君儒打斷，「但是……他需要這麼多錢做什麼？你知道嗎？」

「我問了，但是他不肯說。」潘穎秀回答：「我猜是學校有什麼活動需要籌款吧。大學生嘛。」

戴君儒可以理解，但他不覺得這筆錢應該要由只大他四歲的哥哥來負擔。況且，潘穎秀現在連自己都顧不好了。

他老實地說出想法，潘穎秀沒有太多反應，「他現在只剩下我了，連我都拒絕幫他，他還能去找誰呢？」

戴君儒說不上來哪裡不對勁，卻也無法反駁。

關於張浩祥丟下的案子，他們依約進行了第一次拍攝。兩人一起向工作室請假，前往攝影棚拍攝。

廠商所安排的攝影棚非常華麗，還找了專業的化妝師合作。

看著幾個人圍著潘穎秀，爲他上妝、整理頭髮的樣子，戴君儒只覺得手掌發麻，緊張到不斷活動著手指。

這是他第一次擔綱商業案的攝影師，他的心臟怦怦直跳。他努力保持鎮靜，以免在客戶面前露出破綻。

所幸，拍攝潘穎秀對他來說是再簡單不過的事。他們在生活中的默契，帶進攝影工作，意外地能帶來驚人的效果。

在補光燈下，潘穎秀穿的緞面西裝反射著內斂的光芒。裡頭材質輕薄的襯衫，鈕釦開到腹部。暗紅的領帶慵懶地掛在脖頸，隨著潘穎秀的動作輕柔地擺盪。濃豔的煙燻妝感，使潘穎秀的眼神更加勾人。

「想像你躺在我家的沙發上，像你準備要入睡那樣。」戴君儒對潘穎秀說：「想像你今天修了一整天的照片，眼睛又酸又乾。」

潘穎秀將一隻手背在腦後，雙腿掛在天鵝絨椅的扶手上。細長的腿配上尖頭牛津鞋，使他的身材看起來更為修長。

他懶洋洋地將視線轉向戴君儒，雙眼微微彎起，露出一絲輕巧的笑容。

有那麼一瞬間，在戴君儒腦中，場景跳轉回他家的沙發上，潘穎秀躺在上頭用這種眼神望著他。

他的心跳在耳裡咚咚作響，他搖了搖頭，急忙怒斥自己，要自己專心工作。

「很棒。」戴君儒咧嘴一笑，「現在想像你的下巴被頭髮搔得很癢，你要把頭髮撥開。」

他的引導對別人來說或許有些莫名其妙，但潘穎秀知道他想要的畫面。他的手來到下顎，用指關節緩緩擦過那優美的線條。

透過觀景窗，戴君儒的眼神跟著他的手指移動，來到耳根與脖子的交界處。這一刻，他很慶幸，攝影棚裡的光線和手上的相機，能完美隱藏他泛紅的面孔。

擔任潘穎秀的攝影師，一切都好，就是太難專心了。他暗自吐槽。

拍攝結束，廠商挑片時，對他們倆讚不絕口。每一張毛片都十分完美，負責挑片的人還開玩笑地說，「如果省去修片的時間，能不能再多退一點錢」。

戴君儒笑了笑，瞥了眼坐在一旁椅子上的潘穎秀。他雙手撐著下巴，手肘抵著膝蓋，回望戴君儒，露出鼓勵的微笑。

看著他的模樣，戴君儒只想一把將他抱進懷裡。

日子進入了一種舒適而輕緩的節奏。

戴君儒已經很久沒有感到這麼滿足了，他甚至不介意接他媽媽打來的電話，也沒有想要把手機丟下樓的衝動。

每天早上，戴君儒會在客廳看見潘穎秀泡咖啡的身影。

他其實不太喝咖啡，因爲大多的咖啡都會讓他心悸。然而，潘穎秀在聽他這麼說之後，泡咖啡時會爲他加入雙份的牛奶。現在的戴君儒已經無法想像，出門前沒有喝上那一杯咖啡的感覺了。

晚上，他們會一起坐在沙發上看影片，或是跟著ＭＶ大聲唱歌。

潘穎秀會故意扯著喉嚨亂唱，但戴君儒猜，他是爲了配合五音不全的自己，因爲有時候聽見潘穎秀一邊滑手機一邊哼歌，那歌聲可完全不一樣。

偶爾，他們什麼都不看、什麼都不做，只是聊聊天、說說話，交換故事。

戴君儒說，他們家族裡每個人都是高材生，同輩的兄弟姊妹都是律師、會計師，或在念醫學院，就只有他還在領可憐的助理薪水。雖然父母會定期匯錢給他，一年下來可能比他自己賺到的薪水還多，但是他一毛都沒有用，全都好好地存在戶頭裡。

潘穎秀則說，他其實很崇拜他大哥，尤其是在他一考上大學，就立刻搬出家裡的時候。因此他才會和他大哥做一樣的事。而且，他哥哥也是家人中，唯一一個知道他是同志的人。

「我不知道我爲什麼要跟他說，可能腦子壞了吧。」

潘穎秀邊回憶，邊低聲笑著，「在我說完之後，他只回了我一句『干我屁事，臭Gay』。」

生活日復一日，戴君儒越來越覺得有潘穎秀和他同住很好。

但他知道，潘穎秀不可能在他的沙發上睡一輩子，他也不想面對潘穎秀遲早會找到屬於自己的地方、搬離他家的事實。

收到了潘穎秀的形象照，攝影師貞的遵守承諾，在提案給客戶的時候，也會推薦潘穎秀作爲模特兒。雖然潘穎秀對這項額外的兼差不太抱希望。

第一個案子談定時，戴君儒一點也不感到意外，只感到可惜，他不是負責掌鏡的攝影師。

得知這個好消息的潘穎秀，雖然和攝影師道了謝，但是臉上的表情，和手指把玩T恤下襬的動作，讓戴君儒看出，他其實很緊張。

即使如此，潘穎秀到最後都沒有說出拒絕的話。

下班後回到家，戴君儒問了潘穎秀，他只是淺淺地說：「沒事，我只是從來沒有接觸過網拍商店的服裝拍攝。」

潘穎秀接著說：「拍攝重點不在模特兒，而是產品。我的動作是要服務那些衣服，不是展現自己。這和我習慣的拍攝不太一樣。」他的嘴角浮起一抹自嘲的弧度。

「我師父以前也拍過網拍的案子。」戴君儒安撫他，「他會引導你，不用擔心啦！而且，我也會在啊！」

潘穎秀垂下視線，猶豫了一下。

「怎麼啦？」戴君儒問：「你在想什麼？」

「沒什麼。只是……」潘穎秀的話音漸弱，半晌，他抬起頭，燦爛一笑，「你要不要和我一起拍？」他眨眨眼，「你現在也有形象照可以提供廠商參考啦！」

戴君儒只是哼笑一聲，翻了個白眼。

拍攝當天，廠商方派了一名助理，帶著需要拍攝的衣物來到工作室，總共有二十套。

戴君儒一邊整理背景布和布景座椅，一邊觀察在一旁化妝的潘穎秀。

他注意到，自從助理進入工作室的大門後，潘穎秀就顯得有些坐立難安。

「別擔心。」戴君儒趁經過潘穎秀身旁時，低頭在他耳邊說：「你沒問題的。」

「等一下就知道了。」潘穎秀看著鏡子裡的戴君儒說。

戴君儒捏了捏他的肩膀，以示支持。

「來吧，穎秀，該開工啦！」攝影師朝他們的方向喊：「君儒，來幫我喬一下燈架的高度。」

潘穎秀吐出一口長長的氣，從椅子上站起身。助理將要拍攝的襯衫交給他，讓他換上。

戴君儒則在裝有柔光罩的燈架旁站定，等潘穎秀就位，要根據他的身高調整照光的角度。

潘穎秀換好衣服，走進燈光下，站在鏡頭前。

顧慮著襯衫前側的繡花細節，他不太確定手腳怎麼擺放，身體要轉動多大的角度，才不會掩蓋住布料上的刺繡。

他不太自然的動作，和戴君儒看過的不太一樣，他有些納悶。

「放輕鬆一點，穎秀。」攝影師說：「不要想太多。」

潘穎秀有點勉強地笑了笑，拍攝繼續進行下去。

他們又試了幾次，攝影師撇了撇嘴，還是不夠滿意。

攝影師將相機放在一旁的桌子上，打量潘穎秀。接著，他走上前，搭著潘穎秀的肩，帶他走到藤椅旁，「穎秀，你坐下吧。讓我看看這樣會不會比較好。」

兩人的大動作吸引了戴君儒的視線，他以爲攝影師要讓潘穎秀換個姿勢，好讓他能比較自在。

然而，潘穎秀坐下後，攝影師並沒有從布景前退開，他走到潘穎秀後方，伸手按起潘穎秀的肩膀。

「大哥，不用啦。」潘穎秀回過頭，臉上帶著微笑，「我再試一次好了。」

「沒關係。」攝影師的手指按壓著潘穎秀的肩頸，「按摩一下，血液循環比較好，你會比較舒服。」

潘穎秀的身子，隨攝影師的動作前後晃動，笑容有些僵硬。

「你太緊張了。」攝影師繼續說：「其實你可以盡量表現自己就好，就像你給我看的作品集，你就做得很好啊！」

潘穎秀的耳朵逐漸泛紅，小聲地說：「畢竟，風格不太一樣嘛……」

聽到這裡，戴君儒忍不住皺起眉頭。

他們那時一起挑出的照片，大多數還是性感的造型——經過特殊剪裁的高領毛衣，長度只到他的胸口，剛好露出大片腹肌，或是讓身體線條若隱若現的透明網紗襯衫。即使如此，這些已經是潘穎秀拍過最不裸露的作品了。

此時提起那些作品，是爲了要引導潘穎秀，回想起拍照時的肌肉記憶嗎？戴君儒不確定，但他確信，他不喜歡潘穎秀臉上動搖的神情。

「廠商也是看到你的作品，才決定要找你拍的。」攝影師手上的動作沒有停下，「他們就是喜歡你拍起來的氛圍啊。」

潘穎秀點點頭，不發一語。

攝影師放開他的肩膀，走到他身前，單膝跪地，「你要讓肢體再柔軟一點，伸展或是按摩都很有用。」

大手按上潘穎秀的大腿，他的身體明顯地一僵。

戴君儒瞇起眼，現在的情況不太對勁。他瞥了一眼站在一旁的廠商助理，想和那人確認是不是他的錯覺。

女人餘光瞥見戴君儒的視線，回頭看向他，眼中也帶著困惑。

戴君儒想起很多年前看過的一則新聞，攝影師叫模特兒在拍攝現場自慰，理由是要模特兒「放鬆」。他也聽聞過好多攝影師在和模特兒約拍時，因爲不恰當的肢體接觸吃上官司。

戴君儒把這些念頭推到一邊，他相信，他的師父在這行那麼久了，會知道要愛惜羽毛。

戴君儒的視線再度回到潘穎秀身上。

「你之前拍《空白》的時候，那邊的攝影師沒有帶你放鬆嗎？」

攝影師的手揉捏潘穎秀的大腿肌肉，逐漸向上移動，「那些肢體表現，你就做得很好啊。」

戴君儒不喜歡對方話裡的暗示，突然間，他的心跳聲放大，難道他也看過《空白》了？

他猜，那部作品在各大社團裡流傳得很廣，看過潘穎秀的作品集之後，攝影師一定認出他了。

「大哥，我覺得這樣就可以了，這樣太麻煩你了。」潘穎秀的微笑依舊掛在嘴角，但是戴君儒確信，他看見潘穎秀的嘴唇微微顫抖。

「不會啊。這是應該的。你放鬆下來，等一下拍起來比較自然。」攝影師將另一隻手伸進潘穎秀的雙腿之間，掌根按壓他的大腿內側。

眼前的畫面讓戴君儒很衝擊。

他的師父是專業攝影師，已經在這行待了十幾年了，會這麼做一定有他的理由，是出自於專業判斷的行動。

他師父帶他帶得很認眞，或許說話有點惡毒，但在他身上，能學到不少關於攝影棚的臨場發揮。

一定不是他想的那樣吧？戴君儒很想相信他的師父，但大腦彷彿拒絕讓他往好的方向思考。

看著那隻在潘穎秀身上移動的手，他的腸胃緊縮成一團，牙齒緊咬得臉頰疼痛。

「大哥，眞的沒關係。」潘穎秀又說了一次。這次，他的聲音很輕。

潘穎秀的身體向後退，貼在藤椅的椅背上，手指抓著椅子邊緣，低垂著頭，眼睜睜地看著攝影師的手一路往上，到他的大腿根部。

該住手了，你現在眞的該住手了。戴君儒在心中祈求。

潘穎秀的肢體動作，已經明顯地表現出不自在。若他的行爲眞的是考量到潘穎秀的拍攝狀態，那麼很顯然是反效果。

如果攝影師現在就此罷手，戴君儒還可以強迫自己認爲，這是他的專業判斷。但是，如果他還不停手呢？

戴君儒再度瞥了身旁的女助理一眼。她的雙眼睜得又大又圓，幾乎完美反映了戴君儒的情緒。

男人的手指來到潘穎秀的褲襠，沒有要停下的意思。看見這幕，戴君儒內心的怒火一陣翻攪，血液彷彿要沸騰。

潘穎秀的手放開藤椅，抬起視線，對上戴君儒的雙眼。

「救我。」

雖然只是一瞬間的交會，但是戴君儒似乎能聽見他的聲音。

腦中有什麼東西「啪」地斷裂了，大腦還沒有告訴戴君儒接下來的計畫，他的身體就先動了起來。

接下來的幾秒鐘，對他來說，只是一片混亂的心跳、呼吸，以及模糊的動作。他聽見某人的驚呼，還有人爆出一串髒話，但那都和他沒有關係，他只想要回應潘穎秀的眼神，把那個男人的手從他身上拿開。

當戴君儒回過神時，攝影師已經摔倒在潘穎秀的腳邊。他的手緊抓攝影師的手腕，膝蓋抵在男人的胸口。

「他說不用了。」聲音像是從牙縫之間擠出，又低又壓抑，「你沒聽到嗎？」

這一幕在潘穎秀眼裡，一切清晰得像是以慢動作播放，又像是一連串錯置的畫面。

首先是戴君儒落在攝影師肩膀上的手，然後是攝影師錯愕大張的嘴，最後是戴君儒將攝影師摁在地上，抓著對方手腕時，因用力而泛白的指關節。

男人大手碰過的地方一片滾燙，他盡可能地把身體向後縮，卻無處可去。潘穎秀大可推開那個人的手，但他只是坐著，感覺雙眼再度被蒙住，什麼都看不見，只剩下其餘感官被無限放大。

攝影師揉捏大腿的動作弄痛了他，即使他拒絕了，但是對方仍沒有停下，繼續靠近、靠近，直到那隻手碰到……

噁心。潘穎秀只想剪斷大腦的神經，讓他與身體分離，什麼都不要感覺到。

他麻木地看著戴君儒，緩緩眨了眨眼。

戴君儒把對方的手腕抓得死緊，眼神看起來能將男人直接勒斃。他的臉頰抽動，全身肌肉綳緊，像是隨時準備給予獵物致命一擊的貓科動物。

倒在地上的攝影師對戴君儒爆出一串三字經，「你在幹麼？」

「這是我的問題才對。」戴君儒的聲音平靜而低沉，與漲紅的面孔和耳廓完全相反，「你在幹麼？」

攝影師的臉也一片通紅。他試著推開摁在他胸前的膝蓋，但是戴君儒的身體前傾，身體的重量使他動彈不得。

「君儒！」

小雯和行政助理急忙跑來抓住戴君儒的手臂，想要將他從攝影師身上拉走。然而，戴君儒的雙眼依舊死死瞪著地上的男人，掙扎著想要甩掉抓住他的手。

「君儒，你先起來。」行政助理說：「我們用說的。」

這句話按下了戴君儒的某個開關，他倏地轉頭，眼神凶狠地看向對方，「沒什麼好說的。」

他站起身，手臂從兩人的掌握中掙脫，跨步到潘穎秀面前，一把拉過那隻縮在腹部的手，「走吧，我們回家。」

戴君儒的力氣很大，潘穎秀被他從椅子上拉起，即使還沒站穩，也不得不踉蹌地跟著他向前走。

「等等，君儒。」潘穎秀低聲說：「還沒有拍完。我們……」

戴君儒沒有任何反應和表示，只是拉著他往前走。

經過表情驚愕的廠商助理，戴君儒停下腳步，轉過身，粗暴而笨拙地解開潘穎秀身上的襯衫，塞回她手裡。

「妳都看到了，對吧？」戴君儒說。

在戴君儒的注視下，女人遲疑地咬著嘴唇，輕輕點了一下頭。

戴君儒表情嚴肅，不發一語地拉著潘穎秀往外走。

潘穎秀還期待有人會攔住他們，直到午後的陽光灼燒著臉頰，他才發現沒有任何一個人出聲，他們早已離開了工作室。

戴君儒的手勁很大，把他的手捏得都痛了。

來到停放的機車邊，戴君儒從機車置物箱裡，拿出潘穎秀的安全帽，往他的胸口一塞。

「君儒。」潘穎秀又喊了他一聲。

戴君儒關上置物箱的動作之大，發出的巨響使潘穎秀的心臟一震。

他收起中柱，將車拉到馬路上，跨上坐墊，「上車。」

潘穎秀不需要他說第二次，動作迅速地上車。

回程的路上，沒有人開口，氣氛有些嚴肅。

戴君儒一次也沒回頭，就連等紅燈的時候，也只是弓著身子，雙手抓著把手。

潘穎秀看著戴君儒的背影，手指微微發麻。

他伸出手，環住戴君儒的腰。當他的手指碰觸到戴君儒的身體時，他感覺到戴君儒的腹部肌肉急速收縮。

潘穎秀的身體往前挪動了一點，輕輕將頭靠在他的背上。他不想要戴君儒生氣，尤其不希望是因爲他生氣。但是他沒有辦法讓戴君儒消氣，戴君儒甚至拒絕和他說話。

現在，潘穎秀唯一能想到的辦法，就是這個小小的擁抱。

又是一個紅燈，這時，戴君儒的一隻手覆上他的手背，拇指輕撫過潘穎秀的肌膚，他的手臂漫起一陣雞皮疙瘩。

回到公寓，一開門，戴君儒就把背包甩在門邊的地上，踢掉鞋子，將安全帽重重地砸在鞋櫃上方。

潘穎秀跟在他身後，關上門，把他的鞋撿起，放回鞋櫃裡。

他脫下步鞋，站在門邊，看著戴君儒跌坐在沙發上，手捏著鼻梁，面色疲倦。

「君儒。」潘穎秀輕聲說。

戴君儒聞聲抬起眼，看著他。

潘穎秀咬著嘴唇，走到他身邊。他有些吞吞吐吐，不知道要怎麼做，才能化解空間裡緊繃的氛圍。

「君儒。」他又說了一次，一隻手試探性地碰觸戴君儒的肩膀，「不要生氣了。對不起。」

戴君儒倏地抬起頭，眼神冷漠凶狠，像是想要揍人一頓，嚇得潘穎秀忍不住向後退了半步。

還來不及走遠，戴君儒就伸出手，抓住他的腰。下一秒，他便把潘穎秀拉進臂彎裡，緊緊抱住。

「閉嘴。」他的臉埋在潘穎秀的腹部，喃喃說道。

他雙臂的力道大得潘穎秀有點呼吸困難。

「你給我閉嘴。我們說好的，記得嗎？不准道歉。」戴君儒淡淡地說。

「我們不應該跑掉的。」潘穎秀低聲說：「這樣廠商很難做人，工作室的人也是。直接曠工，違約金是要公司負責……」

「他媽的違約金，管他去死。」戴君儒抬起頭，怒視潘穎秀，「直接扣我薪水也好，叫我付錢也行，要我滾蛋也沒關係，我一點都不在乎。但是他不能——」戴君儒低吼一聲，沒有把話說完。

潘穎秀閉上眼，當時的情境一一浮現。

他知道攝影師想要做什麼，對方的意圖太明顯了，手指甚至已經碰到了他褲頭的拉鍊。

然而，這件事被戴君儒直接地說出，好像就變成眞的了。

被陌生的手碰觸到私密部位的噁心感再度襲來，一股寒意沿他的脊椎下竄，潘穎秀渾身顫抖，他強迫自己嚥下一口唾沫。

「如果我再早一點反應過來就好了。」戴君儒的聲音充滿了恨意，「如果我沒有猶豫，我本來是來得及阻止他的。」

「沒有人知道啊。」潘穎秀試著讓聲音聽起來足夠平靜，「沒有人會把自己的師父當成壞人。這是個意外。」

事實上，就連潘穎秀也搞不懂，平常對他照顧有加的攝影師，爲什麼會對他做出這種事？他仔細想想，一切似乎都有跡可循。

潘穎秀想起對方偶爾會出現在他身後，探過身子，臉湊得離他很近，對他的螢幕比手畫腳。他也會在經過潘穎秀身邊時拍拍他的背，手指在他背上多停留一、兩秒。

那一次在熱炒店，他一杯接著一杯幫潘穎秀倒酒，最後潘穎秀不勝酒力伏在桌面上喘氣，那時，攝影師一直坐在他身邊，手搭著他的肩膀，像是在撫平他的不適。

潘穎秀搖了搖頭，這都只是前輩的友善，以及對後輩的照顧罷了，任何超過這條線的聯想，都只是疑神疑鬼。

潘穎秀再度開口：「是我的錯。」聲音沙啞，「我表現得太不專業了。」這種程度的肢體接觸，本來就是身爲大尺度模特兒的他的工作之一。

戴君儒瞪視著他，不懂他說的話。他一字一句，慢慢地說：「你有聽到你在說什麼嗎？」

潘穎秀看著他，露出淺淺的微笑，搖了搖頭。他太清楚自己在說什麼了。

其實，這不是他第一次在拍攝現場，因爲肢體碰觸而感到驚慌失措。

以往張浩祥總是說，「每個模特兒都會遇到這種事，習慣就好」。但是他沒辦法習慣。

如今，他的慌亂再次搞砸了工作，工作室的案子破局，聲譽也可能因爲他們不成熟的行爲而受損。他還讓戴君儒得罪攝影師，有丟掉工作的可能。

這些都是因他而起，這件事會有多難收拾？光是想到這些，潘穎秀的四肢便一陣發冷。

「張浩祥有說過，這種事本來就會發生。」潘穎秀試著平心靜氣地解釋，「沒有什麼好大驚小怪的。現在你該怎麼辦？你要怎麼跟你的師父交代？」

「去他的張浩祥。」

戴君儒放開他，從沙發上跳起身。他一步踏到潘穎秀面前，緊盯著他的臉。

他們靠得很近，鼻尖幾乎要相碰。

「那個王八蛋是在性騷擾你！」戴君儒大吼出聲：「什麼工作？什麼師父？都去吃屎。什麼叫『本來就會發生』？你身爲模特兒，就活該要讓人亂摸嗎？」

潘穎秀咬緊牙關，眼睛一陣刺痛，胸口彷彿被人用一記重拳擊中，他的呼吸一瞬間噎在喉頭。

他撇開視線，拒絕與戴君儒對望。他輕聲地開口：「你有看過《空白》裡全部的照片嗎？」

戴君儒皺眉，搖了一下頭。

「裡面有一些畫面，我……有生理反應。」不知為何，他沒辦法當著戴君儒的面說出「勃起」兩個字。

戴君儒呆滯了兩秒，瞪大雙眼。

「潘穎秀。」他僵硬地說：「不要說。」

潘穎秀不禁失笑，但是他無法阻止自己繼續往下說：「就是……當時的攝影師幫我的。」陌生男人的手指碰觸他下體的感覺，直到現在他都還記得。

「可是……」戴君儒深吸一口氣，「你前任不是在場嗎？他都沒有說話？」

潘穎秀對上他的目光，「他有。他說，那只是為了拍攝效果。」

戴君儒直瞪著他，眼睛眨也不眨。

「很蠢對不對？」潘穎秀輕笑一聲，「最蠢的是，我真的相信他。」

戴君儒緩緩地搖了一下頭，然後又一下。他咬緊後牙，發出一聲挫敗的低吼。

「我好生氣。」他低聲說：「我已經站在旁邊了，距離你只有幾步遠，但是還是發生了。我好生我自己的氣，為什麼我的反應會這麼慢？」

潘穎秀的腸胃一陣翻攪，戴君儒的怒火，不知為何，比任何針對他而來的指責，更令他痛苦。

如果沒有找戴君儒求救就好了，如果沒有硬把戴君儒扯進這爛攤子裡，現在的戴君儒還會在工作室裡做著他喜歡的工作，朝著夢想努力。

戴君儒現在氣急敗壞的模樣，以及這一切沒有人希望發生的後果，都是因為他。

潘穎秀又說了一次：「是我的錯。其實，我只要好好把照片拍完就沒事了。」

「潘穎秀！」戴君儒的吼叫聲在他耳邊炸響，「你夠了沒！」

「是眞的。」潘穎秀搖頭，「只要把照片拍完，一切就過去了。以後我只要跟攝影師保持距離，就什麼事都不會發生了。」

戴君儒抓住他的肩膀，力道大到令潘穎秀的身體晃了一下。

「你到底有什麼毛病？」戴君儒的手指陷進他的肌肉裡，他吃痛地畏縮了一下。

「你爲什麼要一直爲別人做錯的事情道歉？」戴君儒質問。

潘穎秀閉上眼睛，淚水無法控制地從眼眶溢出，滑下臉頰和鼻梁，滴到嘴唇上。

他搖著頭，如果不道歉，還能說什麼？這個責任又要讓誰承擔？

戴君儒沉默了一會，接著，一隻手撫上他的臉頰，拇指小心翼翼地撫去淚水，徒勞地試著阻止他繼續掉淚。

「對不起，穎秀。」戴君儒低聲說：「你不要哭。我不是……我只是……」

他嘆氣，溫暖的氣流打在潘穎秀的臉上，「我好想保護你，可是我沒做到。」

潘穎秀無法回應。他不知道要怎麼面對這番話，也不知道要怎麼消除戴君儒心中的罪惡感。

但他知道眼淚只會讓情況惡化，他試著讓因啜泣而晃動的身體平靜下來，抬起手臂，用掌根擦去臉頰上的潮溼。

當他再度對上戴君儒的視線時，在他臉上的怒氣，已經被別的情緒替換了。

戴君儒的眉頭緊緊蹙起，深色的雙眼來回審視潘穎秀的眼睛。

「你跟我說過你學長的事。」他繼續說：「你還記得我當時說了什麼嗎？」

「如果我在高中時就認識你。我絕對會把你學長打到連他媽都不認得。」

潘穎秀輕輕點了一下頭。

「剛才，我眞的好想揍他。」戴君儒的聲音變得沙啞，「看到你坐在那裡，還有他得寸進尺的樣子，我就……」

他垂下視線，「但是，如果我眞的打人了，那會讓我變成什麼？你又會怎麼看我？」

潘穎秀看著戴君儒動搖的神情，不知道能怎麼辦。

一直以來，潘穎秀面對媽媽的悲傷和絕望、面對另一半的憤怒和責備，都不知道有什麼應對方式。

他只是潘穎秀，他給不起戴君儒任何東西。有什麼是戴君儒想要，他又能給的？

「對不起。」

潘穎秀輕聲說道。接著，他縮短了兩人之間僅剩的距離，在戴君儒錯愕的目光之下，吻上他的嘴唇。

他不確定戴君儒究竟想不想要，畢竟上一次他們親吻過後，戴君儒像是懊惱居多，而且再也沒有碰過他。但這確實是他唯一能給的東西了。

戴君儒發出一聲驚訝的低哼，短暫又漫長的幾秒之間，沒有任何回應。

潘穎秀有些後悔，正要離開，戴君儒的手便來到他的後腦，伸進髮絲之中。

戴君儒的嘴唇遊走，含住潘穎秀的下唇，吸吮啃咬，動作猛烈而侵略，還夾雜未完全消弭的怒氣。

他像是在把怒火發洩到潘穎秀身上，不停朝他的嘴唇進攻，和上次那個蜻蜓點水的吻相比，簡直不像來自同一個人。

溼潤的聲響在潘穎秀的耳裡迴盪，他渾身發熱，張開嘴，試著呼吸。戴君儒就像得到某種邀請，柔軟的舌尖探進潘穎秀嘴裡，試探地碰觸他的舌頭。

酥麻的感覺往潘穎秀的腹部竄去，他膝蓋一軟，盲目地伸出手，抓住戴君儒胸口的布料。戴君儒的手臂很強壯，支撐著潘穎秀的身體，他的雙腿威脅著要放棄抵抗。

「嗚。」一聲低吟從潘穎秀的嘴角竄出，他沒有辦法控制，下腹一陣騷動，這股不合時宜的生理反應來得太荒唐。

在他大腦深處，某個被埋藏起來的念頭，像閃電般劃過潘穎秀的腦海，戳刺著他的神經，無比清晰，銳利得讓他差點再度落淚——如果戴君儒想要，他就會給他，這是他能做的唯一一件事了。

戴君儒的雙手捧著潘穎秀的頭，輕柔得像是捧著某種易碎物品，但是他們四唇相觸的地方卻完全相反。

潘穎秀的腿宣告投降。他摔倒在沙發上，連帶將戴君儒也一起拉了下去。戴君儒的雙手撐住沙發椅背，一邊的膝蓋跪在椅墊上，撐起身體以免壓在潘穎秀身上。他的另一腳卡進潘穎秀的雙腿之間，將他固定在原位。

隨著「哈」的一聲喘息，他們的唇短暫地脫離接觸。

潘穎秀睜開眼，上氣不接下氣地看著俯身在他上方的戴君儒。他雙眼半闔，臉色紅潤，迷茫的視線中夾帶著慾望。

潘穎秀鬆開一隻手，將手掌平貼在戴君儒胸腹的交界處。

戴君儒的身體一顫，腹部肌肉變得緊繃。

他的手背撫過潘穎秀的臉頰，「穎秀。」他嚥下一口口水，閉上眼。

潘穎秀的手依舊抓著他的衣服，目不轉睛地看著他。

戴君儒再度對上他的視線，眉頭微微皺起，「我不知道這樣好不好。」

「什麼？」潘穎秀問。

「我是說，我們……」戴君儒欲言又止，眼睛在潘穎秀臉上來回搜索，「現在不合適，對吧。」

一股無法指名的情緒，緩緩升上潘穎秀的胸口，逐漸擴散，爬上脖頸直達臉頰。他拉出一個緊繃的微笑，用盡全身的力氣，阻止眼淚再度落下。他輕輕點了點頭，沒有提問，也沒有反駁。

這明明是最好的結果，但潘穎秀不知道要怎麼解釋那股拉扯著心臟的失望。

「我不想讓你覺得我在占你便宜。」戴君儒說：「今天才發生過這種事，如果現在我又……」

他頓了頓，「我不想傷害你。」

「我知道。」潘穎秀回答。

他知道戴君儒是在安慰他，無論他的出發點是什麼，結論是一樣的——戴君儒並不想要他。

戴君儒嘆了一口氣，伸出雙臂將潘穎秀抱進懷裡。

潘穎秀的下巴抵在他的肩上，鼻腔裡充滿熟悉的氣味，是來自戴君儒身上。習慣是一種可怕的東西，曾經，張浩祥的味道無比熟悉，現在已經完全被戴君儒取代了。

潘穎秀閉上眼，這是他第一次懷疑，他是不是讓自己爬出了一個地獄，又一頭栽進了另一個。

這天晚上，戴君儒回房前在門口停下腳步。他回過頭，用有點困擾的表情看著潘穎秀。

「晚安。」潘穎秀在沙發上屬於他的位置，對他微笑。

戴君儒猶豫著，然後下定決心開口：「我知道這樣問可能不太好，但我還是想問。」他頓了頓，「你要進來一起睡嗎？」

潘穎秀眨了眨眼，他沒有想過會從戴君儒口中聽到這句話。

「如果你不介意的話。」潘穎秀小心翼翼地回答。

「我只是覺得……今天發生這種事，我不想再讓你睡沙發了。」戴君儒一邊的嘴角勾起，「當然，看你。」

潘穎秀思索了一下，如果今天晚上，身邊能有另一個人的體溫，或許會比較容易入睡。

「那就打擾了。」他說。

在戴君儒推開房門的那一刻，潘穎秀忍不住屏住呼吸。

房間內很簡潔，一張雙人床貼著牆擺放，棉被在床尾擠成一團。房間角落有個和床架不成套的木衣櫃，門邊擺著一張桌子，上頭放了腳架和電腦，以及收納攝影器材的防潮箱。

潘穎秀抱著枕頭，站在門邊，等待戴君儒的指示。

「你想睡靠牆還是靠門邊？」戴君儒將客廳的燈關上。

「門邊好了。」至少如果他的睡相難看，掉下床的也不會是戴君儒。

戴君儒爬上床，將棉被攤開，坐在床墊上。潘穎秀把枕頭放在靠近門邊的床位。

潘穎秀在床邊坐下，把腳收上來，躺好。

「我要關燈囉。」戴君儒說。

視野進入短暫的黑暗，潘穎秀能聽見戴君儒在移動時的布料摩擦聲，也能感覺到床墊的晃動。

「穎秀？」一片漆黑中，戴君儒說。

「嗯？」潘穎秀轉過頭。眼睛在逐漸適應黑暗後，他能勉強看出戴君儒的輪廓。

「不要擔心，好嗎？」

戴君儒的手在床上摸索，找到了潘穎秀的手掌。他的手指滑進潘穎秀的指縫間，牽住，「工作室跟案子的事，我們會解決的。我會陪著你。」

潘穎秀點點頭，又開口補充一句：「好。」

戴君儒的手指用力握了握，手心的溫度傳了過去，像是在保證。

至少今晚，潘穎秀會相信最後那一句話。

第七章

「各位，先休息個五分鐘如何？外送到了。」

行政助理的喊聲從背後傳來。在戴君儒的觀景窗裡，潘穎秀的視線越過了他，睜圓雙眼，好奇地看向某處。

戴君儒抓準這個瞬間按下快門，捕捉了潘穎秀如小孩般的神情，正好配合他身上穿的燈芯絨吊帶褲。

戴君儒站直身子，活動了一下腰身，回頭對著行政助理咧嘴一笑，「我沒意見啊。你應該要問客戶，能不能多耽誤五分鐘吧。」

行政助理轉向站在戴君儒身邊的女人，挑起眉表示詢問。

「有甜甜圈的話，耽誤十分鐘都沒關係。」廠商助理眨眨眼，「再說，如果晚結束，我今天就不用回公司啦。」

行政助理手上拿著的大紙盒，光看著紙盒上印著的彩色字樣，戴君儒都能想像到糖霜的甜味，心情感覺輕飄飄的。

這大概是這幾天以來，他的心情最放鬆的時刻。

「怎麼這麼好？今天有人生日嗎？」

戴君儒轉過頭，潘穎秀往他們的方向走來，臉上掛著淺淺的微笑。

「才不是。」行政助理邊說邊把桌上的道具推向牆邊，清出可以放下紙盒的空間，「這是要幫你們慶功啊。」

「慶功？」潘穎秀困惑地瞥了戴君儒一眼。

小雯拿著可樂和綠茶，臂彎夾著紙杯串，一起加入派對。她對潘穎秀眨眨眼，把手上的東西一股腦地擺上桌，「慶祝戴君儒暫時升職呀！」

「啊。」

潘穎秀一邊的眉毛向上挑起，對戴君儒露出似笑非笑的表情。

行政助理抽出一個紙杯，倒入可樂，塞進潘穎秀手中。

戴君儒小心翼翼地觀察著潘穎秀的表情。

雖然大家嘴巴上說的是「慶祝戴君儒暫時成爲網拍案的攝影師」，但這背後眞正的意義，每個人都心知肚明。

然而，潘穎秀就算有任何不適，也沒有表現出來，僅帶著有點挖苦的笑容，對戴君儒舉起紙杯，「敬我們都沒失業。」

戴君儒推了他的肩膀一把，終於鬆了一口氣。

行政助理也遞給戴君儒一杯可樂。

戴君儒接過冰涼的氣泡飲料啜飲一口，滿足地嘆了一口氣。他很慶幸，他們都沒有失業。

上星期的小意外之後，戴君儒和潘穎秀在家待了三天。行政助理打了通電話給戴君儒，告訴他們，工作室負責人正在了解整件事情的經過，等到搞清楚之後，會再通知他們。

「攝影師是會對人毛手毛腳的垃圾，就是這麼回事。」戴君儒在電話裡對行政助理說：「如果老闆還有點良心，就應該要開除他，最好還要公開這件事，讓他到哪裡都不用混。」

嘴上這麼說，戴君儒還是很擔心。不過，比起他自己，他更在意潘穎秀。老闆若要了解事情眞相，就得找潘穎秀去談，戴君儒一方面希望攝影師能得到應得的制裁，卻擔心潘穎秀受到二度傷害。

通話結束，幾小時後，戴君儒的手機又響了，這次是老闆打來的。潘穎秀並不想重述那件事的經過，靜靜地坐在一旁，只有身體在場，靈魂已經飄遠了。

這表現讓戴君儒又急又氣，而他怒火中燒的說詞，又讓老闆懷疑整件事的可信度。最後，戴君儒只能請老闆跟廠商助理聯絡，因爲對方也目睹了一切。

「如果沒辦法處理，我就只能提告了。我父母都是律師，這種事他們見多了。」戴君儒對老闆說。

但他心裡清楚，這只是虛張聲勢。找他父母來替與他同居的男生打性騷擾官司，光是用想的，他就覺得頭皮發麻。

掛上電話，戴君儒差點就對潘穎秀發脾氣，但他忍下來了，他很清楚他沒有資格叫潘穎秀回憶那天發生的事，還得親口說出口。

可是，如果潘穎秀不肯說，旁人能做的也有限。

戴君儒很懊惱，這件事無論怎麼處理，對潘穎秀都只會帶來傷害。他只能把希望放在廠商的助理小姐身上。

接下來的兩天，戴君儒越發感到坐立不安。當他的手機螢幕再度出現工作室的來電時，他幾乎是從沙發上滾下去接電話的。

「戴君儒。」

行政助理的聲音很嚴肅，使戴君儒忍不住嚥了嚥口水，「怎麼樣？」

「有一個壞消息和一個好消息，你想要先聽哪個？」行政助理說。

戴君儒的心臟一下子跳到喉頭，呼吸和吞嚥一時之間變得困難。他咬著嘴唇內側的肉，嘆了口氣，「壞消息好了。」

「壞消息是，你的師父被開除了，接下來你只能靠自己了。」行政助理的語氣很嚴肅。

戴君儒不顧話筒還在嘴邊，對手機大聲咒罵了一聲，但是是最快樂的那種。

他突如其來的歡呼，令一旁的潘穎秀震驚地瞪大眼睛。

行政助理告訴他，廠商的助理小姐給出的說詞和他如出一轍，只差沒有直說「攝影師就是個王八蛋」這種話。

「好消息是，老闆說臨時也找不到攝影師來頂替，叫你把這個網拍案子拍完，但是你的結案日沒得延後。」

聞言，戴君儒幾乎想要跳到老闆身上擁抱他了。

結束通話，戴君儒把這件事告訴了潘穎秀。聽完，他吐出一口氣，向一旁的沙發躺倒，一直憋著的緊繃情緒突然放鬆。

見狀，戴君儒只想爬到他身上親吻他。當然，只是想想。

於是今天，兩人一起回到了工作室，繼續這個案子。

戴君儒沒想到工作室的同事很有義氣，在這起事件中，他們選擇相信他。

他對行政助理感激地點點頭，舉起杯子，對方只是聳了聳肩。

「甜甜圈再不吃，糖霜會黏在一起喔！」小雯說：「你們都沒有人要拿的話，我就先動手啦！」

戴君儒點點頭，拿過甜甜圈，再看向潘穎秀。只見他用一張紙巾包著甜甜圈，小心地不讓糖渣掉落在廠商的衣服上。

戴君儒突然冒出一個點子。

「穎秀，要不要拿甜甜圈拍照？」他問。

行政助理翻了個白眼，「戴君儒，你能不能讓他先好好吃下午茶啊？」

「別吵，我又不是問你。」戴君儒回嘴，再度轉向潘穎秀，「你覺得呢？感覺會很可愛。」

話一出口，戴君儒忍不住瑟縮了一下，他指的是畫面上的可愛——甜甜圈的形狀和配色都非常甜美，和接下來要拍攝的幾套服裝很搭。

潘穎秀的嘴角微微上揚，舉起手中咬得亂七八糟的甜點，「你說這種吃一半的嗎？是不是有點太……自然了？」

「當然不是。你可以拿那個草莓配彩糖的甜甜圈。」戴君儒說：「跟淺黃的襯衫外套也搭。」

潘穎秀思索了一下，「我沒意見，只是那個口味對我來說太甜了，拍完之後誰要負責吃？」

「我可——」小雯正開口，戴君儒就脫口而出，「沒關係，我吃啊！」

小雯愣了一秒，隨後對他歪嘴一笑，戴君儒只能硬生生地轉開視線。

「好啊。」潘穎秀沒有太介意戴君儒尷尬的表現，柔聲說：「攝影師最大。」

潘穎秀解決了手上的甜甜圈，換上下一套服裝，準備依著戴君儒突如其來的點子進行拍攝。

潘穎秀穿著鵝黃色的襯衫外套，皮革的霧面質感，看起來就像蛋糕上的翻糖。他戴著一副細框眼鏡，坐回背景布前的椅子上。

戴君儒把手擦乾淨，再度端起相機。

「來吧，我們試試看。」戴君儒說：「來幾個比較童趣的動作好了。裝可愛啊，眨眼啊，什麼都可以。」

「這個指令有點籠統喔。」潘穎秀挖苦道。

即使如此，他還是能找到執行的方法。

潘穎秀將甜甜圈舉到臉頰旁，看著手中的甜點，表情若有所思。

戴君儒連按幾下快門，將他細微的動作與表情變化記錄下來。

接著，潘穎秀把甜點放到唇邊，眼神倏地轉向鏡頭，像是要偷咬一口，卻被人抓包一樣。

戴君儒的手指準確地掌握著快門。不知爲何，眼前的畫面令他的心臟震盪了下。

潘穎秀的雙眼瞇了瞇，露出大大的微笑，表情十分滿足，像是眞的吃到了滿嘴的甜品。

看著這一幕，戴君儒的心怦怦直跳。

「好了，我覺得好像差不多。」再拍下去，戴君儒覺得是在公器私用。

潘穎秀一睜開眼，一旁吃著點心的同事們便拍手歡呼。

「穎秀眞的很可愛耶！」小雯說：「好像很適合拍少女品牌的彩妝照？」

「那妳要幫我找案子嗎？」潘穎秀微笑。

「等這組照片出來，一定很快就有了啦！」

戴君儒放下相機，垂掛在胸前，往潘穎秀的方向走去。

隨著彼此的距離縮短，戴君儒胸腔裡的騷動又威脅著要翻騰。這種像是心悸的狀態，最近變得越來越熟悉。每天晚上共睡一張床，似乎沒有讓他習慣潘穎秀的存在，反而對潘穎秀的接近更加敏感。

複雜的感受在戴君儒的心中互相撕扯、衝撞，沒有一個肯離開。因爲上星期的那一場意外，戴君儒發現，潘穎秀的無助就像一把刀，狠狠鑿進他的心裡。他的理智線瞬間斷裂，保護欲隨之擴張膨脹。

他意識到，他沒有辦法容許任何人在他面前傷害潘穎秀。他想要保護潘穎秀，將他抱在懷裡，爲他遮避一切可能會傷害他的邪惡。

然而，那場意外，也給了戴君儒重重的打擊。他想保護潘穎秀，但是他沒有做到，潘穎秀還一次又一次地和他說「對不起」。

他不懂潘穎秀爲什麼要道歉？戴君儒只想抓住他的肩膀奮力搖晃，但是卻沒有立場這麼做。

他在潘穎秀面前站定，伸出手，「給我吧。」

「嗯？」

「甜甜圈啊。」戴君儒說：「你不是不吃這個口味嗎？」

潘穎秀沒有把甜甜圈遞給他，只是緩緩地靠近他，就像是開了慢動作。

「你直接咬吧。」潘穎秀說：「它被我捏得有點融化了，有點噁。」

戴君儒愣愣地看著甜甜圈往臉部貼近，皺起眉，聽覺再度被心跳聲占據。

他遲疑地張開嘴，咬下鬆軟的甜甜圈，草莓糖霜的甜味在舌尖擴散。

他注意到潘穎秀的眼神隨著他的嘴唇移動，他轉開視線，低下頭，「你真的不吃吃看嗎？」假裝檢查著剛才拍出的照片，「草莓的很好吃啊。」

「你是螞蟻人，吃得太甜了。」潘穎秀的聲音帶著笑意，「誰像你平常飲料都點全糖。」

戴君儒的臉頰微微發燙，哼笑一聲，在潘穎秀身邊蹲下，推過相機。

「你看，效果很好吧！」戴君儒說：「這兩個顏色眞的很搭。」

他的手肘靠在潘穎秀的大腿邊，幾乎就要相貼，某種騷動像電流，從他們快要接觸的地方開始蔓延。

在潘穎秀吻他的那天，這感受也襲捲而來。

他回應著潘穎秀的吻，身體間的強大吸引力拉扯著他，他差一點就沒忍住，要伸手撫摸潘穎秀的身體。

但是，如果眞的碰了潘穎秀，就像在利用潘穎秀脆弱的時刻趁虛而入，他才剛和交往了一年的男友分手。

戴君儒想，邀請潘穎秀進房和他一起睡，是個愚蠢的決定，怎麼會用這種方法挑戰自制力呢？

潘穎秀總是在熟睡時擠到他身邊，把頭靠在他頸窩，讓他的心臟劇烈地跳動起來；每天早上，潘穎秀的睡臉總會在近在咫尺之處，他只能閉上眼，用意志力壓下雙腿之間精神煥發的器官。

即使他想要保持理智，潘穎秀嘴唇的觸感，不時會在記憶中取笑他。他隨時都能想像那柔軟而飽滿的唇，還有潘穎秀的味道……

戴君儒暗自嘆了口氣，感覺這份情感逐漸失控。

「的確很搭。」潘穎秀點點頭，「我看起來比較像是在拍甜甜圈的業配。」

戴君儒笑了一聲，站起身，硬是拉開和潘穎秀的身體距離。

「照片也讓我們看一下呀。」小雯在道具桌邊喊。

戴君儒走向同事們，儘管沒有回頭，他還是可以察覺到，潘穎秀就在他身後幾步遠的地方。

眾人對著剛才拍攝的照片七嘴八舌時，戴君儒趁著這個空檔，把潘穎秀用來當道具的甜甜圈吃掉了。

螞蟻人，戴君儒笑了笑，這個詞滿貼切的。

一陣震動聲從道具桌上傳來，戴君儒反射性地跳了一下，他瞥一眼，是潘穎秀的手機。

潘穎秀撈過手機看了一眼，戴君儒也好奇地看向它——一組沒有儲存的號碼。

手機依然震動個不停，來電者似乎執意要等到潘穎秀接電話才肯罷休。

潘穎秀看了戴君儒一眼。

「你先接吧。」戴君儒說：「搞不好會是工作邀約？」

「怎麼可能。」

潘穎秀哼笑一聲，按下接聽鍵，「喂？」

一接起電話，潘穎秀嘴角的笑意，就像被人用布擦去了一樣。放鬆的眼皮倏地撐開，直瞪著前方。

「張浩祥？」

聽見那個如鬼魂般，總是徘徊在他們的對話中、在潘穎秀的腦子和心裡的名字，戴君儒感覺像有人一拳擊中了他的腹部，他下意識地屏住呼吸。

「穎秀。」電話那頭的聲音說：「我還以爲你不會接電話了。」

這道聲音，讓潘穎秀有些困惑，不確定這是不是潛意識創造出來的幻想。

消失了超過一整個月，還封鎖他一切聯絡方式，彷彿從地球上蒸發的張浩祥，現在就在電話的另一端和他說話。

潘穎秀腳步一愣，清了清喉嚨，「我……」

他有些無話可說，這一個月以來，他做的心理建設，一瞬間灰飛煙滅。

「你最近過得還好嗎？」張浩祥問。

「我很好。」潘穎秀回答，然而他聽著張浩祥的聲音，突然不是那麼確定。

「這段時間，你到哪裡去了？」他嚥下一口口水，咬了咬牙，問出這個包含著心裡所有的痛苦、自我責備、懷疑與質疑的問題。

胸口像是被人緊緊揪住、扭轉，潘穎秀痛得沒有辦法呼吸。

「我在南部。」張浩祥回答：「在工作。」

「爲什麼……」淚水來得又快又急，潘穎秀的聲音顫抖，他用力咬住嘴唇，「爲什麼一個訊息都沒有？」

張浩祥沒有馬上回答，他吐了一口氣，「我……有一些狀況。那時候我沒辦法處理，所以只能先離開。」

「你可以告訴我。」潘穎秀低聲說：「我是你男友……不是嗎？」

眼淚滑落下巴滴到大腿上，潘穎秀用手抹去，按住眼角。他努力地憋住，不想讓張浩祥聽見他哭，但是他的呼吸聲破碎而急促，無法控制。

「是我不好。」張浩祥回答：「所以我現在打給你了，對不對？」

潘穎秀忍不住哼笑一聲，難道這一個月之間未解的疑惑和傷神，以及他當時離開所留下的殘局，一通電話就能一筆勾銷嗎？

心碎的感覺、再度被拋棄的恐慌，殘留的餘波依然在他的心中，怎麼可能忘記？然而，他仍有些安慰，至少能再聽見張浩祥的聲音，至少張浩祥並沒有像他以爲的那樣，將他切割、扔下。

遺忘一個人需要時間，潘穎秀還沒有足夠的時間忘記他。

「那你……」潘穎秀嚥下一口口水，「要回來了嗎？」

身邊突然的動靜嚇了潘穎秀一跳，他轉過頭，看見戴君儒走到他的身邊，一手抵著他的肩，往倉庫的方向推。

潘穎秀咬著嘴唇，乖乖地讓戴君儒帶著他走進道具倉庫裡。

戴君儒的接觸，使他的臉頰一片熱辣發燙，但是他混亂的大腦無法理解這是什麼意思。

「我暫時還沒辦法。」

張浩祥的聲音從話筒另一端傳來，一番話使潘穎秀的心臟向下墜落。

「但是我會還你錢的。」張浩祥說：「我當時跟你借了一點錢，這點我沒忘記。那真的幫了我很大的忙，穎秀，如果不是你，我早就完蛋了。」

「到底發生什麼事了，浩祥？」潘穎秀輕聲問，有些不安，「你現在……還需要我幫你什麼嗎？」哪怕微不足道，潘穎秀都會想盡辦法給他的。

「不，暫時都解決了……我只是，還需要一小段時間。」張浩祥說：「我打電話給你，只是希望你不要擔心。你老是擔心過頭。」

張浩祥口氣裡帶著一點點戲謔，熟悉的感覺，再度使潘穎秀心中的情緒翻騰。他靠在倉庫的門框邊，用手抹過臉頰，這才意識到淚水已經爬滿了面孔。

潘穎秀好恨自己，爲什麼到現在，還在想念與張浩祥生活的那段時間？

「不要再聊我的事了。」張浩祥說：「你現在呢？住在哪裡？」

潘穎秀清清喉嚨，「我……借宿在一個朋友家。」

「工作上都還好嗎？我那時候，還有一個案子沒結，對吧？」他帶著歉意說。

「沒事，我朋友是攝影師，他能幫我。」潘穎秀答：「這週要拍第二場了。」

「那就好。」張浩祥頓了頓，「那……你生活上，都沒問題吧？」

「我現在有在上班。」潘穎秀深呼吸，再度哼笑，「多虧了你，我在當攝助。」

「眞的？」張浩祥十分驚訝，「在哪裡？」

潘穎秀告訴他工作室的名字，「我朋友也在這裡當攝助，是他介紹我來的。」

「攝助朋友……是之前在攝影師聚會上認識的那個嗎？他叫什麼……」張浩祥停頓了會，「戴君儒，是吧？」

在那次聚會後，張浩祥對潘穎秀冷嘲熱諷了好幾天，好像他在吧台和戴君儒的對話是某種背叛。

潘穎秀還記得那股壓在他心頭的罪惡感。現在，從他嘴裡聽到這三個字，讓潘穎秀有點退縮，感覺肚子裡產生一股糾結，令他很不舒服。

潘穎秀瞥了戴君儒一眼，只見他面無表情地站在門外，看向同事們。

他們之間只隔著一道門檻，但潘穎秀卻覺得他們距離無比遙遠。

「是。」他簡短地回答。

張浩祥並沒有針對這一點繼續追問，「那就好，有人陪著你就好。我一直有點擔心你一個人。」

「我很好。」潘穎秀向他保證。

「好。」張浩祥應答，聲音有些渺遠。幾秒之後，他再次開口：「嗯，但是現在我得走了。能和你說到話眞好，穎秀。」

潘穎秀咬住舌頭，阻止將「我很想你」脫口而出的衝動。

通話切斷後，潘穎秀把手機塞回口袋，抬起頭，戴君儒也正看著他，那眼神，使他想躲起來或就地死去。

突然，戴君儒撇開頭，雙手插進口袋裡。他的下顎移動著，但一句話也沒說。

潘穎秀的手再次抹過臉頰。

「君儒。」他低聲說道。

戴君儒沒有抬頭，「他打來幹麼？」

「沒什麼。」潘穎秀說：「他問我過得怎麼樣，然後說他會還我錢——」

戴君儒「哈」地大笑一聲，緩緩搖了搖頭，「還錢？現在過了一個多月，他終於想到要還錢了？」

「他說，他那個時候有一點狀況。」潘穎秀說：「可能有錢周轉不過來吧。」

戴君儒終於抬起眼，直瞪著他，「這種話你也信？」

「不然，我還能怎麼樣？告他嗎？」潘穎秀向後退了一步，「他說他會還我，我就只能相信他啊！」

「對，你可以告他，我爸媽就是律師。但是你會嗎？」

潘穎秀沒有回答，因為說什麼都不對。

戴君儒咬牙，發出一聲低吼：「他跟你說什麼時候要還了嗎？他要一次還，還是分批還？一次還你多少？」

潘穎秀被問得一句話都說不出口。戴君儒的強烈眼神讓他不舒服，因此他迴避了戴君儒的雙眼。

「他還說了什麼？」戴君儒質問：「我聽到你跟他說了工作室的名字。」

「他說，他有點擔心我——」

「擔心？」戴君儒的音量倏地拔高，「如果他眞的擔心你，他會讓你這一個月只能寄人籬下，身上還一毛錢都沒有？」

戴君儒的話，在潘穎秀的胸口震盪，逐漸擴散到全身，四肢一陣發麻。

張浩祥說的話牛頭不對馬嘴，在通話的當下，潘穎秀就已經知道了。

但是大腦知道是一回事，他的心感覺到的，又是另一回事。

「君儒，同事都還在等我們。」潘穎秀低聲說：「我們回去再講，好嗎？」

戴君儒沒有任何反應，像沒有聽見他的話。

「他就只是在玩弄你而已，你看不出來嗎？」戴君儒再度問：「你爲什麼還要相信他，潘穎秀？」

潘穎秀按住鼻梁，他不想在這裡和戴君儒吵起來，尤其是還在工作中的情況下。

然而，戴君儒說的都是實話，每一個字都精準得如刀片般銳利。

「我不知道。」他沙啞地說。

「他知道你好欺負，說什麼你都照單全收。」戴君儒的話音還在繼續，「他現在打電話給你，就只是假裝是受害者，這樣你就會原諒他了。」

潘穎秀不禁笑了出來，他們才住在一起一個月，戴君儒就已經摸透他了。

而這個悲哀的事實，從戴君儒口裡說出，顯得更加可笑。

潘穎秀覺得全身的力氣突然被抽乾，他抬起頭，看向戴君儒。

「我就是沒辦法做對一件事，對不對？」他的聲音很細、很輕，他甚至不確定戴君儒有沒有聽見。

突然間，戴君儒一腳跨進倉庫，將潘穎秀拉進懷裡。

他忽略他們還在工作室，小小的攝影棚就在身後，還有一群既好奇又擔心的同事望向此處。

「對不起。我……不應該說這種話的。」戴君儒貼在潘穎秀耳邊說：「是我太自以爲是了。」

「但是，你沒有說錯。」潘穎秀喃喃說道。

「你才剛分手，這樣要求你，對你很不公平。」戴君儒的手掌貼著潘穎秀的背，掌心的溫度滲透皮膚，緩緩進入他的體內，「我說得太過分了。我只是一時——」

他沒有把話說完，那句話懸在半空中，與沉重的空氣結合在一起。

潘穎秀把額頭靠在戴君儒的肩膀，閉上眼。

「我知道不能。」他在壓抑的啜泣之間含糊地說：「但是……我好想他。我眞的好想他。」

只是一通電話，就讓潘穎秀見識到，他自以為做好的心理建設，多麼不堪一擊。

然而他知道的，只要張浩祥把錢還給他，這個人就和他再也沒有關係了。

戴君儒沒有回話，只是將手臂收得更緊。

「沒關係。」他的聲音低低地響起，「我懂。」

從一開始，戴君儒對他就只有善意，而且是從酒吧那天就如此。

「戴君儒對他太好了」，這個念頭讓潘穎秀的心臟一陣緊縮。此時此刻，對戴君儒逐漸產生的依賴，突然再清晰不過。

但是，他已經讓戴君儒看到太多不該看見的東西了——支離破碎的那一面、做過的愚蠢決定……他不敢奢望戴君儒在知道這些之後，還能對他有其他想法。他甚至認為自己過度強烈的情緒起伏，會耗盡戴君儒的耐性。

他告訴自己，不該成為戴君儒的負擔，今天會是最後一次在戴君儒面前哭。

潘穎秀深吸一口氣，「我……去一下廁所。」他輕聲說：「我去補個妝，然後把剩下的照片拍完吧。」

「好。」戴君儒的手臂終於放開，「穎秀，我——」

潘穎秀搖搖頭，「沒事。不要讓客戶等太久了。」

語落，他從戴君儒身邊溜出倉庫。

第八章

坐在Uber後座，戴君儒又一次看向身邊的潘穎秀。

「謝謝你。」他輕聲說。

潘穎秀回以一個肯定的微笑。

兩人交握的手擱在戴君儒的大腿上，潘穎秀忍不住用力捏了捏，「小事。」

他接著說：「我只是想要親眼看看，高材生一家的聚會是什麼樣子。」

他的眼中閃爍著惡作劇的光芒，讓戴君儒不禁勾起了嘴角。

他吐出一口氣，向後靠在頭枕上。

他知道，潘穎秀的家庭混亂而問題重重，和他家很不一樣。

雖然兩人的家庭狀況不完全相同，卻有著相似的看法，在面對家人時，反應都是「想逃」。

「這星期天是你爺爺生日。」

兩天前，潘君儒的爸媽突然來電。

為了慶祝爺爺的生日，他們家族已經預訂了川菜館。

他原本不打算接這通電話，但是身體似乎比思緒更清楚這通電話打來的目的，一陣掙扎之後，他還是應下了。

這場生日聚餐，是戴君儒大學畢業後的第一次家庭聚餐，他爸爸的兄弟和妻小們都會出席。

戴君儒一點都不想參加，因為他不想坐在那兩桌不論學歷、收入或工作，都把他遠遠地拋在身後的親戚之間。但是戴君儒很清楚，如果缺席，他爸媽肯定會覺得臉上無光。

因此他向潘穎秀提起這件事，潘穎秀給了他完全不同的看法。

「如果你拒絕出席，就像是在承認，你真的不如他們。」

這句話讓戴君儒思考了很久。

其實，與其迴避所有人，他更想驕傲地現身，讓所有人看見，就算他沒有走在大家所期待的那條路上，他也一樣過得很好，甚至比任何人都好。

「如果這樣會有幫助的話，我可以跟你一起去。」潘穎秀補上一句。

聞言，戴君儒愣了一會，不可置信地看著他，幾秒鐘說不出話。

自從張浩祥打電話來的小插曲後，他們的日常回歸平淡。這期間，兩人還順利地完成商業案的第二場拍攝。

不過戴君儒卻發現，他們之間的關係更緊密了一點。在他身邊，潘穎秀顯得更加自在、更加愉快，還會開玩笑。

彼此間的小小鬥嘴與取笑，是更加親密的象徵。即使如此，戴君儒仍無法想像潘穎秀陪他一起出席家庭聚餐。

光是想到那場聚餐可能會帶來的心理壓力，他的腸胃便一陣翻攪。

戴君儒皺了皺眉，「他們是很麻煩的人。而且如果你說你是模特兒，我不知道他們會對你說什麼。」

「他們能說什麼？」潘穎秀輕巧地一笑，「說我不配跟他們同桌吃飯嗎？」

戴君儒的腦中突然間浮現親戚們臉上禮貌卻輕蔑的微笑，光是用想的，就讓他一肚子火。

「我只是不想要波及你。」戴君儒說：「我一個人當家裡的老鼠屎就夠了。」

「如果你壓力那麼大，那我就更該和你一起去了。」潘穎秀的口氣輕鬆，像在開玩笑，「就當作讓我還人情債。我只是去吃一頓飯而已，會有什麼損失？」

戴君儒翻了個白眼，知道潘穎秀又想提「彌補他」的事情了——

潘穎秀領到第一份薪水後，堅持要負擔戴君儒住處一半的房租，但是戴君儒考慮到潘穎秀還要負擔弟弟的生活費，堅持讓他多留些錢給自己。

戴君儒知道，他的考量會疊加在潘穎秀所謂的「人情債」上。他不想再和潘穎秀爭論，自願投降。當天晚上，他就傳了訊息給他爸爸，說會有一個朋友一起過去。

戴爸爸沒有多說，只回了一個「OK」。

於是現在，他們就在前往餐廳的路上。

戴君儒悄悄瞥了一眼潘穎秀，只見他偏頭看向車窗外，表情難以解讀。

在戴君儒的要求下，Uber在餐廳前的路口停下。

人行道上，戴君儒再度拉起潘穎秀的手，前往川菜館。

這幾天，他們的肢體接觸變得頻繁且自然，有時會雙手交握、相牽，有時會彼此依靠在頸窩。晚上，潘穎秀的身體貼著戴君儒的手臂入睡，已經成爲一種固定模式。

隨著越來越靠近餐廳，戴君儒的腸胃有一種下墜感。

「你確定嗎？」他問：「如果你後悔了，我們可以不用進去，現在就回家。」

既是在對潘穎秀說，也是在對他自己說。這是最後的機會，如果想走，現在還來得及臨陣脫逃。

「不用。」潘穎秀對戴君儒眨眨眼，「而且我餓了。」

他們一同走向餐廳，當玻璃門進入視線時，潘穎秀的手掙動了一下，「我覺得這樣可能不太好。」

感覺到手心留下的空虛，潘君儒看向潘穎秀，再看向手掌，皺起眉頭。

他不喜歡這股空虛感，然而在全家人，尤其是爺爺的目光下，和另一個男人牽手走到桌邊，的確不是個聰明的作法。這是他唯一能給潘穎秀安慰與保護的方法。他告訴自己。

戴君儒點點頭，領著潘穎秀走上門前的台階，自動門往兩旁滑開，食物的香味立刻撲面而來。

他回頭看了潘穎秀一眼，確定他有跟上。接著，他踩著腳下厚重的紅色地毯，來到櫃檯前，向服務人員報了資訊。一名身穿合身制服的女人，便帶著他們到餐廳後方走廊兩側的包廂區。

戴君儒在寫有「梅」字的包廂門前站了一會，深吸一口氣。

包廂內傳來男人大聲說話和女人的笑聲，這些聲音，就像是某種頻率特殊的噪音，刺激得他煩躁不已。

見狀，潘穎秀的手搭在他的肩上，輕輕捏了兩下。得到鼓勵的戴君儒一咬牙，推開了包廂門。

不論剛才包廂內有多熱鬧，在開門的那瞬間，一切戛然而止。

靠近裡面的那張桌子，戴君儒的父母、伯父伯母們和爺爺圍著圓桌而坐。菜還沒有上桌，只有幾碟小菜在轉盤上。

戴君儒咬緊下顎，對上父親的視線，抬起一隻手，「嗨，爸、媽。」

戴爸爸聞聲抬起頭示意，而戴媽媽露出了一絲淺淺的微笑。

戴君儒視線轉向坐在大大的「壽」字ＬＥＤ燈下的老人，「爺爺，生日快樂。」

老人的嘴角微微牽動，點了點頭。

「喔，大攝影師來啦。」

靠近門口的桌子旁，一個年輕女人說道。

戴君儒的視線轉過去，是他的大堂姊。她在四大會計事務所的其中一間工作。

戴君儒不喜歡她的用詞，「大攝影師」四個字裡包含著太多其他的含意了。對他們來說，只有布列松、薇薇安 邁爾或艾倫・沙勒，才能算是夠格的攝影師吧。

戴君儒緊繃地說：「堂姊。」

他回過頭，對潘穎秀伸出手，悄悄將手搭在他的下背，「這是潘穎秀，是我的……」

戴君儒頓了頓，有些猶豫該怎麼介紹潘穎秀。他們的關係只是朋友，但是「朋友」這個詞，在他的舌頭上，留下一股不太討喜的滋味。

在他停頓的那刻，潘穎秀立刻接話，「室友。」他露出微笑，「我們是室友。」

「坐吧。」戴爸爸點了點頭，向門邊的兩個空位伸手比劃了下。

潘穎秀的眼角帶著笑紋，優雅地站在椅子旁。戴君儒將椅子拉出，推了推潘穎秀的肩膀。

眾人皆落座，包廂內再度有了聲音，大家繼續剛才未完的談話。

戴君儒壓低聲音，在潘穎秀耳邊問：「還好吧？」桌面下，他悄悄拍了拍潘穎秀的大腿。

潘穎秀對他挑起眉，「哪裡不好？」

隨著包廂裡的對話變得熱絡，戴君儒稍微鬆了一口氣。只要吃完這頓飯，他就可以一整年不必見到這一房間的親戚。只要吃完這頓飯，他和潘穎秀就可以回到屬於他們的泡泡裡。

這時，戴君儒身邊的兩個男人上前打招呼。堂哥們問他最近的工作狀況，關心他什麼時候才會正式升上攝影師。

「最近我用攝影師的身分接了兩個案子，一個已經結案，另一個也順利地進行中。」戴君儒簡單帶過。這不完全是謊言，也不完全是事實。

「攝影師的市場也是很飽和。」大堂哥最後做出結論，「要出頭感覺很難啊。」

戴君儒假裝沒聽到這一番話。

第一道口水雞上桌，大家動起筷子，包廂的氣氛變得更加輕鬆。

小堂哥轉向在一旁沉默的潘穎秀，「穎秀，你是做什麼的？」

語落，只有戴君儒看得出來，潘穎秀拿著筷子的手稍稍地搖晃了一下。

他將雞肉夾進面前的碗裡，友善地微笑，「我是模特兒。也和君儒在同一間工作室當攝影助理。」

「哦，模特兒啊……」小堂哥的眼神來回打量潘穎秀的臉，認同地點點頭，「滿合理的，可以想像。」

戴君儒不禁皺起眉，這話聽來就是在無視潘穎秀也在當攝影助理的事實，只關注他好看的臉。

「你有什麼比較有名的作品嗎？在什麼地方能看到你呀？」」小堂哥繼續問。

戴君儒睜圓了眼，有些緊張。他小堂哥講話最直接，甚至是白目，小時候他們也很常拌嘴、吵架。

在戴君儒放棄法律系之後，他小堂哥對他的態度，除了一點同情，還有一些輕蔑。他開始有些擔心小堂哥的態度和用字遣詞，會讓潘穎秀感到困擾，難以招架。

然而，潘穎秀只是笑著搖搖頭，「我只是個小模，拍拍網拍實穿照。」

「不要對別人做身家調查好嗎？」桌子對面的女人說道：「你不要嚇到人家下次不敢跟你吃飯。」戴君儒的小堂姊說。

她對潘穎秀露出笑容，「你有在接代言照嗎？搞不好有機會和我們診所合作喔！」她在一間醫美診所當皮膚科的專科醫師。

「如果有機會的話。」潘穎秀禮貌地點點頭。

「還可以找君儒來掌鏡，讓你們兩個合作。」小堂姊笑著看了戴君儒一眼。

戴君儒勉強地勾了勾嘴角。他知道，他們都只是把他當作笑話，小堂姊的話說得圓滑，然而他們根本沒有聯絡方式。

潘穎秀放在桌面上的手機響起。他和戴君儒同時瞥了一眼螢幕，是一通沒有號碼的未知來電。

潘穎秀伸出手，將來電靜音。

「你不接嗎？」戴君儒悄聲問道。

「不接。」潘穎秀對他眨了眨眼，「在吃飯時間講電話太沒禮貌了。」

「萬一是急事呢？」

潘穎秀聳肩，「那他晚一點就會再打來。」

第二道菜，麻婆豆腐上桌，大堂哥向服務生要了啤酒。

啤酒上桌時，戴君儒也放鬆了些，拿了兩個玻璃杯，爲自己和潘穎秀倒了酒。

配著幾道菜喝了酒後，大家的聲音大了起來。

眾人輪流和壽星敬酒，祝賀老人家八十三歲生日快樂。潘君儒的爺爺高興的大笑出聲，包廂裡的氣氛瞬時熱絡許多。

這時，戴君儒注意到來自堂哥們的視線，他們看著手機交頭接耳的怪異模樣，讓他有一絲不好的預感。

他把酒杯放下，瞇起眼，對小堂哥的方向出聲：「什麼？」

大堂哥聞言看了小堂哥一眼，用幾乎不可見的動作搖了一下頭。

見狀，戴君儒的心突然向下一沉，渾身的肌肉緊繃。他的身體比大腦更早理解發生了什麼事。

「穎秀，這個是你嗎？」戴君儒的小堂哥把手機遞到潘穎秀面前。

螢幕顯示著模糊的藍色和肌膚顏色，戴君儒知道他們看到什麼了。

潘穎秀拿著啤酒杯的手停在半空中，嘴角的微笑凝固。他垂下視線，看向螢幕上的畫面，是《空白》，他在攝影圈子裡最廣爲人知的作品，也是網路上公開流傳最多的作品，更是他心頭徘徊不去的陰影。

一股血液往戴君儒的腦門衝去，還來不及阻止自己，他便一把伸出手，抽過手機遮住螢幕。

「你在幹麼？」他壓低聲音問小堂哥，語氣冷冽。

「我就只是好奇。叫『潘穎秀』的模特兒沒有很多，一查就查到了。」小堂哥不以爲意地說。

「你們在看什麼啊？」大堂姊在桌子對面對小堂哥伸出手，「也讓我們看看。」

「我找到穎秀之前拍的照片了。」小堂哥說：「滿厲害的。」

小堂哥試著把手機從戴君儒手中抽回，但是戴君儒緊緊捏住那台輕薄的機器，拒絕放手。

「不可以。」戴君儒直瞪著他，咬緊牙關。

「爲什麼不行？」小堂哥朝潘穎秀瞥了一眼，微笑著說：「都是公開的攝影集了，沒有什麼不能看的吧？」

潘穎秀淺淺地一笑，沒有回話，但是戴君儒看得出來，笑意並沒有到達他的上半張臉。

「這是家庭聚餐的場合，你眞的覺得這樣合適？」戴君儒臉頰一陣發熱，手緊抓著小堂哥的手機。

小堂哥聳了聳肩，眼神中閃爍著算計的光芒。戴君儒是攝影師，他的室友則是拍大尺度的模特兒，他打從心底就瞧不起，現在有了貨眞價實的證據，他巴不得讓全家人都看到。

「怎麼了，君儒？」戴爸爸的聲音從另一張桌子傳來，「爲什麼跟堂哥吵架？」

父親責備的語氣，讓戴君儒覺得像回到了小學時代，每次和小堂哥起衝突，家人都認定是他的錯。

「我沒有。」戴君儒大聲回答。語落，他看懂父親的眼神——戴君儒的口氣讓他不快。

「我只是找到穎秀當模特兒時拍的照片。」小堂哥一派無辜地說：「戴君儒就搶我手機。」

坐在另一邊的大伯好奇地看向他們，伸出手招了招，「照片？拿來一起看看啊。」

所有人的目光都落在爭吵的兩人身上，時間一分一秒過去，戴君儒只覺臉頰越來越燙。

他偷偷瞥了潘穎秀一眼，只見潘穎秀的臉色通紅，一路紅到耳根。他不確定那是因爲酒精，還是其他原因。

「放手，大伯說要看。」小堂哥看著戴君儒的眼神中，帶著勝利的光。

不可以。就算要，也絕不是當著潘穎秀的面。

戴君儒從椅子上跳起身，沉重的木椅因爲他的大動作向後滑，發出刺耳的摩擦聲。他揮開小堂哥的手，下一秒，他一把扯住小堂哥的衣領。

「戴君儒！」戴爸爸震驚地在包廂另一頭喊。

那道聲音很渺遠，此刻的戴君儒只聽得見自己的呼吸聲，眼裡只有小堂哥錯愕的表情。

「你為什麼一定要這樣？」戴君儒的聲音從咬緊的牙縫中迸出，「好好吃一頓飯不行嗎？」

「干你什麼事？」小堂哥的嘴角一歪，「這張照片有什麼不能看的？難道，你覺得丟臉嗎？」

「怎麼動手了，君儒？什麼事情這麼嚴重？」」大伯在一旁說道。

「我不知道啊。」小堂哥回頭對大伯說：「我只是找到了潘穎秀拍的全裸寫眞集——」

戴君儒頓時一陣耳鳴，小堂哥的笑容在他眼中突然放大。這一刻，戴君儒只想把他臉上該死的微笑打飛。

所以，他這麼做了。

一道撞擊的悶響，使一直低著的潘穎秀抬起頭。

戴君儒的拳頭懸在半空中，而小堂哥一手摀著側臉，在他的手掌下，一片紅暈快速擴張開來。

「戴君儒！」

戴爸爸站起身，粗濃的眉毛緊揪，「你怎麼打人？我們是這樣教你的嗎？」

戴君儒一隻手仍緊抓著小堂哥的衣領，緩緩抬起頭，看向說話的男人。

「君儒，你到底怎麼了？爲什麼會變成現在這樣？」戴媽媽的眼神在兒子的臉上來回搜尋，聲音像在哀求。

話音剛落，戴君儒就「哈」地笑了出來，「講得好像你們有了解過我一樣。」他咧開嘴，「你們在乎過嗎？你們關心過我在乎什麼事嗎？」

「戴君儒，注意禮貌。」戴爸爸警告地道，雙手背在身體後方。這姿態像是在法庭上質問證人，而不是在和兒子對話。

戴君儒臉漲得通紅，齜牙咧嘴，像一隻被困在籠子裡的動物。他大吼：「我、一、直、都、是、這、樣。如果你們現在才發現，那我很抱歉，我當不了你們的好兒子。」

他甩開小堂哥的衣領，力道大得差點將人推下椅子。

他旋過身，面向潘穎秀，伸出手，「走吧。」

「坐下，戴君儒。」戴爸爸在他身後說。

潘穎秀看著戴君儒發紅的面孔和更紅的眼眶，緩緩把手放入他的掌心，讓他牽著走出包廂。

他們在路邊攔了計程車，整趟車程，兩人什麼話也沒說，只是將手指交握著。

回到公寓，潘穎秀以爲戴君儒會和上次一樣，在沙發上發脾氣，但他只是一言不發地鑽進浴室，關上門。

不久後，淋浴間傳出水流聲。潘穎秀坐在沙發邊緣，回想剛剛的一切。

他感覺他看了一部鬧劇，明明他也是其中一名角色，卻無比抽離。

戴君儒的堂哥刻意在所有人面前提起《空白》，表面上是在讓潘穎秀難堪，實際上是藉此侮辱戴君儒。

潘穎秀嘆了一口氣，他陪戴君儒去吃飯，原本是想要讓他不要在一群合不來的親戚中感到孤單。

然而他看清，他的存在本身就是一種羞恥。和他扯上關係，戴君儒的處境只會更加艱難。

潘穎秀把臉埋進手心裡，覺得有些麻木，那些總是徘徊在心頭的情緒，此刻全部躲進了他無法觸及的黑洞。

他呆坐在沙發上，聽著浴室裡的水聲，時間一分一秒地流逝。

不知過了多久，他掏出手機，一看，戴君儒已經在浴室裡超過四十分鐘了。

潘穎秀站起身，雙腿有些失去知覺，他活動了下腳趾，試探性地踏出一步，確保雙腿還能支撐他的身體。

接著，他來到浴室門前，抬手敲了敲門，「君儒？」

他貼在浴室的門上，「你還好嗎？」

浴室裡傳來模糊的聲響。

「君儒。」潘穎秀又說了一次：「我要進去了。只要確認你沒事，我就走。」

他試探地轉了轉門把，門沒有鎖。向內打開，一股溼熱的空氣撲向潘穎秀的臉。煙霧繚繞的浴室中，戴君儒蹲坐在淋浴間的地板上，雙手環抱膝蓋，將頭埋在臂彎之間。

淋浴間的門沒有關，熱水漫出，流滿了洗手台和馬桶前的磁磚地。而角落的衣物也被水浸溼了。

熱氣燻得潘穎秀忍不住眨眨眼睛。他小心翼翼地踏進浴室，來到淋浴間旁，在擋水條前停下腳步。

「君儒。」

戴君儒沒有回應。熱水從他光裸的肩膀和背部流下，滴進他腳邊淹起的小水池裡。銀灰色的頭髮被水浸溼後，緊貼著後腦和脖子。

潘穎秀的心臟一陣緊縮，一股奇異而陌生的感覺戳刺著胸口。此刻的他只有一個念頭，他不想讓戴君儒獨自蹲在這裡，不想讓他沉浸在悲傷中。

「我會陪著你。」

潘穎秀還記得戴君儒躺在床上，牽著他的手，輕輕地對他說的話。

潘穎秀這一刻也意識到，他想爲他做一樣的事。

他踏進淹水的淋浴間，在戴君儒的面前跪下。蓮蓬頭還開著，潘穎秀的襯衫前側和頭髮立刻就被水打溼。

他伸出手，搭上戴君儒的肩膀，「沒事的。」

接著，他將戴君儒擁進懷裡，嘴唇貼在他的溼髮上，「我在這裡。」

幾秒鐘後，戴君儒的身子動了動，嘟囔似地說了什麼。

潘穎秀向後退開一點，好看清戴君儒，「什麼？」

「他們從來就不喜歡我。」

戴君儒從臂彎間抬起頭，雙眼布滿血絲，鼻頭泛紅，下唇咬得紅腫。看他的樣子，潘穎秀很肯定，他一直都在哭。

戴君儒清了清喉嚨，「我爸媽……」他抬起手背，粗暴地抹過雙眼，「他們從來就不喜歡我。如果達不到他們的要求，他們就不會愛我。」

「我懂。」潘穎秀輕聲說。

這不是安慰，他真的懂。

小時候他常覺得，如果他無法滿足媽媽的期待，媽媽就沒有心力愛他。所以他應該要照顧好弟弟，應該要在媽媽回來前把家事都做好，應該要乖乖保持安靜，不要纏著媽媽說話，這樣他才是個不會讓媽媽後悔生下的乖兒子。

「我努力過了，真的很努力。」戴君儒喃喃地說，一隻手摀住眼睛，「但是他們從來就不滿意。我不知道……我不知道我還要向他們證明什麼。」

潘穎秀把額頭上的溼髮向後梳，「也許，你是想要證明給自己看，就算你不符合他們最滿意的樣子，他們還是會愛你。」

戴君儒哼笑出聲，垂下手，搖搖頭，「也許吧。我就是個白痴。」

「你不是。」潘穎秀說：「你就只是戴君儒。」他的拇指輕撫著戴君儒的頸側。深吸一口顫抖的氣息，戴君儒對上潘穎秀的視線，「我不知道……我不知道戴君儒對他們來說夠不夠好。」

夠好了，潘穎秀想，好得他不敢奢望。

「不過，我一點都不後悔揍了小堂哥。」戴君儒說。水珠凝結在他的眉毛上，順著鼻梁滑落。

「沒有人可以當著我的面羞辱你，就算是總統也不行。」

潘穎秀低聲笑了起來，「你如果打總統，我們惹上的麻煩就大了。」

此時，潘穎秀的心裡產生一股刺癢的感覺，就像麻痺的肢體逐漸恢復知覺。戴君儒提起晚餐時的意外，就像打開了潘朵拉的盒子，那些被潘穎秀的大腦關起來的情緒，終於逮到了逃逸的機會。

「你……還好嗎？」戴君儒問。

潘穎秀搖搖頭，「他只是在陳述事實。」他試著勾起嘴角卻辦不太到，「但是，你知道這是什麼意思，對吧？」

「什麼？」戴君儒打量著他。

潘穎秀嚥下一口口水，悲傷地看著他，「我的照片永遠都會留在網路上，而他們永遠都會瞧不起我。」

「我不在乎。」戴君儒抗議，倔強地望著潘穎秀，「干他們屁事。」

他粗濃的眉毛與睫毛，在溼氣下顯得更加漆黑。

「我喜歡你就好了，不是嗎？」戴君儒說：「只要我喜歡你就好了啊。」

「喜歡」，這兩個字沉甸甸地落在潘穎秀的胸口，他突然難以呼吸。

雖然戴君儒的表現不算隱晦，他不是很意外這份情意。但他想，這情感會過去的，他們只是因爲出雙入對，戴君儒才會把對他的好奇和新鮮感，誤以爲是好感。

潘穎秀，這個破碎、骯髒又令人丟臉的人，憑什麼讓戴君儒喜歡？他哼笑了聲。

「潘穎秀，我喜歡你。」戴君儒從地上撐起身子跪著。

他靠近潘穎秀的臉，「我眞的，很喜歡你。」

他每說一次，就像壓著潘穎秀看向鏡子，一遍又一遍，清晰地看清自己。

就連他都沒辦法喜歡自己了，戴君儒怎麼可以？潘穎秀搖頭，艱難地開口：「君儒，你不是眞的喜歡我……」

「不要告訴我我該有什麼感覺，我知道喜歡是什麼。」戴君儒的手落在他的肩頸交會處，眼神在他的臉上來回檢視。

潘穎秀也喜歡戴君儒，甚至有點太喜歡了，喜歡到願意給他一切，就算掏空身上僅存的最後一點價值也可以。

但是，他配嗎？潘穎秀笑了，低聲說：「你喝醉了吧，君儒。你酒喝太多了。」

「可能吧。反而讓我更敢講實話。」戴君儒的手指撫上潘穎秀的臉頰。

溼潤而溫暖的手掌貼在潘穎秀的皮膚上，他忍不住偏過頭，更靠近他的碰觸。

上一次和戴君儒接吻的畫面，浮現在他的腦海中，而身上溼透的布料緊黏著皮膚，令身體燙得有些煩躁。

戴君儒的視線落在潘穎秀的嘴唇上，然後，兩人之間僅剩的距離也消失了。

戴君儒的身體緊貼著潘穎秀的，雙手捧著他的臉頰。和上次盛怒時的吻不同，他這次的吻很慢，舌尖緩緩勾勒著對方的唇型。

好熱，一切都好熱，浴室裡的水氣，兩人身體的溫度。

酥麻的感覺在潘穎秀的身上流竄。他好喜歡戴君儒碰他。

和熟稔老練的張浩祥不一樣，戴君儒的動作很笨拙、很小心，好像對一切都很陌生，不知道怎麼做才不會弄痛眼前的人。

他的舌頭在唇間探索，潘穎秀不得不張開嘴來回應。他仰頭，讓戴君儒一點一點、慢慢品嘗他的嘴。

一聲喘息從他們貼合的嘴唇之間竄出，像是一種邀請。潘穎秀不介意戴君儒再粗暴一點、大膽一點。

他的身體就像要被周遭的熱度融化，他的手撐在戴君儒的大腿上，感受他緊繃而發達的肌肉。

而戴君儒雙手支撐著潘穎秀，身子向前挪動，卡進潘穎秀跪在地上的膝蓋之間。

戴君儒的器官貼著他的腹部，逐漸充血、腫脹。潘穎秀的身體不由自主地靠上，只是輕微的摩擦，便讓戴君儒的呼吸一顫。

他們的嘴唇短暫地分離，終於有機會喘口氣。潘穎秀幾乎要發出抗議的哼聲。

戴君儒的手垂落到身體兩側，裸著身體，跪在潘穎秀的面前，就像是某種神像。

他皮膚上的水珠讓肌肉閃爍著光芒，而他粗壯、勃起的性器，正微彎地靠在潘穎秀的肚子上。

他居高臨下地俯視著潘穎秀，髮梢的水滴落在他的臉上。

突然間，潘穎秀的手指緩緩沿著戴君儒的大腿移動，來到根部。他腹部的肌肉一陣收縮，眉頭微皺。

他仔細地打量潘穎秀的臉，「穎秀，你確定嗎？我不想強迫你。」

「你沒有。」

戴君儒嚥下一口口水，手來到潘穎秀的領口，「我……也想碰你。可以嗎？」

潘穎秀勾起嘴角，「這件衣服讓我覺得很煩。」

戴君儒幫他解開鈕釦的動作同樣笨拙，但是潘穎秀耐著性子等待。溼黏的布料一點一點從身上離開，當戴君儒把襯衫從他肩上褪下時，潘穎秀的身體不由得顫抖。

戴君儒的手指，沿著他的鎖骨移動，來到胸口。

「嗯……」指尖撫過胸前的凸起，潘穎秀忍不住瑟縮，一股熱度往雙腿之間竄去，他溼透的褲子變得更難以忍受了。

他的反應似乎誤導了戴君儒，他驚慌地收手，「不喜歡嗎？」

一時之間，潘穎秀不知道要怎麼回答。他輕輕搖頭，將戴君儒的手放回胸口。

戴君儒接續未完的挑逗，快感使潘穎秀無法維持姿勢。他向後癱軟，背部靠上淋浴間的牆。

他抬眼對上戴君儒的視線。胸前的刺激，將一波波的快感送到胯下，他忍不住扭動起身體。

他胡亂摸索褲腰，解開釦子，將外褲與內褲拉到臀部以下。

戴君儒的視線隨著他的動作落在器官上。當他再度與潘穎秀對視時，眼中透露出毋庸置疑的慾望。

待潘穎秀將褲子踢到淋浴間的角落，戴君儒的身體再度靠近，手又回到潘穎秀的身上。

他曲起雙膝，跨坐在潘穎秀的臀部兩側，他們的器官碰觸到彼此。

潘穎秀的手緩緩撫過那腫脹粗壯的器官，輕輕握住根部。

「穎秀。」

戴君儒喘著氣，手指沿著潘穎秀的腹部下移。被碰過的地方，都使潘穎秀的體溫變得更高。

他的手掌來到潘穎秀的下腹，距離性器只有幾公分的距離。

眞正觸碰到那敏感的前端，潘穎秀發出連自己都覺得羞恥的呻吟聲。他的頭向後仰，抵在冰涼的磁磚上。

戴君儒的動作不算有技巧，但他的熱情彌補了這一點。快感堆積的速度很快，潘穎秀無法控制地擺動腰肢，在戴君儒的手掌中摩擦。

「等、等一下。」他艱難地出聲阻止。

戴君儒困惑地停下手。

潘穎秀嚥了一口口水，「不要這麼快。」聲音因爲慾望而沙啞，「這樣我沒辦法幫你。」

潘穎秀將身子往前靠向戴君儒。他一邊套弄戴君儒的性器，一邊目不轉睛地打量他的表情。

手指靈巧地滑動，刺激男性敏感的冠狀溝，拇指在前端輕輕打轉一圈。

戴君儒咬住嘴唇，身體一顫，發出一聲低哼。

在潘穎秀的逗弄下，戴君儒只能仰著頭，用雙手撐著地面。蓮蓬頭的水花落在他的後腦勺，水珠順著身體滾落，流到他們身體交會的地方。

戴君儒的臀部向上頂起，潘穎秀便收緊手指的力道。

戴君儒低喊了一聲：「不行。」他抬起手，抓住潘穎秀的手腕，沙啞地說：「我們一起。」

他的手再度回到潘穎秀的雙腿之間，將他微微抽動的器官握在手裡。

看著他們幾乎要貼在一起的性器，還有他們爲彼此服務的雙手，潘穎秀覺得，儘管這只是最青澀的接觸，他也從沒有見過如此令人性慾高漲的畫面。

快感推過臨界點，戴君儒的身體一緊，濃稠的液體滴落在潘穎秀的手上。一股疲憊感襲來，潘穎秀忍不住向後靠在牆上。他喘著氣，閉上眼，短暫地享受腦子裡一片空白，身體的快感逐漸消散的狀態。

過了短短幾秒，又像是過了好幾分鐘，柔軟的嘴唇輕輕貼上，潘穎秀睜開眼，戴君儒跪在他面前，露出微笑。

「來吧，來洗澡。」他對潘穎秀說：「這個月的水費可能要爆炸囉。」

潘穎秀忍不住笑了。在戴君儒的幫助下，他小心翼翼地站起身。雙腿有點發顫，但是他喜歡這個感覺。

「不該這麼快樂的。」

腦子深處有一片烏雲在徘徊，伴隨隆隆的雷聲。不過此時，他被腦內啡麻痺的大腦，決定暫時無視這存在。

第九章

戴君儒站在巨大的乾燥花造景下，看著坐在花叢間的潘穎秀。

他身穿一套白色的三件式燕尾服，手上拿著一束白色的玫瑰，坐在一座座高過頭頂的白色系造景花束中，翠綠的葉片點綴於其中。

他的臉上帶著最美麗的微笑，看著眼前的鏡頭。

就算他們朝夕相處，這笑容沒有少見過，然而不論看了多少次，潘穎秀的模樣仍會讓戴君儒的心跳突然加速。

直到戴君儒回過神，他才意識到，他的嘴也咧成了一個歪斜的笑容。

他趕緊收斂起不小心流露的表情，站直身子。他是攝影助理，不是來探班的家眷，應該要注意攝影師，而不是模特兒。

「潘穎秀，隔著鏡頭的我都快被你融化了。」舉著相機的年輕女人對潘穎秀露齒一笑，「甜度稍微收斂一些如何？半糖就好。」

戴君儒在攝影師身後點頭如搗蒜。

潘穎秀聞言放聲大笑，他對上戴君儒的視線，眼睛微微彎起，眨了一隻眼睛。

在毛手毛腳的攝影師離開後，工作室新找來的攝影師，是個比戴君儒大了幾歲的年輕女子。

第一天上班，身材嬌小的她，背著比臉還大的相機，充滿朝氣地和所有人打招呼。這活力感染了大家，戴君儒第一眼就很喜歡她。

接下來的合作，更證實了他的猜測。她的作品和她的人一樣活潑而充滿生氣，戴君儒喜歡她在模特兒身上找到的輕盈之感，那甚至和後續修圖調整的氛圍無關。

今天這案子，是她到職後第一次接到的商業案，爲一間剛開幕的「韓式婚紗攝影」拍攝宣傳照。

廠商在看過工作室提供的模特兒作品集後，第一個指名的就是潘穎秀。

由於是婚紗攝影，拍攝現場配有完整的妝造團隊。拍攝時長預計六到七個小時，這套白色的燕尾服和白色場景，只是第二套而已。

但是戴君儒一點也不覺得累，看著攝影師與潘穎秀的互動、看著潘穎秀自在地表現肢體，他只擔心時間過得太快。

又拍了幾張，攝影師和廠商團隊決定先休息五分鐘。

潘穎秀點了點頭，將花束放在一旁的道具桌上，朝靠在柱子上、雙臂交疊在胸口的戴君儒走去。

「嗨，帥哥。」戴君儒咧開嘴，「可以交換一下聯絡方式嗎？」

潘穎秀的頭髮前一陣子補了顏色，現在是像冰一般的藍灰色。在造型師的精心整理下，他的髮絲微捲，瀏海精緻地從中間分開，露出修整漂亮的眉頭。

「聽起來實在太弱了吧。」潘穎秀勾起嘴角，「等你眞的靠這句搭訕成功的時候再告訴我。」

「但你很喜歡啊。」戴君儒回答。

潘穎秀的嘴唇抽動了一下，淺淺地翻了個白眼，沒有回應。

他向後退了一步，對戴君儒擺了個姿勢，「你覺得這套怎麼樣？白色會不會讓我看起來很腫？」

戴君儒認眞地打量他的臉，「眼袋看起來比較浮一點？之後可以修——」

話還沒說完，潘穎秀就搖搖頭，「你這樣回答就錯了。」他嚴肅地說：「就算我有點水腫，你也應該要說，『因爲你本來就很瘦，所以看起來剛剛好』。」

面對潘穎秀充滿期待的眼神，戴君儒差點噴笑出聲。他故作嚴肅地點了點頭，「受教了，潘老師，再問我一次。」

他調整站姿，認眞地對上潘穎秀的視線，「你是眞的有點水腫，但是我喜歡。」

潘穎秀的臉色一紅，血色一路延伸到脖子。

他笑起來，推了一把戴君儒的肩膀，「你好噁心，而且越來越噁了。」

最近潘穎秀笑的頻率變高了，戴君儒不介意多說些蠢話來逗他笑，他喜歡潘穎秀更放開自我的樣子。

自從上次在浴室的小小情緒抒發之後，戴君儒發現，當他看著潘穎秀，心底總會產生一股衝動。

不一定是和性相關，他只是想待在潘穎秀身邊，抱著他也好，牽著手也好。

他盯著潘穎秀的時間大幅增加，他懷疑對方早就注意到了，只是沒有任何表示。

戴君儒告訴自己，不能給潘穎秀壓力。

然而，像現在這樣一邊工作，一邊互相挖苦的時候，戴君儒還是會感覺到，他們中間就像隔著一片薄薄的玻璃，他能看見對方就在另外一側，但是伸出手只能碰到一片冰涼。

「玩得這麼開心啊？」

戴君儒和潘穎秀轉過頭，攝影師手中拿著一小杯水，往他們的方向走來。

她在戴君儒的面前停下腳步，一邊喝水，一邊打量他。

「我覺得我像一塊豬肉。」戴君儒抓著襯衫領口，向後退縮，「妳想幹什麼？」

攝影師翻了個白眼，「吵死了。我是在做專業評估。」她的表情轉爲正經，「君儒，你想不想要跟穎秀一起拍？」

戴君儒直瞪著她，「我？算了吧。我是攝助，我下去一起拍，誰來幫妳調光？」

「潘穎秀也是攝助。」她比了比身後的廠商團隊，「他們也都可以幫忙。」

「我沒上妝。」戴君儒反駁。

「妝髮團隊在那邊。」攝影師回答。

戴君儒看向潘穎秀，但是潘穎秀沒有要解救他的意思。

比起不想在鏡頭前露臉，或是擔心模樣不夠上鏡，此時此刻，戴君儒更在意的是拍照的場合——婚紗攝影棚。

如果他換上西裝，和潘穎秀合照，那會是什麼畫面？

他希望他不會爲了這種像湊班對一樣的情節，產生多餘的幻想。然而，他的思緒仍不自覺往那方面想。

潘穎秀大老遠地從他們放置背包的位置拿來手機。

「給妳看看戴君儒做爲模特兒的作品集。」他在螢幕上點了幾下，將手機推到攝影師面前，「往右滑就可以了。」是那時在小學裡拍的那組照片。

「潘穎秀！」戴君儒瞪視著他，有些懊惱當時答應讓潘穎秀把照片傳到手機裡。

潘穎秀不理會他的喊聲，只是眨了一下眼。

攝影師聚精會神地看著潘穎秀的手機，甚至特別放大了幾張照片，查看細節。

幾分鐘後，她遞回手機。

「來吧，戴君儒。」她轉頭對戴君儒說：「我找化妝師幫你上妝。」

「認眞的嗎？」

「認眞的。」攝影師雙手一攤，「剛才看你們聊天，我們就在討論，你們看起來氣氛和默契都很好，很符合這裡想要的自然浪漫氛圍。」

她像是在和他們共謀什麼一樣，湊近兩人，用只有他們聽得到的聲音說：「而且他們喜歡兩個男生一起拍婚紗的點子。不管說是兄弟、閨密，還是情侶都可以。非常政治正確。」

戴君儒哼笑一聲，潘穎秀則咯咯笑了起來。

「好了，開始吧。」攝影師宣布道，指向攝影棚的另一邊，「造型師在那邊。」

半小時後，戴君儒穿上了一套白色的西裝，外套是較短的剪裁。襯衫和潘穎秀的一樣，有著宮廷領。

攝影師在花叢中擺上一張木圓凳，讓戴君儒坐在上面。

潘穎秀坐在戴君儒的腳邊，手上再度拿起那束玫瑰。在強烈的攝影燈光下，潘穎秀的面孔有一點點失真。然而，潘穎秀看過來的表情，使戴君儒幾乎忘記，有人正拿著相機對準他們。

站在畫面外看潘穎秀，和實際與他一起坐在鏡頭前的感覺好不一樣。

「幹麼非要我一起拍？」戴君儒對潘穎秀小聲地埋怨。

潘穎秀的眼角擠出一道道笑紋，「總不能只有我在這裡笑到臉頰都痛了吧？」

「我們應該要來演話劇嗎？」戴君儒說：「來個情境劇，讓她拍一點不同的場面。例如，我們都變成喪屍之類的？」

「我覺得她應該不會喜歡這個劇本喔！」潘穎秀把花塞到戴君儒面前，「有沒有唯美浪漫一點的劇情？」

我喜歡你，這樣夠浪漫嗎？

戴君儒差點就脫口而出。他瑟縮了下，接過那束玫瑰，擋住下半臉。

潘穎秀爬起身，將雙臂交疊在戴君儒的大腿上，對他露出一個奪人眼球的微笑。

見狀，戴君儒提醒自己，這只是拍攝需求，潘穎秀只是在對著鏡頭擺姿勢，不可以把此刻的眼神當眞。

不過，戴君儒很慶幸，多虧了過亮的打光，沒有人可以看得見他臉頰逐漸泛紅的樣子。

後來，他們換了兩套衣服、換了兩個攝影棚。

不確定攝影師拍了幾張，但是戴君儒覺得，和潘穎秀一起拍攝的時間，有點長又遠遠不夠。

從結果來看，攝影師大概是拍得太開心了，因爲最後要挑片時，照片檔案有將近三百個。

廠商的工作人員們和攝影師爭執著，要選兩人對望的畫面，還是戴君儒笑得瞇起眼、潘穎秀張著嘴像是在說笑話的照片。

而戴君儒並沒有很在意他們的爭論，只是在心裡盤算著，要怎麼把這些毛片要來收藏。

等到收工準備離開時，時間已經是晚上八點。

回到公寓附近，戴君儒把車停好，提議去附近買小吃。

「鹹酥雞如何？」他問。

潘穎秀的視線落在腳尖，聽見戴君儒的問話，他才突然回過神似地抬起頭，「好啊，都可以。」

潘穎秀顯得非常疲憊，戴君儒猜想，或許是一整天的拍攝累到了。

「辛苦啦，今天拍了一整天。」戴君儒理解地伸出一隻手，環過潘穎秀的肩膀，搓了搓他的手臂。

潘穎秀微微勾起嘴角，「你不也是嗎？」

「還好，習慣了。以前也是要跟著攝影師上山下海地扛器材啊。」

潘穎秀沒說什麼，臉上掛著一抹似有若無的微笑，搖了搖頭。

戴君儒原本期待他會丟出一、兩句吐槽，可是潘穎秀只是轉開視線，看向對街的招牌。

戴君儒皺了皺眉，試探地道：「你還好嗎？你看起來真的很累。」

「還好。」潘穎秀回答。

到了鹹酥雞攤販，戴君儒點了單，和潘穎秀一起站在旁邊等待。

他瞄了眼身旁的潘穎秀，卸了妝的他臉色蒼白，眼下的黑眼圈比平常更深了一點，嘴唇拉成一條下垂的線。

是什麼地方不對了呢？戴君儒試著回想今天的拍攝，但是他想不出發生了什麼事，潘穎秀整日的興致都很高昂，在拍攝現場和工作人員們玩得很開心，和他也玩得很開心。

戴君儒突然意識到，潘穎秀不太對勁。

他想起潘穎秀把手機遞給攝影師時，對他使眼色的模樣，還有拍攝時，他們對視的目光。

「君儒。」潘穎秀開口。

「嗯？」

「我們今天拍的照片。」潘穎秀說：「你覺得，會看起來像什麼？」

戴君儒瞇起眼，「什麼意思？」

潘穎秀沒有解釋，戴君儒也沒有回答。

這個問題太抽象了，甚至有點不祥。戴君儒只是打量著潘穎秀的側臉，試著從他的表情猜出一點頭緒。

幾秒鐘之後，潘穎秀輕輕地搖頭，「沒什麼。」

「你確定嗎？」戴君儒問。

在攤販老闆喊到他們的單號之前，潘穎秀都沒有再說話。戴君儒小心翼翼地觀察著他，直到他們回到家。

他們已經不需要口頭上的分工，就能在流理台前順暢移動，拿出碗盤和餐具，將盛裝好的炸物倒進容器裡。

但是戴君儒能感覺到，他們之間的沉默並不完全是因爲默契。有股不安在他的皮膚下緩緩流動，令他渾身發癢。

他們在沙發上習慣的位置坐下。潘穎秀將抱枕放在大腿上，拿起叉子，看著眼前的鹹酥雞。

「要看什麼？」戴君儒打開電視，選單在螢幕的下方跳動。

「都可以。」潘穎秀喃喃說道。

戴君儒漫無目的地翻著YouTube播放清單，但心思完全被潘穎秀的反應占據。

潘穎秀咬著叉子，看著桌子上的餐盤，有些出神。

戴君儒隨便點開了一部攝影教學的影片，叉起一塊百葉豆腐，送到潘穎秀嘴邊。

「需要專人服務嗎？」他試著用輕快的語氣說。

轉移話題平常都很管用，但是現在沒有用了。

潘穎秀轉頭對上戴君儒的眼，視線在他臉上聚焦。

「我覺得……」他的聲音一如往常地溫柔而輕巧，「我們不能再這樣下去了。」

聞言，戴君儒的手僵在半空中，不確定有沒有聽錯。但他沒有很意外。

看著潘穎秀的眼神，他有些驚慌——一點點的內疚、一點點的懊惱，還有很多很多的悲傷。

潘穎秀回看著戴君儒，心臟一陣絞痛。

會過去的，他提醒自己，這樣才是對的。

「什麼意思？」戴君儒的嘴角抽動，拉出一個淺淺的微笑，「你在指什麼？」

「今天的拍攝、這個。」潘穎秀指了指戴君儒手上的叉子，「表現得我們是情侶一樣。」

「情侶」這兩個字深深扎進潘穎秀的胸口，但是只有親口說出這個詞，才能讓戴君儒看清楚，他們什麼都不是。

這段時間以來，他們牽手、擁抱、接吻，還有更多更多的肢體接觸。

儘管腦中的聲音一直在警告潘穎秀，他還是放任自己沉溺在其中，想再做久一點的夢，再多享受一點這樣的關係。

今天，看見戴君儒換上西裝，和他一起坐在攝影棚裡拍攝婚紗攝影，潘穎秀差一點點就要信以爲眞。

身邊的泡泡逐漸擴張，將整個攝影棚包裹住，再繼續擴大，幾乎能囊括全世界。但是，泡沫的表面撐到極限時，一定會破。

「爲什麼突然說這個？」

戴君儒放下叉子，但是沒有準確地放回盤子，叉子連同上頭的食物，一起掉落在地上，聲音清脆。

他嘆了口氣，「穎秀，你太累了，早點睡吧。」

潘穎秀輕輕搖了搖頭，「你知道我在說什麼，對吧？」

戴君儒的雙眼閃爍著光芒，潘穎秀強迫自己迎上這視線。他眼神中有太多情緒，即使潘穎秀不想看懂，也沒有辦法。

戴君儒有多喜歡他，潘穎秀早就知道，那熱烈的情意，相信連攝影師都看得懂，所以她才會來邀請戴君儒加入拍攝。

而他在一旁起鬨、鼓吹，或許是潛意識要他藉著戴君儒打醒自己——他給不起戴君儒想要的。

戴君儒太好了，他當著助理追求夢想的樣子、無條件的信任、照顧和保護……對潘穎秀來說都太好了。而他不夠好，永遠也不會夠。

光有喜歡和愛是不夠的。在潘穎秀的人生中，他愛的人們想要的，他都無法給足，所以他們才會一個一個拋下他。

如果他被拋下，是已經注定好的結局，他沒辦法再承受戴君儒的離開，寧可就不要開始。

「可是……」戴君儒的身體靠向潘穎秀，臉逼近他，「我不懂。我們……我以爲我們最近……」

「是我的錯。」潘穎秀試著讓聲音保持平靜，「我沒有拿捏好分寸。是我……有點得意忘形了。」

「我們可不可以不要討論這個？」戴君儒的手找到他的，握住指尖，「今天先休息吧，明天再說，好嗎？」

潘穎秀低頭看著兩人接觸的雙手。他用聽的都能聽出戴君儒話裡的哀求，但是他沒有辦法再等了，等到明天，他就會失去提起這件事的勇氣。

他再度搖了搖頭，「對不起。」

這三個字像是戳中戴君儒的某個開關，他倏地抽開手，從沙發上站起，繞過茶几，大步往廚房走去。

他突然的抽離，讓潘穎秀的手指一陣發涼，他嚥下一口口水，呆看著戴君儒。

他們之間隔著一張狹窄的吧台，戴君儒背對著，雙手插在口袋裡，肩膀弓起。

「君儒。」潘穎秀喚。他寧可戴君儒對他怒吼，指責他的三心二意和誤導，也不要他保持沉默。

半晌，戴君儒終於緩緩轉過身，面頰漲得通紅。

「是因爲張浩祥嗎？」他說話的聲音很輕。

「什麼？」

潘穎秀一愣，想不透爲什麼突然提到張浩祥。

「他還有跟你聯絡嗎？」戴君儒問。

「沒有。」潘穎秀反射性地回答：「君儒……」

「那他把錢還給你了嗎？」

潘穎秀張開嘴，卻一句話也說不出口。

戴君儒笑了，再度開口時，聲音變得沙啞，「你到底在做什麼，潘穎秀？」

「什麼？」

「你讓每個人都用最糟糕的方式對待你。」

戴君儒接著說：「每個人都可以隨便傷害你、糟蹋你，你都照單全收。你弟弟愛怎麼跟你要錢，你就怎麼給。張浩祥讓你無家可歸、身上一毛錢都沒有，你也覺得沒關係。」

潘穎秀咬緊牙，只想把耳朵摀住，一句也不想聽。然而，他的手垂在身側，動彈不得。這番話潛入他心中的一道裂縫裡，有一些沉積已久的東西鬆動了。

「但是我對你好，你就拚命拒絕。」戴君儒嘆了口氣，「為什麼？」

潘穎秀閉上眼，那些他試著壓抑，用一層又一層的偽裝隱藏起來的東西，此時終於從撕裂的縫隙找到了出口。

在那一刻，潘穎秀知道答案了——因為他不值得。

「我喜歡你，是真的喜歡你。」戴君儒的嗓音顫抖，「我想要保護你，想讓你遠離那些傷害你的人。但是你不要，為什麼？」

「你沒有辦法。」潘穎秀終於找到了自己的聲音。

「如果你給我機會，至少我可以努力——」

「然後呢？」潘穎秀忍不住笑了一聲，「你努力了，然後失敗了，那我呢？」

戴君儒雙眼瞪大，張開嘴試著想反駁，卻說不出一句完整的話。

「最後，我還是會被拋下。」潘穎秀輕聲說：「你離開得簡單，而相信你的我，就得一個人承擔被拋下的痛苦。」

「不是每個人都會這樣對你。」戴君儒朝潘穎秀的方向走了兩步，硬生生地停在他面前，「穎秀……你到底怎麼了？為什麼要把自己弄成這樣？」

怎麼了？潘穎秀捫心自問，他和家人沒有聯繫，唯一有在聯絡的，就是會和他伸手要錢的弟弟。他學生時代的朋友，一個個失聯，他甚至不知道，他們有沒有眞的把他視爲「朋友」。至於他的感情，也不需要多說了。

這一刻，潘穎秀幾乎要怨恨戴君儒不輕言放棄的優點。他不懂戴君儒爲什麼要一直逼迫？爲什麼非得逼人說出無法挽回的話才肯罷休？

「你能保證你不會嗎？」潘穎秀反擊，「你能保證，你永遠都不會離開我嗎？」

話一出口，潘穎秀就愣住了，這問話連他自己都覺得可笑，誰能保證永遠不離開誰？

可是，他心底那個七歲的潘穎秀，依然對此抱有一絲希望。他不知道他想聽到什麼答案，是戴君儒承認辦不到，還是衝動地給出承諾。

戴君儒瞪視著他，幾秒鐘沒有說話。

過了好久，他垂下肩膀，低下頭，「我只是想要盡力對你好，在我能力可及的範圍內。如果可以，我當然希望……」他頓了頓，「這樣還不夠嗎？」

潘穎秀吞了吞口水，「可是我沒有希望你對我好。我一直在阻止你，記得嗎？」

這句話實在太眞實，眞實得過於醜陋。

戴君儒抬起眼，視線對上潘穎秀。

他的下顎動了動，喉結因爲吞嚥的動作而上下跳動。一滴淚水從眼角流出，順著臉頰流下。

「我不知道我還能怎麼樣。」戴君儒輕搖了一下頭，「潘穎秀，要對你好，爲什麼這麼難？」他的聲音失去了力量。

潘穎秀微微一笑，「因爲我就爛。」

語落，他的眼眶刺痛，牙齒因爲咬合過緊而瘆痛不已，但是他的嘴彷彿被人硬是拉開，刻薄的話一個字接一個字地滾出。

「因爲我什麼都不是。你剛才不是也說了嗎？我讓每個人都可以傷害我，因爲如果我不給他們想要的，就沒有人會留在我身邊。因爲我不知道要怎麼樣，才能讓他們留下來。」

「可是我沒有啊。」戴君儒說：「我不是在這裡嗎？」

這番話使潘穎秀有些動搖，他已經不知道他相信的眞相是什麼了。

他曾經以爲只要做多一點，再多做一點，他愛的人們就會看見他的價值。

可是他做得越多，似乎就越一文不值。他只覺得好累，快要無法呼吸。能確認的是，他就該是一個人。

「你不是很喜歡和別人道歉嗎，穎秀？」戴君儒低聲說：「你最應該道歉的對象，是你自己。」

戴君儒的嗓音很輕，卻像一記重拳，擊中潘穎秀的肚子。

一股氣噎在喉頭，潘穎秀的眼前發黑，就好像被絕望吞噬，溺死在包圍他的恐懼之中。

他喘著氣，雙眼終於能再度看清，這時，他已經坐在沙發的角落，被戴君儒的身體包裹著。

「告訴我該怎麼做？我要怎麼樣才能讓你好起來？」

戴君儒的頭靠在潘穎秀的肩膀，雙臂緊緊擁著他的身體。

潘穎秀深吸一口氣，然後又一口氣。

「你看不出來嗎？你不能。」他輕聲地說。

潘穎秀很清楚，他是一個破碎的、壞掉的東西。

他留不住那些傷害他的人，而唯一一個對他好的人，他卻傷害了對方。

和戴君儒一起，他只會帶來更多的傷痕，不管是對他自己，還是對戴君儒。

現在，潘穎秀能爲他做的唯一一件事，就是讓他離開。

第十章

即便聽了許多苛薄的話，睡覺前，戴君儒仍站在房間門口，抓著門把，回頭看向沙發角落的潘穎秀，「你還想進來睡嗎？」

「我睡這裡就可以了。」潘穎秀冷冷地回答：「我本來就應該在這裡。」

戴君儒的嘴唇動了動，最終，他什麼也沒說，扭動門把，走進了房間。

門一關上，潘穎秀覺得心也跟著「喀嚓」一聲碎裂了。

他拉起薄被把身子裹起，緊貼沙發的扶手，想靠身體的溫暖與安穩欺騙自己，他其實沒有那麼孤單。

然而，短短的時間內，他已經習慣了和戴君儒的肢體接觸，要戒掉一個人的體溫，怎麼可能那麼簡單？

接下來的幾天，是潘穎秀短短二十幾年的人生中，最尷尬的時光。

他照樣和戴君儒一起工作、一起回家，只是他們之間總隔著一隻手臂的距離。

兩人的眼神就像是在跳一支過於精巧的舞，拒絕產生一絲碰撞，只要對到眼，就會立刻撇開。

在家裡，兩人一如往常地坐在沙發上，分別占據沙發的兩端。可是潘穎秀能感覺到，一股強烈的吸引力不斷拉扯他，讓他敏感地注意起戴君儒。這時他就會深刻意識到戴君儒的公寓有多小，他無處可逃。

在工作室，潘穎秀不會表現出任何情緒，一進到工作室的玻璃門內，他就會掛起招牌微笑。當大家七嘴八舌地開戴君儒玩笑時，他甚至還不避諱地加入。

不過，戴君儒的眼神，總會在聽到他的聲音時突然投來，只有在這種時候，潘穎秀的偽裝才會露出一絲破綻，沒辦法維持嘴角上揚的弧度。

然而，他們之間的微妙狀態，其他人似乎還是有感覺到。

小雯曾偷偷問潘穎秀，戴君儒最近是不是心情不好。潘穎秀只是笑笑，以「他最近有一些私事在處理」簡單帶過。

「沒事就好。」小雯說：「看戴君儒那個樣子，我們都懷疑他分手了。」

潘穎秀笑了笑，確保表情沒有露出任何破綻，「不是，他一直都是單身喔！」

「你這樣算是在爆他的料嗎？」小雯歪嘴一笑。

「我只是陳述事實。」

他們沒有在一起，也就沒有分不分手的問題了。

這幾天，婚紗攝影宣傳照的成品上傳到官網，攝影師迫不及待地將大家召集到她的電腦前，展示最後的成果。

行政助理對著螢幕狼叫：「所以，你們什麼時候要結婚啊？」

「如果找他們家的婚禮攝影，可能還可以拗到折扣喔！」攝影師一點都不打算掩飾臉上驕傲的神情，「記得發喜帖給我們。」

潘穎秀站在圍觀的同事們後方，從大家的肩膀縫隙之間看照片，好像這樣就能稍微阻擋畫面的衝擊。

照片裡的兩人交換著柔和溫暖的眼神，就像眞正的情侶。

啊，還有什麼比這更諷刺的？潘穎秀看著照片，僞裝的笑容差點粉碎。

潘穎秀偷瞥了在人群另一側的戴君儒，他連笑容都無法維持，咬著右手大拇指的指甲，眉頭下壓，瞪視著螢幕。

潘穎秀垂下頭，避開戴君儒的視線。幸好，這個狀態不需要再維持了。和戴君儒合作的商業案，只剩下最後一次拍攝。

等到案子結束就可以離開了。他現在有工作，也有一點存款，他可以再找別的住處，只有他一人的住處。

其實，潘穎秀很清楚他大可現在離開，非拖到案子結束，只是想要有個藉口，能在這個關係中多流連。

他在心中對自己喊話，只要靜靜地把這段日子過完就好，他已經有心理準備了。

陌生的號碼出現在潘穎秀的手機螢幕上。

這陣子，他的手機一直出現未知來電，以為是銀行的信用卡推銷電話，或是某個電商資料外流，才會有特別多詐騙電話。

潘穎秀仔細一看，這組電話是十碼數字，零九開頭，是正常的手機號碼。

他按下接聽鍵，把話筒拿到耳邊，沒有和對方打招呼，打算等來電者開口，知道來電的目的時再掛斷。

「潘穎秀。」

一聽到這聲音，他彷彿一瞬間與現實脫節。

他好幾年沒聽到這個聲音了，甚至沒辦法把這聲音和主人的面孔對應起來。

他呆滯了幾秒，沒有回答。

「喂，潘穎秀，你有沒有聽到？」潘穎杰不耐煩地在另一端喊道。

潘穎秀的大腦自動推算，他大概有八年、九年沒和哥哥聯絡了。

「哥？」這個字從潘穎秀嘴裡說出來，實在太過陌生，「怎麼——」

「你弟快死了，你知道嗎？」

潘穎秀的眼睛瞪大，看著眼前的螢幕，卻什麼也看不到。

潘穎成快死了？這是什麼意思？他聽不懂潘穎杰在說什麼。

這句話也提醒了潘穎秀，他突然想不起，上一次匯錢給潘穎成是什麼時候。

這幾天他的心思全被戴君儒的事情占據，不知不覺就忘了時間，也忘了潘穎成沒有向他討錢。

「什麼？」他有些支支吾吾，無法想像這段日子裡，潘穎成發生了什麼事。

「急性腎衰竭。」潘穎杰打斷他，「現在在緊急洗腎。」

「腎衰竭……」潘穎秀在嘴裡喃喃重複了這三個字，「可是爲什麼——」

「他的血液裡有毒品的成分，什麼併發症造成橫紋肌溶解之類的。鬼才知道。」

潘穎杰說的每一個字，重重地打在他的耳膜上，他的大腦一陣暈眩。

潘穎秀舉起手，想要揉揉脹痛不已的太陽穴，但是他無法好好施力，彷彿手不屬於他了。

手背撞上放在一旁的水杯，「啪」的一聲翻倒在桌上。水沿桌面流開，漫過桌沿，灑在潘穎秀的大腿上。冰涼的觸感使他一驚，從椅子上跳起身。

「他……他現在在哪裡？」潘穎秀的手指摸索椅背上的包包背帶，卻拿不起來，「你在哪裡？」

潘穎秀的雙眼漫無目的地張望了一圈，視線在半空中與戴君儒相碰，他發現，戴君儒的眼睛也倏地睜大。

潘穎杰在電話那頭告訴他醫院的名字。在他準備掛電話前，潘穎杰說：「你最好祈禱，在你出現的時候他還活著。」

這句話，潘穎秀聽來像在責備。可他也相信是他的錯，儘管他不知道爲什麼。

通話結束的提示音，和潘穎秀的心跳聲結合在一起，震耳欲聾。

他抓起包包，連椅子也來不及靠上，就急忙地離開工作室。

「對不起，我家有急事。」他在經過行政助理身邊時低聲說：「我得先走了。」行政助理張開嘴，本來想問些什麼，在看見潘穎秀慌亂的表情後，立刻閉上嘴，點點頭，拍了拍潘穎秀的手臂。

「穎秀？」戴君儒從座位上站起身，走向潘穎秀，「怎麼……」

「我弟在醫院。」潘穎秀垂下頭，痛苦地說：「我要走了。」

「醫院？」戴君儒朝他的肩膀伸出手，「我要不要陪你——」

潘穎秀搖搖頭不想多說，快步往工作室的大門走去。他怕再多待一秒，他的眼淚會不受控地落下。

一到室外，潘穎秀就邁開腳步跑了起來。

潘穎成所在的醫院距離工作室有一段距離，潘穎秀得先搭高鐵，再轉搭計程車。

當他衝向高鐵的售票處時，早已滿頭大汗。他在隊伍裡焦慮地等待，每一秒的流逝，都讓他清楚感受到潘穎成的生命在消逝。

電話裡，潘穎杰並沒有和他解釋清楚事情的全貌，像是誰送潘穎成去醫院？他又爲什麼會有毒品？

但是，他好像終於理解，潘穎成和他要的錢爲什麼越來越多了。

潘穎秀買了單程車票，將近一小時的車程，如果他小睡一下，睜開眼睛的時候就到了，可是車廂搖搖晃晃，他坐立難安，一點睡意也沒有。

列車車廂的門一打開，潘穎秀立刻跳上月台，奔下電扶梯，穿過拖著行李箱的人群，來到高鐵站外的計程車區。

他報出醫院名稱，從司機大哥猛踩油門的動作來看，他可能把潘穎秀當成需要急診的病人了。

很快地，計程車在醫院門口停下。

潘穎秀用顫抖的手掏出兩百元紙鈔給司機大哥。

在一樓服務台志工的協助下，潘穎秀終於來到加護病房外的家屬等待區。

一排排的候診椅上坐了好幾個人，潘穎秀的眼睛不自覺地被坐在最角落的男人吸引。

那個弓著背、頭髮向後梳起的男人，就算一輩子沒見，就算他們都成了白髮蒼蒼的老人，潘穎秀也能一眼認出，那是他的哥哥。

潘穎杰跟弟弟們正好相反，身高不高但身型粗壯。他的手臂和潘穎秀的大腿一樣粗，肌肉從緊繃的袖口下露出。

潘穎杰彷彿接收到了某種感應，就在此時抬起頭看著潘穎秀。

他的眼神，使潘穎秀背脊發涼，他咬著嘴唇，朝潘穎杰走去。

「哥。」潘穎秀低聲說。

潘穎杰緩緩地打量他一圈，「你該慶幸，護理師還沒出來通知我搶救無效。」

他的聲音很輕，但是他的眼神充滿了嫌棄和憎惡。潘穎秀的胸口一緊，這眼神他很熟悉。

小時候，潘穎秀無力阻止潘穎成的哭聲，而他們的媽媽卻只坐在沙發上掉淚，那時，潘穎杰看著他們的眼神也是這樣——他們讓他感到噁心，他這輩子再也不想見到他們。

「成成他……」潘穎秀清了清喉嚨，「發生什麼事了？」

「急診室那邊說，他『朋友』把他送來之後就跑了。連電話都沒留。」潘穎杰一字一句緩緩地說：「他們是從他手機裡的緊急聯絡人找到我。」

潘穎成有潘穎杰的號碼，潘穎秀卻沒有，這事實讓潘穎秀感到一絲哀傷。

潘穎秀看向加護病房的入口，「那醫生有說情況怎麼樣嗎？」

「就是我在電話裡說的那樣。」潘穎杰說：「他抽血報告出來，有酒精和二級毒品反應。」

潘穎秀閉上眼，深吸一口氣，「所以，我們現在……就是在這裡等嗎？」

「對。還是你想要去附近的廟或教堂求神拜佛？」潘穎杰露出譏諷的微笑，「坐啊，穎秀。」

潘穎秀四處張望了會，坐在潘穎杰對面的位子。光是想到坐在哥哥身邊，就讓潘穎秀感到有些彆扭。

他從來沒有和潘穎杰坐在一起過，即使小時候同桌吃飯，潘穎杰也總是最快吃完、最早離開。

潘穎杰從來就不想和兩個弟弟有任何互動與瓜葛，而年幼的潘穎成，就成了潘穎秀的責任。

但是這次，潘穎秀沒辦法幫弟弟收拾善後了，就連醫院通知的人也不是他，是潘穎杰。

潘穎秀抬起眼，看向潘穎杰，「他……之前有跟你聯絡嗎？」

潘穎杰哼笑一聲，翻了個白眼，「有啊。他想跟我借錢，但是鬼才要借他。」

「我一直都有給他啊！」潘穎秀低聲說：「他上大學之後，我給了他很多錢。」一開始是兩週四千，最近越給越多，他已經算不清，他陸陸續續給了潘穎成多少錢了。然而，不管他給了多少，對潘穎成來說永遠都不夠。

潘穎秀低下頭，用掌根壓住眼窩。

「對，你是給他很多錢。看看他現在在哪裡。」潘穎杰的聲音冷靜而平緩，「是你害死他的，你知道嗎。」這句話甚至不是問句。

潘穎秀的眼睛一陣刺痛，他用力咬住嘴唇，吞下差點脫口而出的嗚咽。

他知道是他的錯，如果他能早一點和潘穎成聯絡，或許這一切就不會發生了。

儘管他用盡全力，試著滿足所有人，試著給出他所有的一切，但是最後，依然都是他的錯。沒有一件事情在他的掌控之中，一直都是這樣。

此時，一股深深的無助感襲捲著他。

「對不起。」潘穎秀啞聲說道：「但是，我眞的不知道我還能怎樣了。」

「這就是你的藉口，對吧？每次都是這樣。」潘穎杰說：「但是你猜怎樣？你的道歉連一個屁都不值。」

潘穎秀睜圓了眼，「什麼？」

潘穎杰向後靠在椅背上，雙手環抱在胸前，直勾勾地看著他，嘴角扭曲地說：「你就只會道歉。對不起、對不起、對不起。但是潘穎秀，你知道怎樣的對不起才有意義嗎？」

潘穎秀茫然地看著他。

「如果你道歉之後不打算改變，你的對不起就只是他媽的一坨屎。」

潘穎杰說話的聲音和用詞，引來了周遭人們的好奇視線，但是他不在意地繼續說：「想想吧，你這輩子做過什麼改變嗎？沒有嘛。所以我才瞧不起你。」

潘穎秀的臉頰發燙，像是被人摑了一巴掌。

潘影杰向前傾身，靠近潘穎秀，「等潘穎成醒來……『如果』他醒來，你還會再給他錢嗎？」

潘穎秀緩緩搖起頭。

潘穎杰像是沒有看到一樣，自顧自地說：「你會，你還是會繼續給他錢，讓他拿去買那些垃圾東西、做那些垃圾事。所以，你在這裡哭個屁？」

他的聲音不大，但是在安靜的家屬等待區裡，每一個字都無比清晰。

「沒有。我沒有。」潘穎秀的視線一片模糊，這一刻，他才意識到他正在哭。

潘穎杰嗤笑，「你根本就不想改變，就跟媽媽一樣。你們都一樣，一堆廢物。」

潘穎秀不喜歡潘穎杰對他說的話，更不喜歡他提起媽媽。

他的心中有個東西破碎，是什麼東西死去了，但是，另一個東西竄了出來。

潘穎秀的雙手顫抖，不是因爲悲傷或痛苦，而是一種十分陌生的情緒，是在他的童年結束後，就再也沒有體會過的感覺。

「你有什麼資格說我？」潘穎秀開口的聲音帶著鼻音和哭腔，「這麼多年來，你在哪裡？你管過他嗎？」

潘穎杰挑起眉，向後靠回椅背上，雙臂回到胸前。

「小時候是，長大也是。」潘穎秀咬著牙，臉頰肌肉緊繃不已。

「你高中一畢業就跑了，那時候他才小學，能照顧他的人就只有我。你現在憑什麼在這裡指責我？一直以來，在乎他的人就只有我啊！」

潘穎杰嗤之以鼻，「照顧？他根本就不需要照顧。」

他翻了個白眼，伸手指向加護病房，「你自己看看，你把他照顧成什麼樣子了？沒有人照顧他，他才會學會照顧他自己。」

「你……這樣說太不公平了。」潘穎秀的四肢顫抖，反擊道：「爸爸跑掉的時候，成成才幾歲。你不一樣，你都已經上國中了，本來就可以照顧自己。」

他沒有這樣對任何人說過話，特別是潘穎杰。

在父親離開後，潘穎秀以爲一切都會好轉，但是他媽媽開始酗酒，工作賺來的錢，全拿去買酒，好像她眞的忘記有三個兒子。

潘穎杰會趁媽媽不注意的時候，從她的錢包裡偷錢分給弟弟們，命令他們省著點用。潘穎秀總會把沒用完的錢塞給潘穎成，讓他多吃一點、多買一點喜歡的東西，這樣他能感到滿足，覺得終於做對了一件事。

後來，他媽媽已經喝酒喝到很少有清醒的時候，因此潘穎秀上了大學、離開家後，便負責起潘穎成的生活費，而那時潘穎杰已經不再和弟弟們聯絡了。

「我？天啊，潘穎秀。」

潘穎杰大笑出聲，嚇得潘穎秀一陣瑟縮，下意識地環顧四周，原本坐在他們附近的人，移動到更遙遠的座位，甚至離開了現場。

「你是全都不記得了吧？」潘穎杰睜大雙眼，嘴扭曲成醜陋的形狀。

「媽媽被打到趴在地上的時候，負責叫救護車的人是誰？他們把碗打碎，負責打掃的人是誰？是我，媽的。是我。」

潘穎秀張開嘴，卻一句話也說不出來。

潘穎杰說的這一切，他完全不記得了。在他的印象中，他們從來沒有被打到進醫院過，也沒有救護車來家裡的記憶。或許是那時年紀太小，或許是一切對當時的他來說太難以承受，所以大腦選擇遺忘。

他直瞪著潘穎杰，他現在的樣貌，突然和潘穎秀腦中十幾歲的他重疊在一起。

從他有記憶起，潘穎杰就不快樂，他一直都是暴躁、不耐煩，又叛逆的存在。

潘穎秀從來沒有想過，那個總是充滿憤怒和戾氣，對他們大吼大叫的哥哥，在他懂事前過的是什麼日子。

潘穎秀一直都很怕哥哥，卻也因爲哥哥什麼都不怕而崇拜他。他不怕媽媽傷心，也不怕得罪人，這是潘穎秀這輩子都做不到的事。

但是現在，潘穎秀看見了一些他以前無法辨識，也無法理解的東西。

那是一股深沉的，像是黑洞般的悲傷。

「我就想看那個女人什麼時候才會認清現實。」潘穎杰聲音中的恨意明顯，「我就要看她什麼時候才會發現，她嫁的是一個垃圾。但是沒有，她一次又一次被打、被踹，然後一次又一次選擇性失憶。後來我知道了，這是她活該。這是她自己選的，那就讓她去瘋好了。她想喝酒喝死自己，那就讓她去吧。」

潘穎秀的心臟像是被人用手掐住，用力捏緊。潘穎杰說的是他們的媽媽，但是每個字都像一把大錘，狠狠敲在他的胸口。

「但是你，潘穎秀。」潘穎杰說：「你就跟她一模一樣。你知道嗎?你們都讓我覺得噁心。」

潘穎杰的這番話，潘穎秀來不及感到受傷，反而覺得肩頭有一股重量消失了。這是他這麼多年來，第一次和潘穎杰說到話，但是在這短短的會面中，他終於有機會瞥見潘穎杰強硬外殼下的眞正模樣。

他們當了二十幾年的兄弟，今天，潘穎秀才第一次認識了他。

儘管那些話將潘穎秀的心一次次碾碎，他也意識到，潘穎杰說的都是事實。

這時，潘穎秀的手機在口袋裡震動了幾下，但是他選擇忽略。

「我不知道……」他輕聲說。

「你當然不會知道。」潘穎杰吐出一口氣，轉頭看向加護病房，然後視線再度轉回潘穎秀身上。

「如果潘穎成死了，就算在你頭上，是你把他寵壞的。」

潘穎秀深吸一口氣，沒有辦法反駁。

這一刻，腦中「喀」的一聲拼上最後一片拼圖，潘穎秀終於能看見一幅完整的圖像。但是一切都還太新、太混亂，潘穎秀沒有時間細想，無法明確指出那是什麼。

當鑲有玻璃窗的金屬門往兩旁滑開時，潘穎秀轉頭的動作大得差點扭到脖子。

一名護理師拿著寫字板走了出來，對家屬等候區的人們說：「請問潘穎成的家屬在這裡嗎？」

潘穎秀和潘穎杰同時從椅子上站起身。

「在。」潘穎杰的腳步大而急迫，朝護理師的方向走去。潘穎秀快步跟上。

「請問你們和他的關係是？」

「我們是他的哥哥。」潘穎杰說。

護理師來回看了兩人幾次，遞過手上的寫字板，「麻煩你們在名單上簽名。」

潘穎秀的手指緊繃得無法握住筆，簽到表上的字跡難以辨識。

「請兩位跟我來。」

潘穎秀看向潘穎杰，潘穎杰並沒有忽視他的目光，他們對看一眼，跟隨護理師走進病房。

金屬門緩緩關上，發出輕微的碰撞聲。

戴君儒覺得快要發瘋了。

和潘穎秀起了爭執過後，一連幾天，戴君儒都弄不清思緒。

那天，潘穎秀說的話讓他很心痛，然而他依然在乎潘穎秀，非常非常在乎。潘穎秀的推拒只會讓他更想陪在他身邊、想保護他，他不想讓潘穎秀一個人承受。

「你能保證，你永遠都不會離開我嗎？」

但是，潘穎秀問的問題，就像一桶冰水倒在戴君儒的頭上。

他能保證他永遠不會離開嗎？戴君儒很想，但是這是一個不能給出口的承諾。

要是他們眞的發展下去，有一天不得不分手，他也成爲了傷害潘穎秀的惡人。

潘穎秀從不要求別人回應他的需求，只是一次又一次地忍受、內傷，再對身邊的人露出僞裝的微笑。戴君儒不想要成爲再一次傷害他的人。

兩人的關係持續僵持著，沒有因爲住在一起、一同工作而緩和。

這不是戴君儒習慣的作風，過去的他總是直來直往，甚至會找人吵架，不喜歡這樣說不清楚的問題。

但是面對潘穎秀，或許是看過太多他的脆弱和傷痕，戴君儒無法用同樣的模式對待他，不想逼潘穎秀給他解釋或答案。

於是，他硬是把問不出口的問題呑回肚裡。

一陣響動拉回了戴君儒飛遠的思緒。

潘穎秀接起電話，一不留神將水打翻，見狀，戴君儒的內心響起了警鈴。

他眼睜睜地看著潘穎秀的手顫抖得抓不起背包。他離開工作室時，臉色蒼白得像要昏倒。

戴君儒有股衝動想要陪他去，但是他沒有立場，也不知道潘穎秀還想不想要他在身邊。

只有一件事他很清楚，現在的他做什麼都是多餘的，都是自以爲是。

「你還好嗎？」

最後，他只傳了一則訊息給潘穎秀。接下來的時間裡，他嚴格要求自己不要幾分鐘就檢查一次手機。

「君儒，這幾個角度你幫我拍一下。」

攝影師的低語，讓戴君儒的心思回到眼前的拍攝現場。

戴君儒眨了眨眼，注意到攝影師正盯著他看，她的眼神像在提醒他專心。

「好，沒問題。」

戴君儒立刻照著攝影師的指示，蹲下身，相機從更低的角度對準眼前的模特兒。專心工作，他提醒著自己，也許等到拍攝結束，潘穎秀就會回他訊息了。

戴君儒強迫自己盯著攝影師的每一個動作，把她引導模特兒時說的每一句話都默念一次。

看著燈光下的模特兒流暢地轉換姿勢，戴君儒產生了一種迷幻的感覺——強光包圍出另一個世界，在這其中的模特兒與攝影師，和其他人隔絕了。

但是這種近乎平靜的狀態並沒有持續太久。工作室的門被人推開，外頭街道上的行車聲響，硬生生地破壞了這份平靜。

「不好意思，請問潘穎秀在嗎？」

戴君儒回過頭，看見兩個人站在工作室門口的會客區。

他突然覺得不太對勁，尤其聽見他們嘴裡說出的「潘穎秀」，使他頸後的汗毛瞬間豎起。

他瞥了身邊的攝影師一眼，她也垂下手中的相機，站直身子。

「請問有什麼需要幫忙的嗎?」行政助理從電腦桌前站起身。

戴君儒皺起眉，來到行政助理身邊。

其中一個男子露出微笑，「沒事，我們是他朋友。有事情想要找他聊聊。」

「他不在這裡上班了喔!」戴君儒回答。

他感到口乾舌燥，但是喉頭緊繃到無法吞嚥，「他已經離職一陣子了。」他說著謊，努力讓聲音聽起來不會很心虛。

戴君儒從來就不是一個擅長說謊或演戲的人，特別是在他的心臟威脅著要跳出胸腔的時候。

「沒錯。」行政助理順著他的話說。

他們對看一眼，男人又開口:「原來如此。」

另一個人聳聳肩，「那沒關係。如果你有見到他，請你幫忙轉告他，我們有重要的事要找他，請他接電話。」

戴君儒有些猶豫，不確定該做什麼反應。

他靜下來想才意識到，從一開始聽到這兩人問起潘穎秀的事，他們每個人的應對都錯了。應該要假裝這裡沒有潘穎秀這個人才對，但是已經來不及了。

戴君儒手插進口袋，握緊拳頭，咬著嘴唇內側，這樣他才能阻止自己的衝動，避免說出讓場面變得更糟糕的話。

「不要緊張啦。」男人舉起雙手，做出投降的姿勢，「我們只是有件事想要跟他商量。」

「那可能要請你們自己去找他了。」行政助理面無表情地說：「我們也不知道他現在在哪裡工作。」

「當然，沒問題。」另一個男人說：「我們想說來這裡碰碰運氣。」

毛骨悚然的感受再度爬上戴君儒的背脊。他們到底想要什麼？和潘穎秀又是什麼關係？

戴君儒直瞪著眼前的兩人，但他們確實沒有做出任何威脅性的舉動，也保持著兩步以上的安全距離。

「那你們運氣不太好。」戴君儒僵硬地回：「請你們去別的地方找吧。」

男人聳聳肩，「好的，打擾啦。」

語畢，他的眼神落在戴君儒身上，「不管如何，如果你剛好有遇到他，再請你轉告他，請他接電話。」

戴君儒被他盯得呼吸一時卡在胸膛。

「那就麻煩你了。」

另一個男人說完後，轉過身，兩人離開了工作室。

玻璃門闔上，有那麼幾秒，工作室裡沒有一絲聲響。

戴君儒想要追上去攔住他們，質問兩人的目的，但是另一種更強烈的感受緊攫著他，使他動彈不得。是恐懼。

他不知道這些人的來歷，從他們嘴裡聽見潘穎秀的名字，無以名狀的不祥之感，令他的大腦一片混亂。

霎時，他知道這股不安來自何處了——他見過這兩個人，但是想不起是在哪裡。

「君儒，穎秀到底怎麼了？」

小雯細小的聲音從一旁傳來，劃破戴君儒腦中的迷霧。

「什麼？」他機械式地反問。

小雯的臉上寫滿了擔心，「穎秀他……是不是惹上什麼麻煩了？上次拍照拍到一半，他接了通電話之後哭得很慘……他剛剛又突然請假。」

戴君儒張開嘴，一時之間不知道該說什麼。他知道小雯指的是潘穎秀接到張浩祥電話的那一次，但那是潘穎秀的隱私，他不可能說。

這時，戴君儒全身一抖，像是一道電流竄過般，讓他差一點大叫出聲。

他舉起一隻手，遮住下半臉。

他想起來了，在那場攝影師聚會中，他厚著臉皮加入張浩祥的圈子，和他們搭話，那時這兩個人也在場。

如果他們和張浩祥有關，事情就沒有那麼難解釋了。但是驚慌感不僅沒有消滅，反而更加恐懼。

張浩祥想要做什麼？自從他上次聯絡過潘穎秀之後，還有再找過他嗎？或者……他已經這麼做了？

戴君儒的手無法控制地劇烈顫抖，腦中被各種疑問塡滿。潘穎秀說潘穎成進了醫院，然後就急急忙忙地離開了，整個下午都沒回訊息。弟弟是眞的住院嗎？現在潘穎秀安全嗎？這個念頭使戴君儒瞬間從地上跳了起來，「靠。」

戴君儒手忙腳亂地抓起手機，翻出潘穎秀的名字，按下語音通話的按鈕。

「君儒，這到底是怎樣……」行政助理的聲音在他身後響起，但是戴君儒沒有心力回應。

第一次的鈴響，過了將近一分鐘都無人接聽。

他切斷通話，又撥了一次，「幹。潘穎秀爲什麼不接電話？」

如果潘穎秀已經被張浩祥帶走了怎麼辦？他想要從潘穎秀身上得到什麼？

但是，如果張浩祥眞的帶走了潘穎秀，那這兩個人就不會跑來工作室找他了。

無人接聽的幾十秒中，戴君儒的腦中不受控地出現更多無法抹去的恐怖畫面。

戴君儒緊捏著手機，撥打了一通又一通的電話，指節都痛了。但是不管他重打了幾次，潘穎秀一直都沒有接電話。

「君儒。」

一隻手搭上戴君儒的肩膀。他回過頭，身材嬌小的攝影師站在身後。

「怎樣？」他的視線變得模糊，幾乎發不出聲音。

「不要急。」攝影師低聲說。

他聯絡不上潘穎秀，怎麼能不急？他想了想，攝影師說得對，就算在這裡抓狂，也沒有辦法改變任何事。現在他唯一能做的事情，就只有等待。

他強迫自己嚥下一口口水，深吸一口氣，點點頭，「好。」

「你要先回家嗎？」攝影師問：「休息一下。也許穎秀等等就會回電給你了。」

戴君儒用力搓了搓臉，再度點了點頭。

一整晚，戴君儒撥打出去的電話次數，大概已經是恐怖情人的程度。

回到家後，戴君儒除了打電話，就是焦慮地在公寓裡不斷來回踱步。

最後，他跌坐在沙發上，不抱任何期待地撥出下一通電話。

「喂？」

意外地，通話提示音被切斷出現人聲，戴君儒一度以爲心臟要停止跳動了。

電話另一端傳來潘穎秀輕輕的聲音，戴君儒的眼眶一熱，眼淚差點奪眶而出。他從沒想過，潘穎秀的嗓音能瞬間挪去他心頭的重擔。

他咬著嘴唇，深吸一口氣，「穎秀。」呼吸的氣息顫抖不已，他沒有辦法阻止自己對著手機吐氣。

「怎麼了？」

「沒事，我只是……」戴君儒搖搖頭，「你還好嗎？你弟弟的狀況怎麼樣？」

「還在加護病房，但是醫生說他暫時沒有生命危險，同意我們進去看他。」潘穎秀那端有許多人的說話聲，還有杯盤碰撞的聲響。

所以弟弟住院是真的！戴君儒嚥下了一口口水，「下午的電話是醫院打來通知你嗎？」

「是我哥。」潘穎秀回答。他頓了頓，再度開口時，聲音有點小心翼翼，「君儒，怎麼了？」

「沒什麼，等你回來再說吧。」

儘管大腦尖聲叫，要戴君儒把今天工作室發生的事全盤托出，但他硬是壓下這股衝動。潘穎秀有夠多事要擔心了，不需要再多加一條。

「醫生有說……你弟怎麼了嗎？」

電話那一端傳來一陣摩擦聲響，接著潘穎秀模糊地說了什麼。隨後，潘穎秀再度回到話筒邊。

「我跟我哥在附近賣場的美食街。醫生要我們再等等。」他的音量正常許多。他吐出一口氣，「醫生說，我弟應該是喝酒配毒品，導致的併發症造成橫紋肌溶解，所以急性腎衰竭。」

「啊？」

戴君儒不禁咋舌，但他不意外，潘穎成和潘穎秀要錢的頻率和金額有了解釋。

儘管戴君儒並不贊成潘穎秀這樣給錢，但是他很堅持。

「他送急診的時候已經休克了，如果再晚幾小時，他可能就……」潘穎秀低笑了一聲，「我應該要感謝他的朋友還算有點良心，沒有把他留在那裡等死。」

「靠。」戴君儒向後靠在椅背上，「有救回來就好。」

「至少現在是吧。」潘穎秀說：「現在就是要看他的腎功能會不會恢復正常……」

「辛苦了。如果我有陪你去就好了。」

戴君儒能想像現在潘穎秀的心靈有多麼易碎。他好想把他抱進懷裡，就算不能幫上潘穎秀任何忙，至少可以給予陪伴和他需要的肢體接觸。

這或許也是他需要的。他想像潘穎秀的臉頰靠在他肩上，洗髮精與獨特的個人香氣混合在一起，充斥鼻腔。

他好想他。他們才保持距離幾天而已，他已經想他了。

「我很快就會回去了。」潘穎秀柔聲回答。

「等你回來的時候，我去高鐵站接你。」

潘穎秀一愣，「嗯？可是我不確定我什麼時候會回去，要看我弟的狀況。」

「沒關係。」戴君儒堅持地說：「等你買好回程高鐵票，告訴我時間。」

他不敢讓潘穎秀一個人回家，他必須親眼看見潘穎秀從車站走出來，在他的陪伴下回到公寓。

等到那時候，只有那時候，他才要告訴他，有人來找他的事。

這件事他不會讓潘穎秀一個人面對。就算之後潘穎秀無法承受他所做的一切，要搬走，從此不再聯絡，戴君儒也認了。

現在，他要確保潘穎秀的安全。

電話那頭沉默了一段時間，潘穎秀輕輕地說了一聲「好」。

結束通話前，戴君儒幾乎就要脫口說出想他了，可是這幾個字卡在喉頭，無法嚥下也說不出口。

第十一章

潘穎秀和潘穎杰一直在加護病房外等待。

晚上，護理師告訴他們，今天之內潘穎成不可能離開加護病房。聽見這個消息，潘穎杰叫潘穎秀搭最後一班高鐵北上。

「你先回去吧，如果潘穎成有辦法轉到一般病房的話再說。」潘穎杰淡淡地說。

潘穎秀有些習慣潘穎杰的用字遣詞，知道他這麼說是爲了刺激他。

他不怪他，在等候區裡的對話，是潘穎秀這輩子聽過最有意義的話，和戴君儒跟他說的話是一樣的意思。

這讓他有機會回過頭來檢視自己，他才眞正了解，他和他媽媽一樣，放任別人用錯誤的方式對待他，卻從來沒想過這件事必須喊停。

不論是小時候面對朋友、家人，或是長大後面對情人，他永遠都是退讓，再退讓，以爲他的付出和退縮能換到更多的愛。

潘穎秀把頭靠在車廂的玻璃上，漫無目的地看向窗外快速掠過的夜景。

聽完潘穎杰的那番話，潘穎秀就一直在思考，如果他沒有給潘穎成那麼多錢，事情會變成怎麼樣？

或許潘穎成會和其他人借錢，最後欠下高額債務；或許他還有各種方式走上和現在相同的路。不過，潘穎秀需要爲他的行爲負責嗎？

「你打算要爲他擦屁股一輩子嗎？白痴，醒醒吧！」

潘穎杰的聲音在他腦中響起。

這是潘穎秀的人生中，第二次有人這樣告訴他。第一次是戴君儒，第二次是潘穎杰。

他想，他不能再爲別人犯的錯負責了。

潘穎秀的思緒再度回到潘穎成。在潘穎成人生裡發生的所有錯誤中，有多少是他該承擔的？他的責任又在哪裡呢？

潘穎成和毒品扯上關係，醒來後需要面臨刑責，可是如果再也沒有醒呢？

潘穎秀拒絕往下細想。

列車進站，潘穎秀的手機在口袋裡震動了一下，他拿出一看，螢幕上顯示著一條訊息，是戴君儒傳的。

「我在東三門。」

潘穎秀走出車站的閘門，人潮川流不息，儘管戴君儒的模樣不算特別顯眼，潘穎秀依然立刻找到他。

他雙手插在口袋裡，肩膀抵靠粗壯的梁柱。

這一刻，潘穎秀突地有些鼻酸，他的痛苦傷害了戴君儒，但是戴君儒依然在這裡，等著他。

潘穎秀朝著戴君儒的方向移動，正巧，戴君儒也從人流的縫隙看見了他。他擠過往四面八方移動的人群，朝潘穎秀的方向走去。

左側的路人撞到潘穎秀的肩膀，他一個踉蹌。見狀，戴君儒及時伸出手，將他從人潮中拉了出來。

他們退到柱子旁，一個不會擋到其他人的角落。

「穎秀。」戴君儒放開潘穎秀的手腕，雙手環住他的肩膀，「沒事了。」

溫熱的感覺從潘穎秀的胸口湧起，連臉頰也感到溫暖不已。

他垂在身側的手掙扎著、猶豫著是否該回應他的擁抱，然而，在他的大腦做出決定前，心已經率先行動了。

他的手爬上戴君儒的背，「謝謝你。」

他閉上眼睛，低下頭，把臉埋在戴君儒的肩頭。

「今天難得不道歉了？」戴君儒的哼笑聲在他耳邊顯得特別響亮。

「你想要的話，也是可以啊。」潘穎秀俏皮地說。

戴君儒抓著潘穎秀的肩膀，輕輕地推開，目光專注地盯著他看，「你最好不要亂說話。」

這時，潘穎秀突然有想吻上戴君儒的衝動。

他們對望了好久好久，戴君儒才轉開視線。他抿了抿嘴唇，猶豫了一會後開口：「我們走吧。我把車停在旁邊的巷子裡。」

他放開潘穎秀的肩，雙手垂到大腿旁，再度插進口袋裡。

他突然地抽離空出兩人的接觸，即使如此，潘穎秀仍覺得皮膚十分炙熱，想要牽他的手。

才過了不到一個星期，潘穎秀就懷念起戴君儒的身體，以及兩人相依的感覺。然而，潘穎秀很清楚他不該對戴君儒做任何事，尤其不該主動引導肢體接觸。他不能繼續對戴君儒送出混亂的訊號。

到了公寓附近，戴君儒並沒有把機車停在平常停車的地方，而是停到離家有一段距離的地方。

「怎麼了？」潘穎秀問。

「先回家再說吧。」

聽見戴君儒的簡短回答，令潘穎秀有點不安。

「下午的電話是醫院打來通知你嗎？」

他想起戴君儒下午時的電話和怪異的問題，他懷疑，這是否和戴君儒繞路回家的事有關。

他們走了一條陌生的路回公寓。

一進門，潘穎秀在沙發邊緣坐下，看著戴君儒小心翼翼地把每一道鎖鎖上。

他內心的懷疑逐漸擴散，忍不住發問：「君儒。發生什麼事了？」

戴君儒走到他面前，垂下雙眼，「我本來不想今天告訴你的，你弟的事已經夠你煩了。」

「什麼意思？」

「今天有兩個人來工作室，他們說有事情要找你。」

潘穎秀微微瞇起眼，「誰？」

「我不確定。」戴君儒表情陰鬱，「但是……我應該認得他們的臉。」

潘穎秀後頸的汗毛頓時一豎，一個念頭閃過腦海，但是速度太快，他沒有辦法及時捕捉。

「怎麼樣？」他的聲音很輕。

戴君儒抬起眼，直視對方，「他們說，要你接電話，他們有事要跟你商量。」

潘穎秀腦中突地有什麼閃過，對了，最近這段時間的那些未知來電。他一直認定是詐騙電話，所以一次也沒接起。

他渾身一顫，像有冰水流過脊椎。

「我們認識的那天晚上，和你前男友站在一起聊天的那群人。」戴君儒說：「他們應該就是其中兩個。」

潘穎秀閉上眼睛，試著強迫疲憊不堪的大腦運作。

那群勉強稱得上是認識，但他其實並不想認識的人；那些和張浩祥一起拍照，也曾經幫他拍過照的人。

一閃而逝的念頭再次浮現，他想起不久前張浩祥打來的那通電話。

看著他的震驚表情，戴君儒的臉頰隨著咬牙的動作而抽動，「又是張浩祥吧。」

潘穎秀咬住下唇，張浩祥到現在都還沒有還錢，理由是「那時候有點困難」。如果他現在還是有困難，找上門又想做什麼？

「我現在打給他。」潘穎秀說。

他沒有辦法繼續承受戴君儒的目光。他的臉頰發燙，像是被人打了一巴掌。甚至渾身都感到燥熱不已，不只是因爲恐慌，更多的是羞愧。

他怎麼會傻到告訴張浩祥他在哪裡工作，怎麼會沒有想到，張浩祥在利用他的心痛與想念。現在，他把麻煩帶到了工作場合。

潘穎秀掏出手機，手指顫抖地找出張浩祥的新號碼。

戴君儒伸出手，握住他的手機，「穎秀，你確定嗎？」

潘穎秀抬起頭，對上一雙焦慮的眼睛。

「我必須打。」他輕聲說。

這些人都直接找上門了，他不能繼續迴避，躲在他幻想出來的小泡泡裡，假裝一切都已經恢復正常。

戴君儒氣急敗壞地翻了個白眼，「然後呢？你能幹麼？他們到底想要從你這裡得到什麼？」

「我不確定他們想要什麼。」潘穎秀深吸一口氣，「但如果是那些人……我猜他們是想要找我拍照吧。」

戴君儒皺起眉，「拍照？」

潘穎秀沒有繼續說下去，只是定定地看著他。

戴君儒的雙眼倏地大睜。

「《空白》。」他低聲說：「是嗎？」

潘穎秀輕輕點了點頭。

又一次，那套照片再度回來糾纏他了。

潘穎秀不知道那套照片讓張浩祥和他的攝影師朋友賺到多少，但他也確實存下不少錢，不但能獨立生活，還能供應潘穎成的需要。

如果張浩祥真的缺錢，那麼他們找上他的原因就呼之欲出了。畢竟，對他們而言，這便是潘穎秀最有價值的部分。

「不要打給他。」戴君儒說。

潘穎秀吐出顫抖的氣息，「那些人都去工作室找你們了，如果我繼續躲著……他們會怎麼樣？」

「還能怎麼樣？」戴君儒回嘴，「我們就看著辦啊。」

潘穎秀搖搖頭。

戴君儒挫敗地低吼一聲，嘴唇拉出一道倔強的線條。

這一刻，潘穎秀看見了媽媽躺在沙發上，眼眶發紅、眼神迷茫的模樣。他就和他媽媽一模一樣。他想，現在的戴君儒看著他，也看見了他的絕望、挫敗與心碎。

然而，他不想再和他媽媽一樣了。

「讓我打給他，聽聽看他要說什麼。」潘穎秀一字一句緩緩說道：「讓我把這件事徹底解決掉。」

戴君儒只是盯著他，沉默了好幾秒，才吐出一口長氣，「好吧。」

在戴君儒的目光下，潘穎秀按下了撥出。

潘穎秀的心臟在胸口怦怦直跳，隨著螢幕上的圖示上下震盪。

他有點期待電話無人接聽，這樣他就不需要面對張浩祥。但是他必須面對，他已經迴避太久了。

電話沒有響很久，顯示通話開始的秒數開始計算。潘穎秀緊張得無法呼吸。

「穎秀？」

他的聲音，依然會讓潘穎秀的體內一陣緊縮，他看了戴君儒一眼，按下擴音鍵。

「浩祥。」

電話那一端很安靜，除了張浩祥的聲音和輕微的呼吸聲，什麼都聽不見。

「這麼剛好，你打給我了。」張浩祥的聲音一如往常的游刃有餘，「我還在想什麼時候要打給你呢！」

潘穎秀清了清喉嚨，「我同事告訴我，你朋友今天到我工作的地方找我。只是我剛好請假了。」

「喔，對。他們有跟我說。」張浩祥停頓了一下，「你現在一個人嗎？」

潘穎秀瞥了戴君儒一眼，「對。浩祥，你……是出了什麼事嗎？」

「其實，我是想要約你出來見一面。」張浩祥說：「之前跟你借的那些錢，還有我們之間的事……我們找個時間把這些事都講一講吧。」

潘穎秀抬起眼，看見戴君儒的臉色鐵青，拚命搖頭。

「另外，我們這邊是有另外一個案子，想要跟你討論一下。」張浩祥開口補充。

心跳聲又在潘穎秀的耳中咚咚作響。和他設想的一樣，他們是想要找他拍照。

「我們……不能在電話上說嗎？」潘穎秀說。

「有些話，我覺得還是當面說比較好。」

潘穎秀閉上眼，深吸一口氣。

「不然我怕還會有人去你工作的地方找你。」

雖然張浩祥的語氣很平靜，但聽見這句話，潘穎秀的心臟還是重重地一跳。不論怎麼想，這句話都像是赤裸裸的威脅。

「你會擔心嗎，穎秀？」見他遲遲沒有回應，張浩祥又補上一句，「不然這樣吧，我們可以約在公共場所，地點你決定。就我們兩個。」

戴君儒對潘穎秀用唇語說著「不」，雙眼瞪得老大。

但是有另一股力量在潘穎秀的心中拉扯著，拒絕的話無論如何都出不了口。

從張浩祥不告而別到現在才過了沒多久，對潘穎秀而言，他和張浩祥的關係，無論是好是壞，從來就沒有眞正了結。如果他繼續逃避張浩祥，心裡永遠會留下一道傷口，一個不能碰觸的痛苦。

潘穎秀確信，他必須要去見張浩祥一面，讓整件事畫下句點。他需要一個正式的告別，才能放下這個人、這段過去，不再牽掛。

這是爲了他自己。

「好。」

戴君儒的下顎動了動，轉過頭去。

感覺到銳利的視線，潘穎秀握著手機的手掌爬滿汗水，溼黏不已。

「我晚點跟你說時間，好嗎？」他輕聲說。

「當然。不要放我鴿子喔。」張浩祥話裡的口氣近似於笑意。

潘穎秀搖了搖頭，「不會的。」

隨後而來的是一片沉默，只有張浩祥那端傳來的輕微呼吸聲。

就在潘穎秀以爲通話要結束的時候，對方突然的一句話，又讓他屏住氣息。

「雖然這樣說很不好。」張浩祥的聲音很低，「但是我很想你。」

胸口細微的刺痛感使潘穎秀不禁瑟縮。即使是現在，聽見張浩祥這麼說，他還是會感到鼻酸。

雖然他很清楚，如果張浩祥眞的在乎他，當初就不會選擇離開。可是他內心被拋棄的那一塊，依然想要從張浩祥那裡得到一點解釋，所以他才更需要和他見一面。

「再見，浩祥。」潘穎秀說完掛掉電話。

「你到底在想什麼？」戴君儒語氣生硬。

潘穎秀抬起眼，對上戴君儒銳利的視線。

「你居然眞的要跟他碰面。你是不是瘋了？」

潘穎秀咬著嘴唇，他不怪戴君儒生氣，笑了笑，「他們的目的是要找我拍照。如果是這樣，我不覺得他們會傷害我……因爲那樣的話，我對他們來說就沒有價值了。」

戴君儒嗤之以鼻，「不會傷害你？他們在拍那些照片的時候，對你做了那些破事，不算傷害嗎？你的標準是不是太寬了？」

他原本指的是生命安全，但是戴君儒說的是別的東西。這話喚起了過往的記憶，一股噁心的感覺從腹部湧上，潘穎秀不禁瑟縮了一下。

看見潘穎秀的反應，戴君儒挫折地低吼一聲，手抹過臉孔。

「對不起。」他含糊地說：「我只是……穎秀，我很擔心。」

「我知道。」

潘穎秀猶豫一會，然後對戴君儒伸出手，指尖輕輕碰觸他的手臂。

戴君儒沒有抽開身子。

「我不想麻煩你。」潘穎秀低聲說：「但是現在如果什麼都不做，我很怕……他們又會再找上門。這件事本來就跟你沒有關係，也跟工作室的其他人沒有關係。」

說到底，張浩祥是他一個人的問題，本來就要負起責任。如果當初戴君儒沒有將他接回家中，現在的他依然要一個人面對這一切。

潘穎秀清楚，是他連累了戴君儒和身邊的人，如果真的造成了任何傷害，他永遠都不可能原諒自己。

最後，戴君儒的肩膀垮了下來。

「我很想幫你，真的很想。」他悶聲說道：「但是我不知道該怎麼做、能做什麼？你只要開口就好。」

戴君儒的話幾乎像是在請求。

潘穎秀嚥了一口口水，「有一件事，你可能可以幫我。」

他想，如果事情往最糟糕的方向發展，也許戴君儒有辦法可以幫忙。

聞言，戴君儒立刻抬起頭，潘穎秀垂下眼，避開他的視線。

「你要我做什麼？」戴君儒問道：「我什麼都能幫你，只要不是犯罪。」

潘穎秀不禁哼笑出聲，戴君儒真的對他太好了。

他總是想，像戴君儒這樣的人，應該把時間花在更值得的人身上，而不是待在像他這樣不斷掏空他人的黑洞身邊。

但是，他不會再繼續這樣下去了。

潘穎秀再度拿出手機，然後對戴君儒說：「你的手機可以借我一下嗎？」

戴君儒把車停在人行道的停車格裡，轉過頭，看向身後的商辦大樓。

大樓外掛著顯眼的招牌，是他爸媽的律師事務所。

戴君儒不記得上一次走進這棟大樓是什麼時候了。他對於這棟大樓的記憶，停留在小時候。他放學後都會到這間事務所，一邊等爸媽下班一邊寫作業。

現在，他偶爾會騎車經過這附近，每次經過這棟大樓，戴君儒還是會感覺到心臟怦怦直跳，擔心和爸媽撞個正著。

如果不是萬不得已，戴君儒發誓，他絕不會到他爸媽面前妥協。

然而今天就是戴君儒心中的萬不得已。

潘穎秀和張浩祥約在下午見面，所以潘穎秀中午過後就離開了工作室。

戴君儒收到來自潘穎秀的最後一封訊息，是他說他到站了，準備走去約定場所。

在那之後，無論戴君儒怎麼嘗試，都沒有辦法再和潘穎秀取得聯絡。

三個小時過去之後，在工作室的戴君儒再也待不住了，動身前往他爸媽的律師事務所。

戴君儒一步一步地接近大樓，步伐幾乎要和心跳同步。

走進一樓的大廳，戴君儒被坐在櫃檯的警衛攔下。

「你要去哪一樓？」

「我要找戴律師。」戴君儒說。

從嘴裡講出「戴律師」三個字，戴君儒有些彆扭，他只有在嘲諷的時候才會稱他爸爸是「戴大律師」。

警衛雖然用懷疑的眼神看著他，仍讓他進大樓。

電梯門關上，戴君儒再一次在心中默念著要對爸媽說的話——

「我需要幫忙。」

「我有一個朋友身陷險境。我已經好幾個小時聯絡不上他了，訊息不讀不回，電話也打不通。」

「我知道他在哪裡，有設定好他的手機定位。」

「我有去警局問過了，但警察說，對方是個有自主意識、好手好腳的成年人，幾小時聯絡不上不能算是失蹤。」

「我是真的沒有別的辦法了，所以才會找你們求助。我知道你們有人脈，可以找回我朋友。」

戴君儒吐出一口顫抖的氣息，閉上眼睛。他別無所求，只希望一切都還來得及。

電梯抵達時發出的巨大鈴聲，讓戴君儒的心臟重重跳了一下。他睜開眼，電梯門開了，眼前正對的是走廊上掛著的裝飾畫。

戴君儒一腳踏出電梯，踩上光可鑑人的磁磚地板。

一抬眼就看見氣派的雙扇玻璃門，事務所的招牌掛在門的上方。透過玻璃門，戴君儒可以看見裡頭抱著資料奔走的助理。

戴君儒咬了咬牙，在門前站住腳步，深吸一口氣，將右邊的門向內推開。

「請問有什麼需要協助的嗎？」櫃檯的接待人員站起身問。

「那個，我找戴……」戴君儒一邊說一邊伸長脖子，往事務所內的辦公區望去。

「君儒？」

拿著紙張的男人停下腳步，看向他。

和男人對上視線的瞬間，戴君儒反射性地瑟縮了一下，「爸。」

男人的表情一如往常的嚴厲，他沒有笑容，只是點了點頭。

「君儒，進來吧。」

戴君儒向接待人員點點頭，然後快步走了進去。

離開接待區後，戴君儒立刻被四周忙碌的動靜給包圍——打字的鍵盤聲、講電話的低沉嗓音，還有踩在磁磚地上的急促腳步。

一股拘束的感覺立刻從四面八方襲來，小時候在這裡感受到的種種壓力、沮喪與失望，一幕幕在腦中浮現。

戴君儒用力搖了搖頭，將這股窒息的感覺推到腦後。

他今天不是爲了他自己而來的，而是爲了潘穎秀。

在父親的帶領下，戴君儒走進事務所後方的一間會議室裡。

「你不是應該在上班嗎，君儒？」戴爸爸皺眉，「你怎麼會現在來這裡？」

「我……我有一件事情需要你們幫忙。」

戴爸爸的眼睛微微瞇起，這視線讓戴君儒瞬間起了雞皮疙瘩。他抓住長桌邊的椅背，手指陷進柔軟的靠墊裡。

「我去找你媽過來。」

等待母親出現的這幾分鐘，甚至幾秒鐘的時間，對戴君儒來說，簡直比幾小時還難熬。

會議室的門再度被推開，戴君儒差點就從地上跳了起來。

戴媽媽站在門邊，臉上帶著淺淺的微笑。

「媽。」

「坐吧。我們坐下來說。」

戴君儒有點侷促地繞過椅背，在椅子邊緣坐下。

戴媽媽將一個玻璃杯放在戴君儒面前，裡頭裝著事務所常備的綠茶。

這讓戴君儒有種錯覺，爸媽對待他的態度，就像是把他當成一個客戶。

戴媽媽在他身邊的位子坐下，戴爸爸則在他的對面落座，就像是在和客戶會談，或是審問證人。

他對上父親的雙眼，而他只是微微點了一下頭，示意戴君儒開口。

「你爸說你有事要請我們幫忙，出了什麼事了？」戴媽媽先打開了話題。她的眉頭微微蹙起，語氣相較起戴爸爸親切多了。

戴君儒張開嘴，卻驚愕地發現，他準備好的所有講詞，現在只剩下一片空白。

「爸、媽……」

他的喉頭緊縮得幾乎沒有辦法發出聲音，他清了清喉嚨，又試了一次。

「拜託你們，幫我……幫我找一個人。」

戴爸爸的眼睛倏地瞇起，「找誰？」

「我的……室友。」

戴君儒差點被這句話嗆到，但他沒有辦法用別的詞彙稱呼潘穎秀。

聽見這句話，戴媽媽便打量起兒子的臉，柔聲問：「是穎秀嗎？你上次帶去聚餐的那個男生？」

從母親微微撐開的眼皮來判斷，戴君儒猜，她可能早已看出他的驚慌是從哪裡來的了。

戴君儒咬著嘴唇，點了點頭。

「你說要找他，爲什麼？」戴爸爸問。

「我……聯絡不上他。」戴君儒嚥了一口口水，「不管我打電話還是傳訊息，他都沒有回應。已經好幾個小時了——」

戴爸爸舉起一隻手，「兒子，冷靜一點。他可能只是跟朋友出去了，他已經是二十幾歲的成年人了。」

戴君儒感覺血液直往腦門湧去，他得用盡全身的力氣，才能阻止自己從沙發上跳起身。

「對，警察也是這樣跟我說的。」他咬著牙，「好像我是有分離焦慮的恐怖情人一樣。你們爲什麼都要把我當成白痴？我——」

戴爸爸一邊的眉毛挑起，眼神銳利地看著戴君儒。

他硬生生地停了下來，深吸一口氣。他在心中告訴自己，他不是回來吵架的，是要請爸媽幫忙。

「對不起。我只是……太緊張了。」

「我知道。」戴媽媽說：「但你得慢慢說，把前因後果說清楚，好嗎？這樣我們才知道能幫你什麼忙。」

戴君儒點點頭，「穎秀他……跟他的前男友約了見面。」

戴君儒的臉頰發燙，在父母面前替別人出櫃實在太尷尬了。儘管這是潘穎秀的主意。

他們在盤算最糟糕的可能性時，潘穎秀同意，讓戴君儒把一切照實告訴他爸媽。

「前男友？」戴爸爸重複了一次。

「對。他前男友偷過他的錢，還因爲欠錢跑路過。」

戴君儒對上父親的視線，如果他爲了潘穎秀的性向而爲難人，戴君儒絕對不會退縮。

但是他什麼都沒說，只是點了一下頭示意。

「也許他們找了個地方……敘舊。」戴媽媽說。

「不可能。」戴君儒斬釘截鐵地回答。

潘穎秀不可能和張浩祥舊情復燃的，那個爛人傷害過他，潘穎秀不是傻子，也不會作踐自己。他想相信潘穎秀。

戴君儒固執地搖搖頭，是對爸媽，也是對他自己。

「是他自己說的，如果幾個小時後我聯絡不上他，那他就是……就是……」戴君儒說不出口。

他不知道張浩祥會對潘穎秀做什麼，也不知道那些攝影師想要把潘穎秀怎麼樣。他腦中只有很糟的假設和更糟的假設，他寧可不要細想。

「就是？」戴媽媽追問。

戴君儒的下顎動了動，勉強把話說完：「他可能……就有危險。被人帶去他不想去的地方。」

「那我們能怎麼幫忙？」戴爸爸問：「他如果被人帶走，你知道他在哪裡嗎？」

戴君儒從口袋裡掏出手機，放在會議桌上。

「他有把定位分享給我，我知道他現在在哪裡。他已經在同一個地點待了將近一個小時了。」

戴君儒的頭皮一陣發麻，「可是我不可能自己跑去那裡。我不知道那裡有誰，也不知道……」也不知道如果眞的去了，會看見什麼。接下來的話，他不忍說出口。

戴君儒的爸媽沒有立刻回答，只是看著他一會，然後交換了眼神。

不久後，戴爸爸吐出了一口氣，伸手拿起戴君儒的手機。

「如果那裡是民宅，就算我們找了警察過去，警察能做的也有限。」

「沒有關係，怎樣都好。我只是……」

戴君儒的鼻腔一陣刺痛，他閉上眼睛，把臉埋進手掌裡。

「拜託你們，幫我找他，好不好？」戴君儒說：「我眞的很怕……」

淚水從手掌與臉頰的縫隙滑出，往下顎流去。

他沒有想要在他爸媽面前哭的，真的沒有。

但是那些恐怖的可能性，就像電影畫面般在他腦中播放，一幕幕都無比真實。

此刻，什麼自尊、什麼心結，他一點都不在乎，只希望有人能幫幫他，替他找回潘穎秀。

一隻手輕輕搭上戴君儒的膝蓋，捏了捏。

「穎秀對你來說真的很重要，對不對？」

戴君儒移開手掌，隔著淚水望向媽媽。他點頭如搗蒜，「很重要。真的很重要。」

他從來沒有這麼害怕失去一個人過，也從來沒有這麼希望一個人能永遠待在他身邊。

即便他認識潘穎秀只有短短幾個月，但是這段日子，是他二十幾年的人生中最快樂的時光。

他想保護他、想要看他的笑容，也想要守護他那顆太柔軟、太容易受傷的心。

如果以後的日子沒有了潘穎秀，戴君儒沒有辦法想像一個人繼續生活在那間公寓裡。

此刻，戴媽媽輕柔地拍撫著兒子的膝蓋，潘君儒能感覺到從她掌心傳來的溫暖。

有那麼幾秒鐘，會議室裡沒有別的聲音，只有戴君儒的啜泣聲。

戴爸爸「咳」了一聲，打破了會議室的寂靜。他把戴君儒的手機放回桌上，拿出自己的手機。

「我打個電話。」

戴君儒咬著口腔內側的皮肉，點了點頭。雙手的手指在大腿上緊緊交扣。

如果這個世界上眞的有神，拜託讓他們還來得及。

一定要來得及。

恍惚之間，潘穎秀覺得眼前的場景似曾相識。

但是他不確定是不是昏沉的大腦在作祟，硬是把他的記憶打散，又以詭異的慢動作回放。

潘穎秀試著活動四肢，但他沒有辦法移動身體，他的手腳好像不屬於他，就連撐開眼皮，都像是全世界最消耗體力的動作。

他的腦子裡籠罩著一片迷霧，思緒則像是破碎的拼圖，四散在各個角落。

但他的身體依然有感覺，他的胸口、下背和腰側，都傳來灼燒般的痛楚。似乎有什麼東西砸中他的臉和肚子，痛覺的傳導有點延遲，在他的皮肉上緩緩擴散。

好痛，爲什麼會這麼痛？他想喊，卻發不出聲音。

強烈的光線讓潘穎秀的眼睛刺痛，生理淚水從他的眼角滑出。

眼角餘光可以瞥見人影在移動，但他不確定那是眞的人，還是他迷茫的視線在搞鬼。

腦子裡的迷霧變得越來越濃，威脅著要帶走他的意識。

但是不行，他不能睡著，他逼著自己保持清醒。

待視線開始變得清晰，潘穎秀環顧起四周。爲什麼會在這裡？他不記得有答應任何人要來這個地方。

空氣緩緩地流進潘穎秀的鼻腔，進入緊繃的肺部。潘穎秀試著專注在身體所有具體的感覺上，至少有一個錨點，讓他的意識不至於陷入虛無之中。

他遲鈍的呼吸、他光裸的身軀接觸到粗糙表面所帶來的刺痛、四周物體碰撞的聲音、男人說話的低沉嗓音……

他的聽覺忽遠忽近，聽不清那些話的具體內容，就像是在水中聆聽。他只能聽見某些詞彙。

「要就趕快……」

「沒多久……」

「拿那個……」

這時，物體碰撞的聲響刺激著潘穎秀的耳膜，使他頭痛欲裂。

他閉上眼，試著在混亂的大腦中搜索出現在這裡的緣由。

他想起，今天和張浩祥約見面了。

只是，和他想像的不一樣，也和他們講好的不一樣。

「我們可以約在公共場所，地點你決定。就我們兩個。」

張浩祥當初是這樣說的。

但潘穎秀一時想不起，他最終選擇和張浩祥約在哪裡碰面。他隱約記得一間有著紅色招牌的店，也記得店門口的紅色地磚，還有當張浩祥出現時，身上穿的黑色連帽衫。

他記得張浩祥朝他走來，嘴角帶著淺淺的笑容。他也記得，當他看見張浩祥，內心有一股不知名又強烈的不協調感。

他記得張浩祥一手搭在他的肩膀上，手指的力道比打招呼應有的力道還強，掐得他有點疼痛。

他也還記得，張浩祥的大拇指緊緊按在他的鎖骨上，讓他忍不住想掙脫。

那股痛覺與其他的記憶連接在一起，和後續發生的其他事情互相牽扯，拉動他的腦神經，他頓時想起一切——

當時，張浩祥高大的身影遮住了潘穎秀的視線，所以他一開始沒有注意到在張浩祥身後的人、事、物。

直到他試著推開張浩祥的手，潘穎秀才注意到人行道旁停著的廂型車，以及站在張浩祥身後的人，是拍攝《空白》的攝影師，還有當時在場的其他工作人員。

他們看見潘穎秀時露出了微笑，但是潘穎秀一點都不覺得友善，也一點都沒有像是見到熟人的親切感，只覺得背脊發涼。

潘穎秀一見到那個攝影師，反胃的感覺便立刻湧起。

「這樣你們滿意了嗎？」張浩祥說。

潘穎秀愣了會，不確定他的意思。但是他不喜歡張浩祥說這句話的語氣。

這一刻，他也終於意識到，張浩祥並沒有要和他一起解決任何問題，只是挖了一個陷阱給他跳。

「穎秀，不好意思，要麻煩你跟我們走一趟了。」攝影師對他說。

他步步逼近，潘穎秀下意識地退後，「什麼意思？」

但是他沒有幾步可退，身後站了兩個人，擋住了他的去路。

「我們等一下可以慢慢解釋。」攝影師說：「我只能先告訴你，你親愛的男友惹了一點小麻煩。」

一群人上前抓住潘穎秀的肩膀和手臂，強硬地將他推向廂型車的後門。

潘穎秀嚇得想大叫卻發不出聲。他轉頭，看了一眼落在最後方的張浩祥。

「穎秀，對不起。」張浩祥垮著肩膀，「我眞的沒有其他辦法了。」

聞言，潘穎秀心想，爲什麼一點都不覺得意外呢？

潘穎秀被綁架了。

於是他又回到拍攝《空白》的那個攝影棚。只是這次，這裡的氛圍比上次到訪時更惡劣。

上一次，潘穎秀是自願和張浩祥的朋友合作的，但這次，他們沒有打算徵詢潘穎秀的意願。

攝影師臉上堆著笑容，「張浩祥出了一點小意外，所以需要請你拍個作品，替張浩祥補起他捅出的洞。」

「你們要我拍什麼？」潘穎秀眉頭緊皺。

「你上次那套照片賣得很好。」攝影師說：「所以我們在想，如果拍成影片，可能會更好賣吧？」

在那之後，潘穎秀的記憶變得模糊，他只記得他無法呼吸，也記得他試著往門邊逃跑。

但是許多隻手落在他的身上，他的視線變得更加搖晃、傾斜，然後是一股幾乎要奪走他意識的疼痛。

裸露在外的皮膚接觸到冷空氣，潘穎秀反射性地打了個寒顫。

他感覺有人緊緊掐著他的下巴，強制抬起他的頭，接著有冰冷的液體流進嘴裡，即使他的大腦抗拒著，但是喉嚨仍下意識地吞嚥。

不久後，潘穎秀就失去了行動的能力。

一道黑色的影子籠罩著視野，潘穎秀的注意力被拉回現實。

一個男人大手粗暴地將他的雙腿推開，好像那不是人的肢體，而是兩塊擋路的障礙物。

潘穎秀感覺到大腿內側的肌肉舒張開來，卻沒有辦法使力。

「不……」他張開嘴，聲音卻像是從很遠的地方傳來的。

一個如同黑洞般的鏡頭靠向他，對準他的臉，潘穎秀想要抬手遮住面孔，或是把頭轉開，但是他兩者都做不到。

「把他的臉轉過來。」拿著攝影機的人說：「下巴再抬高一點。」

潘穎秀不知道他現在看起來是什麼樣子，只能任人擺布。但是他猜，攝影師很滿意，他不停說著「很優秀」。

燈光強烈的光線照在皮膚上，讓潘穎秀有一種正在焚燒的錯覺。

男人指尖的繭刮過他的身體，帶來一股令他反胃的刺激感，但是他叫不出聲，嘴裡發出的聲音，就像是剛從夢裡醒來的人所發出的呻吟。

有人在遠處發號施令，叫那個男人碰觸潘穎秀的身體各處。

那雙手遊走在潘穎秀身上，一次又一次，配合著攝影師要求的角度。

潘穎秀試著掙扎、試著反抗，但一切都是徒勞，他的身體不屬於自己，而是屬於現場的其他人。

又一次，他成了別人可以任意擺弄的玩物。

這件事，好像是一段很遙遠又很熟悉的記憶。

潘穎秀有些自暴自棄的反問自己，他不就是這樣的人嗎？這個場面不是早就發生過了嗎？

然而，戴君儒的臉突然浮現在他的腦海裡，是整片迷霧裡，唯一一個清晰的影像。

他想，或許一個星期前、一個月前，他所感受的痛苦和噁心，還是生活的一部分，但現在不是了，他還有戴君儒，這段時間裡，他一直都有戴君儒。

有了可以依靠的人，有了戴君儒在身邊，潘穎秀才終於知道，原來生活還可以是別的樣子。

那雙違反潘穎秀意願的手來到他的胯間。

血液以令人作嘔的方式往下湧去，潘穎秀一陣暈眩，強烈的刺激再度逼出了他的眼淚。

鏡頭對準了他，就像是另一隻有形的手，在他的身上留下羞辱的痕跡。

潘穎秀咬牙讓自己保持清醒，他不想要被人看見他現在的樣子，他要想辦法離開這裡，不能讓這些人這麼輕易就得逞。

一陣銳利的敲擊聲從某處傳來，撕裂了這個包裹住潘穎秀的惡夢。

「誰？」有人問道。

幾秒鐘的停頓後，另一個聲音粗暴地喊了起來。

「幹。不要開門，他們不能——」

接下來的聲音就像一陣暴風，此起彼落，混亂不已。許多人的喊聲交織在一起，尖銳刺耳。

潘穎秀沒有辦法從劇烈的碰撞和悶響中辨識出認得的人聲，他只覺得冷，有不屬於這個空間的風灌了進來，拍打著他的肌膚。

「穎秀，潘穎秀！」

這喊聲好像一根繩索套住潘穎秀的身子，將他往上拉。

他慢慢抬起眼，戴君儒的臉就在他的眼前。

戴君儒的雙眼瞪得老大，表情像是見到鬼一樣，「穎秀，你聽得到我的聲音嗎？聽得到就回答我一聲。」

戴君儒的聲音很近，他說的字一個個敲打著潘穎秀的耳膜。

他努力地眨了眨眼睛，想要讓戴君儒知道他聽見了，但是他注意到，戴君儒的臉上，寫滿了無以名狀的恐懼。

「君……」

潘穎秀很努力地想要發聲，卻沒有力氣說出完整的話。

戴君儒倒抽一口氣，嘴裡咒罵了一聲，他脫下身上的外套，用柔軟的布料包裹住潘穎秀的身體。

潘穎秀感覺到一股溫暖包覆著他，是戴君儒強壯的手臂鑽過他的身下，將他往上抬起。

「有沒有人可以來幫我？」戴君儒回頭嘶聲大喊：「他沒有反應……」

戴君儒身上熟悉的味道讓潘穎秀感到無比安心，他終於撐過了，戴君儒出現了。潘穎秀的頭靠著戴君儒的胸口，頓時覺得好累。他吐出一口長氣，終於放開自己的掌握，讓盤據在他腦中的霧氣將他整個人捲走。

他的身體沉沉地下墜，直到進入一個安靜無聲的深淵裡。

第十二章

戴君儒牽著潘穎秀的手走進餐廳，烤鴨的香氣撲面而來，但是戴君儒一點都不覺得餓。

他的掌心一陣溼黏，有點擔心潘穎秀會抽開手。然而潘穎秀就像是完全沒有意識到似的，手指始終與他交扣在一起。

在櫃檯前，戴君儒有些焦慮地探頭往餐廳內張望。

負責接待的服務生注意到來人，向他們打招呼，「請問有訂位嗎？」

「呃，有。」戴君儒回答：「七點，姓戴。」

確認過姓名和電話之後，服務生帶領兩人走過鋪著地毯的走道，在一桌桌熱烈談笑的客人之間移動，來到後方安靜的包廂區。

服務生為他們打開其中一間的門，「那麼再請兩位稍等。等人到齊之後，會有人再來替你們點餐。」

服務生離開後，戴君儒便和潘穎秀在靠近門邊的位子上落座。

潘穎秀環顧了四周一圈，對戴君儒挑起眉，「包廂？」

他的嘴角帶著一抹微笑，「如果你沒說，我還以爲，你是跟人約好，要來這裡談判呢。」

戴君儒扮了個鬼臉，喃喃地說：「也差不多算是吧。」

考量到這頓飯局中需要耗費的精力，以及需要承受的壓力，請父母吃飯，對戴君儒來說，確實很像談判。

潘穎秀輕笑，一隻手落在戴君儒的大腿上。

溫暖的掌心彷彿能夠傳遞力量，戴君儒從剛才就一直亢奮不已的心臟，稍微平靜了一點。

「眞要說的話，這頓飯唯一的外人是我。」潘穎秀提醒道：「要緊張的人，應該是我才對。」

戴君儒瞪了他一眼，「今天這桌至少有一半是你出的錢，你緊張什麼？」

戴君儒不喜歡潘穎秀說自己是外人，也不喜歡潘穎秀堅持要和他平分晚餐錢。他甚至認爲，潘穎秀不需要跟著他出席這場飯局。

爲了救出潘穎秀，戴君儒厚著臉皮，像個小孩一樣跑回家求爸媽幫忙，還讓他們找了休假中的警官朋友協助。因此戴君儒決定請他爸媽吃飯當作謝禮。

要請戴君儒的爸媽吃飯是戴君儒的主意，然而潘穎秀堅持要一起來、一起分擔費用。

在這整個事件中，潘穎秀是純然的受害者，哪有讓受害者請客的道理？再說，當潘穎秀被找到的時候，他全身赤裸、癱軟無力，不是適合見人的模樣。

戴君儒無法想像，潘穎秀今天要用什麼心情面對他的爸媽，可是，他還是堅持要出席。

「他們是救命恩人。再怎麼樣，我都應該要親自和他們道謝。」

他實事求是的口吻，讓戴君儒心疼不已。

在這種時候，潘穎秀展現出來的優雅和平靜，都會讓戴君儒很驚訝。

潘穎秀比他成熟太多了，然而戴君儒還是希望能成爲潘穎秀的依靠，爲他分擔，不讓他一個人承受情緒的重擔。

不過，當談到的是戴君儒的家人，潘穎秀就會是戴君儒的依靠。

「說的也是。」戴君儒淡淡地說。

潘穎秀捏了捏他的大腿，吸引他的注意力，「而且我今天還有第一手的溫馨家庭劇可以看，賺爛了。」

戴君儒不禁笑了出來。他嘆了一口氣，把玩著桌上折疊整齊的餐巾。

包廂的門再度打開，清脆的聲響雖然不大，還是讓戴君儒從椅子上彈了起來。

他轉過頭去，服務生指引他的爸媽走進包廂。

潘穎秀立刻站起身，戴君儒試著跟上，大腿卻笨拙地撞上桌子的邊緣。

「爸、媽。」

兩人身穿正式的套裝，還拿著公事包，就像是要來開會。戴君儒下意識地嚥了一口口水。

「君儒。」戴媽媽微笑地說。

接著，她的視線轉向一旁的潘穎秀，「穎秀，這幾天還好嗎？」

「一切都很好。」潘穎秀說：「真的很謝謝你們。」

戴媽媽嘴張了張還想要說些什麼，但是戴爸爸伸手搭上她的背，要她先坐下。

戴君儒無聲地向一旁退開，讓爸媽走進裡面的座位。

接下來點餐的過程，讓戴君儒暗自慶幸不必和爸媽說到什麼話。不過，等到服務生帶著菜單離開包廂後，空間內短短幾秒的沉默，頓時讓他坐立難安。

戴君儒抬眼看向圓桌對面的爸媽，只見爸爸拿起茶碗喝了一口，而媽媽的視線落在他和潘穎秀的身上。

戴媽媽開口：「那些人還有再騷擾你們嗎？打電話或跑到你們的工作室去？」

戴君儒張開嘴，舌頭卻像是打結一樣，一時之間說不出話。

「都沒有了。」潘穎秀圓滑地接口，「他們應該暫時不敢了吧。」

戴爸爸發出一聲喉音，「他們至少會安分到調查結束。看起來他們已經囂張太久了。」語氣帶有笑意。

「如果我是最後一個，那也不錯。」潘穎秀回答。

戴君儒來回看著他們倆——潘穎秀在和他爸爸閒聊。他都不記得上一次和爸爸平心靜氣地說話是什麼時候了。

救出潘穎秀後，戴君儒陪著潘穎秀去做筆錄，那時他們才知道，張浩祥熟稔的那群攝影師朋友們經營著一間工作室，表面上拍攝大尺度寫眞，實際上會以各種方式，誘騙或強迫模特兒拍攝色情影片。潘穎秀不是唯一的受害者。

「今天趙警官沒有一起來，眞的很可惜。」潘穎秀繼續說：「我很想當面和他道謝。我那時候……沒有辦法跟他說話。」

媽媽搖了搖頭的反應，戴君儒可以理解，因爲他也寧可一輩子都不要回想起，在那間攝影棚裡，第一眼看到潘穎秀的畫面——四肢癱軟、眼神渙散，身上有著被人毆打的痕跡，就像一個被拋棄的櫥窗模特兒。

看到這一幕，他腦中閃過的第一個念頭是「他死了，潘穎秀死了」。

這個想法在胸口帶來的刺痛，幾乎讓他無法呼吸。

而現在，戴君儒突然感覺眼眶有點發燙，他很慶幸，如今潘穎秀還能坐在這裡，和他的父母聊天。

他用力眨眨眼，將湧上的情緒壓下。

戴爸爸擺了擺手，「他說他還要感謝你。如果不是因爲你，他們可能還要很久，才能有逮捕現行犯的機會。」

「那我會有榮譽勛章嗎？」潘穎秀問：「我看電影裡面，協助破案的市民也會有獎章。」

戴爸爸被這番話逗得笑了起來。

「其實，我們也要感謝你。」戴媽媽柔聲說。

這句話吸引了戴君儒的注意力，他轉向她。

「因爲你的關係，君儒才會願意來向我們求助。」

戴君儒突地想起自己在事務所的會議室裡，雙手摀著臉，在爸媽面前大哭的模樣，臉頰頓時變得灼熱。

「上次家庭聚餐的時候，你也在場。」戴爸爸對潘穎秀說：「你應該看得出來，君儒跟我們的關係……不算融洽。」

「爸。他是客人。」戴君儒忍不住插嘴，「你不要讓人家這麼尷尬。」

餐桌下，潘穎秀的手指悄悄爬上戴君儒的大腿，手也覆上他的手背。

「君儒是很倔強的孩子。」戴媽媽說：「所以他會來事務所找我們，我們就知道，一定出了很嚴重的事。」

戴君儒垂下視線。

「不好意思，麻煩到你們。」潘穎秀回答：「是我拜託他的。如果他聯絡不上我，可能……只有你們有辦法幫我。」

「我們很樂意。」戴媽媽說：「我們從來沒有看過君儒爲了誰這麼緊張，所以我知道，你對他來說是眞的很重要。」

潘穎秀的手輕輕捏了捏戴君儒的大腿。

「對。好了，現在這樣換我很尷尬了。」戴君儒的後頸發麻。

他抬起頭，看向媽媽的雙眼，發現她正對著自己微笑。

戴君儒突然意識到，媽媽比他印象中老了好多，臉頰似乎更瘦，法令紋也更加明顯。

上一次在事務所裡，他的大腦完全被巨大的危機感所占據，沒有機會好好看清楚爸媽的臉。

他再度把視線轉向爸爸，他發現，爸爸粗濃的眉毛之間，已經夾雜了幾根灰白的毛髮。

不知爲何，戴君儒想起小學時，媽媽參加他的學校日。全班只有他的媽媽身穿剪裁精緻的套裝、背著小巧的包，腳踩細跟高跟鞋，不像其他人的爸媽穿T恤和長褲，或輕便的洋裝。

他也記得更小的時候，爸爸牽著他的手，走在某條商業區的人行道上。他爸爸的腳步很大，他得多跑好幾步，才跟得上爸爸的一步。當時他迫不及待地想要長大，想要走得和爸爸一樣快。

大學畢業後，戴君儒仍迫不及待地想要長大，急著走向屬於自己的路，但是他完全忽略了父母正在變老。

他只有在出事時會想到向家人求救，然而，他爸媽立刻就幫了他，沒有第二句話。如果他繼續對爸媽大小聲，只會顯得他像是還沒長大的國中生。

戴君儒的喉頭有什麼東西梗著，他清了清喉嚨，脫口而出，「對不起。」話一出口，他就愣住了。

戴媽媽眨了眨眼，不確定自己聽到了什麼，而戴爸爸挑起了一邊的眉毛。

「對不起？」戴爸爸複述一次。

潘穎秀的手依然搭著戴君儒，沒有放開。

戴君儒的大腦似乎早有一套準備好的說詞。

「上次爺爺生日的時候，我做的事情……太幼稚了。」戴君儒說：「那天的主角是爺爺，不是我。」

戴爸爸點點頭，沒有說話，等他繼續說下去。

「只是在那裡，我真的不舒服。」戴君儒嚥下一口口水，「我知道我的成就不夠好，我也不像其他人那麼聰明。每一次聚餐，我都可以感覺到他們瞧不起我，就連你們也覺得我很丟臉。」

戴媽媽的眼睛微微瞪大，「我們沒有覺得你丟臉。」

「有啊。你們不是從來就不贊成我做的事嗎？」戴君儒說：「不管我做了什麼，你們要嘛不在乎、要嘛不認同，我不知道……你們還想要我怎樣。」

他爸媽交換了一個眼神，戴爸爸的嘴唇動了動，但是沒有說話，在座位上調整了坐姿，將左腿跨到右腿上。

戴媽媽搖搖頭，「我們沒有不在乎。」

「我在學校拿的獎，對你們來說不重要。我小時候跟別人打架，你們也不管。我蹺課被教官抓到，你們也不在乎。」戴君儒說：「感覺不管怎麼樣，你們在乎的，就只有工作。」

這些盤據在他心頭已久的話語，就像圍著一層堅硬的殼。他沒有想過有一天，這些殼會鬆動，他能把這些話說給爸媽聽。

或許因爲他已經對潘穎秀演練過這番話了，所以說出這些話，並沒有想像中的困難。

他以爲會感到尊嚴掃地，或是丟臉和羞恥，但是沒有，戴君儒感覺到的，是釋放。這些話早就該說了，好幾年前就該說了，可是他只知道對爸媽大吼大叫。

戴君儒回想過去在電話裡對媽媽說話的不耐口吻，他用那種態度對待他們，卻厚著臉皮尋求他們的幫助。

他想，他可能還是打從心底相信，無論成就是高是低，無論他是不是只賺入最低基本薪資，他的爸媽都是眞的愛他。

「我們是想要讓你有自由，可以做自己的選擇。」戴媽媽說。

「但是你們沒有讓我做自己的選擇啊。」戴君儒抬起眼，來回看著他們兩人，「我大學選科系的時候，你們不是很不滿意我去念外文嗎？你們只想要我念法律或是會計，因爲這樣我才不會輸給堂哥堂姊。」

看見媽媽臉上的困擾表情，戴君儒不禁開始思考，他說的話是不是讓他們太難回應了。

「我們是擔心你。」戴爸爸開口：「我們怕你走冤枉路，怕你過得太辛苦。」

這句話實在太過理所當然了，戴君儒覺得荒唐。他伸手覆著潘穎秀的手背，忍不住握緊。

「所以你們不接受我跟誰在一起，也是因爲怕我辛苦嗎？」

戴君儒說完這句話，整個包廂裡的聲音都消失了。

他用餘光瞥見潘穎秀的身體微微一顫，他猜想，潘穎秀或許也因爲這句話而感到尷尬。

戴君儒瑟縮了一下，有些懊惱提起這個。

這件事從沒有在他的備案當中，就算他打算和爸媽翻舊帳，這件事也不是其中一個選項。

但是他沒有辦法阻止自己，只能繼續說下去。

「我當時跟你們出櫃的時候……」戴君儒的聲音變得很低，「你們也不贊成。」

直到現在，戴君儒都還記得當時身體的感覺——腸胃緊縮成一團，冷汗直流，就像在準備高空彈跳前的未知感。

「你這樣說，對我們不公平。」戴爸爸平靜地說：「你沒有給我們吸收和接受的時間。你還記得我當初說了什麼嗎？我只說了一句話。」

當戴君儒鼓起勇氣告訴他爸媽，他喜歡的是同性時，他們的第一個反應是沉默。然後，他爸爸說了一句「有沒有可能是你誤會了」。

高中時期的戴君儒，在這個過度血氣方剛的年紀，任何一點點小事，都能產生足以造成天崩地裂的怒火。

他聽見他爸爸的回應時，他的怒火和受傷之感覆蓋了一切。

最後，他只記得一個結論：他爸媽並不接受他是同志，甚至想要用「誤會」來打發他好不容易鼓起的勇氣。

戴君儒輕輕點了點頭。

「你沒有給我們機會去思考和理解你。我們只是需要一點時間。」戴爸爸說：「但是在那之後，你就開始認定，我們不能接受你的性向。」

戴君儒幾乎不回想出櫃的過程，這段回憶，被他深深地埋藏在所有與父母相關的記憶最下層。

他有時會在心裡細數，和父母關係會變成這樣的理由，然而出櫃這件事，通常不會出現在他的清單裡。他不願觸碰。

現在想來，這才是一切的起點。

他這個人最重要的身分之一，他最需要得到家人接納的那一面，他卻只感受到拒絕。

在那之後，他就把面對父母的那扇門關上了。他們不接受他真實的樣子，所以他也拒兩人於千里之外。

「我們只是希望，能將這件事當成普通的日常。」戴媽媽傾身向前，「就像別的孩子喜歡女生或男生，也只是一件普通的事。我們覺得，只要不提，就代表我們不覺得那是什麼大不了的事。」

戴君儒的喉頭再度緊縮，「但是我以爲……我以爲你們不提，是因爲你們想要當作沒這回事。」他的聲音沙啞。

他的爸媽沒有馬上接口。

這句話懸在半空中，像是一個有形的物體，沒有人能忽視它的存在。

最後，戴爸爸輕輕吐出一口氣，「作爲父母，我們還有很多要學的。我們沒有做得很好。」

戴君儒有些驚訝地看著他。這是他這輩子聽過他爸爸說過的話中，最接近道歉的一句話。

他無懈可擊的爸爸，在法庭上銳利而強硬的爸爸，總是板著面孔教訓他的爸爸，現在卻在他面前，親口承認自己的不足。

這或許比任何道歉，都還更有分量。

戴君儒咬著嘴唇內側的皮肉，垂下視線。他偷偷瞥了潘穎秀一眼，意外地發現，潘穎秀也正看著他，還露出了淺淺的微笑。

「沒關係。」戴君儒哼笑一聲，「我作爲兒子，也沒有做得很好。」

就像是特意安排好的，一道清脆的敲門聲響傳來。

服務生推開了門，「不好意思，上菜喔。」

戴君儒趁著餐盤上桌的時候，用手指輕輕壓了壓眼角，將差點奪眶而出的淚水推回去。

這場家庭聚餐，比潘穎秀想像得更輕鬆愉快。

潘穎秀以爲，和戴君儒父母見面的過去兩次都是災難現場，第三次也會同樣尷尬。但是沒有，戴君儒自始至終都在他身邊，時時牽著他的手，而潘穎秀並沒有打算抽走。

這場飯局，戴君儒將內心話赤裸地展露出來，沒有戲劇化的吼叫，或許多人的眼淚，但是卻流動著情感和理解。

他和父母交換的眞心話，即使潘穎秀和戴君儒同住的這些日子裡，或多或少都聽過，他仍被那樣的戴君儒深深地吸引。

他毫不隱瞞脆弱，不管是在潘穎秀面前，或是在父母面前。潘穎秀也因此浮出一個念頭——想要陪在戴君儒身邊，想要聽他所說的一切。

而他的父母對潘穎秀所遭遇的一切困境，沒有做出任何批判。沒有說「一開始爲什麼要去拍全裸寫眞集」，也沒有說「這是你自找的」。

他們關心他，卻不是把他當作一個需要被同情的可憐人。這是潘穎秀喜歡的。

這場飯局從頭到尾，戴君儒的父母都沒有對兩人牽著的手表達任何意見，就像什麼都沒看到一樣。

但潘穎秀想，或許就如他們所說，他們只是想要表達，這只是平凡的日常，不需要特別示意。

離開前，戴君儒與爸媽沒有熱情的擁抱，也沒有約定好下一次回家的時間。他們都知道，這對彼此來說還是太多了。無論如何，這場飯局都已經是關係變化的開端。

和戴君儒的父母道別，兩人離開餐廳時，已經是晚上九點了。

戴君儒靜靜地騎車，帶著熱氣的風，吹過後座的潘穎秀的面孔。

他將雙手輕輕地環在戴君儒的腰際。一路上，兩人都沒有說話，但是就像之前一樣，在停紅燈時，戴君儒的手會覆蓋在潘穎秀的手上，大拇指輕輕摩擦他的手背。

儘管還沒有一件事有確定的結局，潘穎秀意外地發現，他已經很久、很久沒有感受到這種平靜了。

潘穎成現在在醫院裡，有專業的人照顧著他；他和張浩祥也終於做了了斷。潘穎秀好久沒有這種感覺了——沒有什麼事情需要擔心。

回到公寓，他們輪流洗了澡，過程中沒有說太多話。

當潘穎秀走出浴室，戴君儒身穿睡覺用的舊T恤和短褲，盤腿坐在沙發上。

他咬著右手大拇指，眼神落在客廳另一端的某處。瀏海長長了，落在睫毛上。

看著這樣的戴君儒，潘穎秀想要走過去，想要碰觸他。

但是他擔心此時對戴君儒做的任何事，都會不小心破壞他們之間這股溫柔、輕緩而纖細的平衡。

然而，如果想知道某個人的想法，總得有一個人開口。因此潘穎秀鼓起勇氣朝戴君儒走去，在他身邊的沙發上坐下。

「嗨。」戴君儒看了他一眼。

「嗨。」潘穎秀回答。

他們沉默地坐在那裡，只是呼吸。

直到最後，戴君儒的身體轉向潘穎秀，肩膀靠在沙發椅背上。

「你要先說，還是我先說？」

潘穎秀忍不住微笑，「你先請。」

戴君儒吐出一口氣，吹動落在眼前的瀏海。他把頭髮撥開，眼神直直地看進潘穎秀的眼睛。

「對不起。剛才吃飯的時候，你會很不舒服嗎？」

潘穎秀故作驚訝地眨了眨眼，「我？和爸媽上演和解大戲的人，可不是我耶。」

戴君儒「哈」地笑了一聲，翻了個白眼，「不知道。我一直在想，不要提你的那些事，是不是會比較好？」

「他們都看見了，你也看見了，什麼都不說，反而會讓所有人都更難受吧。」

當潘穎秀吊著點滴在醫院裡醒來，他注意到趴在身旁的戴君儒。

他一看見潘穎秀睜開眼，他的眼眶立刻就紅了。他無聲地啜泣，直到他爸媽要他讓潘穎秀好好休息。

那一刻，潘穎秀只想要抱緊戴君儒，感受手臂施加的力量，感受那股無可取代的真實感。

「我對他們只有感謝。真的。」他保證。

「我也是。」戴君儒回答：「如果不是他們，我不知道……」他打了個寒顫。

「現在沒事了。」潘穎秀輕聲說。

他的視線緩緩掃過戴君儒的面孔，細細觀察他五官的每一個細節。他笑了笑，有戴君儒在身邊真好，好好活著的感覺真好。

「你和你爸媽說的那些話，我覺得很厲害。」潘穎秀說。

「哦。」戴君儒瑟縮了一下，短暫地陷入沉默。

「老實說，我不知道要怎麼說。」他說：「我現在腦子裡有很多事情混在一起。剛才和我爸媽說的那些話，完全不在我的預料之中。」

「我知道。」

「我猜他們也很驚訝，我居然會主動和他們說這些。」戴君儒說：「感覺這件事情應該要更早發生，我當了他們二十幾年的兒子，卻從來沒有和他們說過真心話。」

他皺了皺鼻子，「聽起來很可憐吧。」

「嗯，你也不是唯一一個。」潘穎秀聳肩，「我一直沒告訴你吧？我去醫院看我弟的時候，我跟哥哥吵了一架。」

戴君儒明顯地一愣，「哦，很嚴重嗎？」

潘穎秀回想起潘穎杰在家屬等候區的椅子上，雙手環抱胸前，用凶悍的外表保護著內心的柔軟。

「那大概是我跟我哥這輩子最有意義的一次對話，我從來沒有這麼了解他過。」

戴君儒的眼神在他臉上遊走，點了點頭，「我覺得這樣很好。我們也可以這樣說話，和對方說實話。」

潘穎秀嚥了一口口水，「我剛好也有一樣的想法。」

「你要先說，還是我先說？」

潘穎秀猶豫了一會，「我。在我還沒有改變心意之前。」

戴君儒的嘴角一歪，對他伸手示意。

潘穎秀不確定要怎麼開口，這一切對他來說，都太陌生也太危險了。

但是如果不趁現在開口，或許永遠都不會再有機會，說出那些他一直沒說，甚至沒想到該說的話，那些他只敢藏在心裡的某個角落，覺得不配說出口的話。

「我喜歡你。」

潘穎秀說出口了。這四個字在他內心潛伏了許久，他甚至不確定是從什麼時候開始的。

戴君儒皺起眉，嘴角露出一個淺淺的微笑，「就這樣？你說完了？我還在期待聽到潘穎秀的小演講呢！」

「安靜，你這樣我說不下去。」潘穎秀不禁失笑，「不要破壞我好不容易做好的心理準備。」

「好啦，對不起。我閉嘴。」戴君儒在嘴邊做了一個拉上拉鍊的動作，「你繼續說。」

「我說，我喜歡你。」潘穎秀搖搖頭，「但是在發生過這些亂七八糟的事之後，我不知道該不該告訴你，也不知道你還會不會願意接受我。」

他想要把戴君儒趕走，這樣他就不會在戴君儒決定拋棄他時受傷。同時他意識到，他希望在他傷害戴君儒之前，能讓戴君儒離開。

他這輩子與所有人的關係，都是建立在傷害之上，他不知道要怎麼在一段關係裡不受傷害或不傷害人。

「我一直都不知道，要怎麼用正確的方式愛人。」潘穎秀說：「所以我不敢。如果最後我還是傷害了你，那要怎麼辦呢？」

戴君儒遲疑了一下，調整了坐姿，嘴一張一闔，像是有話想說，但他沒有出聲。

潘穎秀接著說：「我覺得，這就是愛神奇的地方吧！你願意爲了它冒險，就算最後的結局是傷痕累累，還是願意嘗試。」

過去，潘穎秀與人的關係，都是他一個人的冒險。

那些人看見了他的其中一面，就不願意看見他的其他層面，不想知道潘穎秀，除了沒有底線地付出，還有什麼值得認識的地方。

「我在想，我是不是已經把你的耐心用光了。」潘穎秀不知道，戴君儒在看過他的那些黑暗之處後，還願不願意繼續了解他。

「什麼意思？」

「你看過我的各種黑歷史。」潘穎秀輕聲說：「我叫你不要再對我好，因爲我不值得。可是我喜歡你，只是我不知道要怎麼喜歡你才對。」

「沒有人是一開始就會的。」戴君儒淺淺地一笑，「初戀不就是這樣嗎？」

潘穎秀忍不住笑了，他已經二十四歲了，甚至不是處男，但是現在的他還在初戀的階段。

「穎秀，我不會逼你。」戴君儒傾身向前，手試探地朝潘穎秀伸去，輕輕碰觸他的手指。

他接著說：「如果你需要更多時間，多久都沒關係。如果你想要和我退回朋友關係，我可以配合。如果你想搬走，我還可以幫你找房子。但是如果你願意……」

他握住潘穎秀的手，而潘穎秀沒有把手抽開，「我不介意陪你一起學怎麼戀愛。」

潘穎秀看著他們牽起的手，他咬著嘴唇內的皮肉。

他想，他眞的很想，只是他還是會害怕。

「我覺得很可怕。」他承認道：「我不知道我準備好了沒。」

戴君儒捏了捏他的手，點點頭，「我知道。沒有關係，你願意跟我說這些，我就很高興了。」

「謝謝你。」潘穎秀說。

他覺得這樣做才是正確的，但是他卻覺得嘴裡有種苦澀的味道。

戴君儒沒有再繼續說下去，潘穎秀也沒有，他們只是十指交扣，坐在沉默之中。

潘穎秀可以感覺到戴君儒眞正想說的話，然而直到最後，他都沒有多說一句。

他放開潘穎秀的手，然後在沙發上活動了一下肩膀。

「今天晚上眞心話的成分有點過高了，我覺得特別累。」戴君儒咧嘴一笑，「我要先去睡了。」

「好。」潘穎秀輕聲說。

「你也好好休息。」戴君儒說：「這兩天的資訊量有點太大了吧。」

潘穎秀對他微笑，看著戴君儒站起身，往房間走去。

房門阻斷了潘穎秀的視線，現在，客廳裡又只剩下他一個人了。

潘穎秀躺在枕頭上，將被子拉到鼻尖。

拍攝的休息時間，負責控制燈光的工作人員搬著燈架移動，潘穎秀坐在牆邊的椅子上等待。

現場人員來來去去，但潘穎秀的視線就像被磁石吸引般，越過他們，找到了正在和攝影師對話的戴君儒。

昨天晚上，他和戴君儒未完成的告白，依然在他的腦海中徘徊不去。

儘管今天一起前往攝影棚時，戴君儒什麼也沒說，彷彿那段對話從未發生過，但潘穎秀總覺得，戴君儒比平常更沉默了一點。

潘穎秀忍不住回想起戴君儒所說的那些話——戴君儒想要和他在一起。

潘穎秀想不透，戴君儒明明知道他不是一個容易愛的對象，爲什麼還想嘗試？爲什麼不論他反反覆覆多少次，對決定猶豫不決，戴君儒還是要一次又一次地表示？

潘穎秀很確定他喜歡戴君儒，是眞的喜歡。或許在潘君儒把相機借給他的那一刻，他就喜歡上了。

只是，他需要時間。

「穎秀？你睡著了嗎？」

潘穎秀愣了一秒，抬起頭，戴君儒不知何時來到他面前。

他低頭打量著潘穎秀，脖子上還掛著工作用的單眼相機。

「你什麼時候學會睜著眼睛睡覺了？」戴君儒歪嘴一笑。

「我還有很多你不知道的技能。」潘穎秀回答。

戴君儒伸出一隻手，捏了捏固定在他肩頭的一隻絨毛小白兔。潘穎秀跟著他的動作，輕撫小兔子圓滾的腦袋。

兩人的手指在兔子的額頭上相碰，一股酥麻的感覺爬上潘穎秀的手臂。

今天的工作是要幫一個公益團體拍攝平面廣告，布景充滿了活潑的氛圍，潘穎秀的造型也是以柔軟輕盈為主。肩膀上的兔子玩偶，是整個妝造中最大的亮點。

「攝影師說再過五分鐘就繼續。」戴君儒說：「你需要去上廁所嗎？」

「不用。」

潘穎秀的視線在戴君儒的臉上移動。

戴君儒的臉頰在他的注視下逐漸泛紅，雙眼轉向潘穎秀身後的某處

見狀，潘穎秀咬了咬嘴唇，兩人短暫地陷入沉默。

攝影師說還有五分鐘要開始拍攝，潘穎秀在想，或許不需要這麼久。

「其實，我有幾句話想要跟你說。可以嗎？」

又是幾秒鐘的沉默，最後，是一聲簡單的「好」。

「有一件事，我搞不懂。」潘穎秀說。

「什麼？」

「你說你喜歡我，是為什麼？」

戴君儒直瞪著他，「你一定要在工作時間講這個嗎，潘穎秀？」

「我是真的不懂。」潘穎秀說：「我跟你說過，我覺得我很爛，但是，你還是喜歡我。」

戴君儒悶聲低吼了一聲。他回頭張望了一下，確保沒有其他人在附近閒晃，再轉頭看向潘穎秀。

「因爲我覺得你很堅強。」他說：「你告訴我的那些事，發生在你身上的那些壞事……但是你還是願意這樣爲人付出。我只是希望不要總是你在照顧別人，我想要……成爲可以和你互相照顧的那個人。」

「就算我可能很孬也一樣嗎？」潘穎秀問：「就算我還是沒辦法每次都做出正確的決定，也一樣嗎？」

戴君儒嗤之以鼻，「你是電腦嗎？電腦都會出錯了，誰有辦法不犯錯？」

「就算我之前拍了全裸的攝影集，就算有陌生人隨便碰過我的身體……」潘穎秀咬了咬嘴唇，「這樣也沒關係嗎？」

「我是在知道這些事之後，才告訴你我喜歡你的。」戴君儒說：「這樣你還要懷疑什麼？」

「我不知道。」潘穎秀說：「我只是不敢相信，像你這麼好的人，會喜歡像我這樣的人。」

戴君儒或許不是傳統意義上的金童，但潘穎秀認爲，他的心，眞的是金子做的。

潘穎秀深怕會糟蹋這個寶物，又覺得推開這樣的寶物，也是一種糟蹋。

如果可以，他想要努力保護這顆心，這顆充滿熱情和勇氣的心。

「你是不是撞到頭了，潘穎秀？」戴君儒的口氣嚴肅，幾乎像是在生氣，「你到底想說什麼？」

潘穎秀的心臟怦怦撞擊著胸腔，就連坐在椅子上，也可以感覺到它的震動。他伸出手，將手指與戴君儒的交扣。

「你昨天的提議，還算數嗎？」潘穎秀低聲說。

「什麼？」

「你昨天說，你不介意陪我一起學怎麼戀愛……」潘穎秀開口：「這個交易取消了嗎？」

戴君儒的身子明顯地一顫。他皺起眉頭，眼神仔細搜索著潘穎秀的雙眼。

「你是認真的嗎？」他問。

「你有多認真，那我就有多認真。」潘穎秀說。

戴君儒沉默了一會，俯下身，將面孔湊近潘穎秀的臉。

他們的手指依然相扣，相機尷尬地卡在兩人之間。

「如果你想要的話。」戴君儒低聲說：「但是這不是個交易。」

「好。」潘穎秀說。

「如果你要跟我在一起，我們就要先說好。」戴君儒說：「如果你想知道什麼，你就問我，我什麼都會回答你。我不要你自己在那裡想，然後鑽牛角尖。」

「好。」

「好嗎？」戴君儒問。

他的另一隻手撫上潘穎秀的臉頰，一股酥麻的感覺，沿著潘穎秀的脊椎向下竄。

「好。」潘穎秀點頭。

戴君儒的嘴唇吻上他的，溫柔而輕緩，潘穎秀撐起身子，主動加深了這個吻，想要讓他相信，這一切是眞的。

遙遠的聲響從背景傳來，過了好幾秒鐘，潘穎秀才意識到，那是現場其他工作人員的歡呼和掌聲。

潘穎秀不禁微笑起來，微微向後退開。

戴君儒像是突然從某種魔咒中解脫似地，倒抽一口氣，臉頰紅得荒謬。

「要是這裡不是工作場合，你就完蛋了，潘穎秀。」戴君儒壓低聲音。

「沒關係。」潘穎秀柔聲回答：「今天晚上我可以讓你補回來。」

戴君儒的嘴角一歪。

「不好意思，打擾你們啦。」攝影師從他們後面走了過來，一邊扯開嗓門大聲說道：「但是你們越快開工，就可以越早回家，愛幹麼就幹麼。」

潘穎秀終於忍不住笑出聲來。

戴君儒的耳朵和脖子紅成一片。他狠狠瞪了潘穎秀一眼，向後退開一步、兩步，最後才像是不甘願似地放開潘穎秀的手。

「好。」戴君儒同樣大聲地回應：「來啦。」

潘穎秀從椅子上站起身，跟著戴君儒回到拍攝的布景前。

隨著攝影師的引導，潘穎秀坐上柔軟舒適的扶手椅，手肘撐著面前的桌面。桌上擺著許多公益團體手工縫製的動物布偶，潘穎秀拿起一隻白毛的小狗，在手中把玩。

不知道爲什麼，他覺得這隻小狗長得和戴君儒很像。

潘穎秀抬起眼，正好對上戴君儒的相機鏡頭。他朝戴君儒拋去一個瞇起眼的、發自內心的眞誠笑容。

他想，他們都會很喜歡今天這場拍攝的成品。

尾聲

六個月後。

戴君儒透過觀景窗，看著正在逐桌敬酒的行政助理，以及挽著他手臂的女人。

這場婚禮辦在一間餐酒館，人聲和杯盤碰撞的聲響交織在一起，再配上快節奏的流行音樂，整個會場就像一場大型派對。

他按下快門，捕捉行政助理與朋友談笑時的模樣。牆上的裝飾燈串成爲模糊的背景，暖色的燈光使行政助理和他的妻子，被一股溫柔的氛圍籠罩。

「君儒，過來！」行政助理轉過頭，對他招了招手。

「幹麼？」

戴君儒走上前，行政助理一手搭住他的肩膀，一邊用酒杯對戴君儒示意，一邊向朋友說：「我跟你介紹，這位是我們工作室的攝影師。」

「是攝影助理。」戴君儒糾正道。

「準備出師的攝影師。」行政助理繼續說：「你要找婚禮攝影的話，就是他了。戴君儒，拿你的作品集出來給他看。」

「啊？」戴君儒直瞪著他，「你喝醉了吧，大哥。」

「我是認眞的。」行政助理說：「今天新郎最大。快點。」

行政助理補充，這位朋友也在準備婚禮，預計辦在兩個月之後。

戴君儒翻了個白眼，從口袋裡掏出手機，打開相簿，轉向桌邊的賓客。對方吹了一聲口哨，然後拿出手機，和戴君儒交換了聯絡方式。

他把婚禮時間告訴戴君儒，輸入在通訊軟體的記事本中。

戴君儒一邊道謝，一邊回頭，看向在走道的另一邊，對他露出微笑的潘穎秀。

潘穎秀豎起兩手的大拇指，不久後，其中一隻手比出了現在流行的手指愛心。

戴君儒歪嘴一笑，再度舉起相機。

對戴君儒來說，這一切都還有點不可思議。

兩個月前的某天，行政助理在工作室裡宣布結婚消息，所有人都感到震驚不已，甚至沒有人知道他有女朋友。

這對預備夫妻很低調，連正式的婚宴都不想辦，只想找認識的熟人去餐酒館大吃一頓，所以也沒有大肆公開結婚消息，只有私底下通知親友。

「婚禮攝影找了沒？」攝影師問。

「還沒有耶。」行政助理回答。

攝影師瞥了眼戴君儒，「找戴君儒，如何？」

儘管行政助理有點爲難地表示，考慮到預算，沒有找婚攝的打算。不過結婚是好事一樁，戴君儒不介意替他拍照。

於是，戴君儒作爲婚禮攝影出現在現場，而潘穎秀則以攝助的身分在他身邊。

這陣子，潘穎秀也從戴君儒那裡學到很多拍照技巧。

他對拍照非常有天分和興趣，戴君儒巴不得把會的一切都教給他，不過就是希望潘穎秀不要抓他做模特兒。

潘穎秀自己接的拍攝案也逐漸多了，他正學著篩選案子。如果戴君儒有時間，他就會陪潘穎秀去拍攝現場。

在閃爍的光影之間，潘穎秀看起來很快樂，至少足夠快樂。

「穎秀。」戴君儒出聲。

潘穎秀瞪大眼睛回望他，戴君儒將相機轉向他，按下快門。

潘穎秀朝他走去，「如果婚攝集裡有我的照片，可能會有公器私用的嫌疑喔！」

「哪裡公器私用？」戴君儒回答：「這台相機是我的啊。」

潘穎秀輕笑起來。

爲了配合餐酒館和新婚夫妻訂下的服裝規定，兩人都穿了黑白色系的襯衫和長褲。

戴君儒的白襯衫上有著精緻的黑色細條紋，潘穎秀則身穿白色襯衫，配上一件有著黑色條紋的網紗背心。

潘穎秀放鬆的動人樣貌，別說一張照片，戴君儒還想拍更多張。

打從他們認識以來，現在，潘穎秀終於可以眞正地放鬆了。

關於張浩祥偷了他存款的事，在過了將近半年之後告一段落。

正式開庭的那天，潘穎秀沒有出席，是由戴君儒的媽媽代表出庭。刑事判決除了易科罰金，民事訴訟也判定張浩祥需要將侵占的金額匯還給潘穎秀。雖然不是一筆大數目，但這代表了潘穎秀爲自己踏出的第一步。

事情結束後，潘穎秀封鎖了張浩祥的號碼。他的眼眶泛紅，而戴君儒靜靜地坐在他身邊，一手緊抱他的肩膀。

至於綁架了潘穎秀的那個成人片攝影工作室，又是另一個故事了。

根據張浩祥的說法，他是受人威脅，才會誘騙潘穎秀出來見面。

張浩祥有沒有欠他們錢、欠了多少，戴君儒和潘穎秀不得而知，但是未來他們可能會需要潘穎秀以證人的身分出庭。

而張浩祥留下的案子，最後由戴君儒負責拍完了。儘管潘穎秀堅持要戴君儒收下尾款，但是戴君儒拒收的態度比他更堅持。後來他們達成共識，將那筆錢拿來當成公寓支出的公費，繳交水電瓦斯等費用。

一切算是塵埃落定，隨之而來的輕鬆感，是幾個月前的他們難以想像的。

「你想要再吃一個可頌嗎？」戴君儒指向桌子上的歐式麵包盤。

潘穎秀搖搖頭，「我已經吃很多了。再吃澱粉，我明天會水腫到沒辦法拍照。」

「就算你水腫，我還是喜歡你。」戴君儒對他眨了眨眼。

潘穎秀張開嘴，正要開口，口袋裡手機的震動打斷了他的話語。

潘穎秀拿出手機，看了一眼螢幕，嘴角的弧度以幾乎不可見的速度顫動。他迅速地將手機收回口袋裡。

「怎麼了？」

「我弟。」

「哦。」戴君儒頓了頓，「他又和你要錢了？」

潘穎秀深吸一口氣，緩緩吐出，「他大概覺得很奇怪，我怎麼都不理他了。」

「但你沒有不理他。」戴君儒反駁，「你只是不讓他予取予求。」

潘穎秀微微一笑，「畢竟，我以前是有求必應的二哥嘛。」

戴君儒沒有再多說，只是牽起潘穎秀的手，捏捏他的手掌。

也許事情無法盡善盡美，但是已經夠好了。這是他們兩人現在的座右銘。

潘穎成從死亡邊緣救回了一條命，只是需要長期洗腎，還需要進行低蛋白質飲食計畫。潘穎杰不相信潘穎秀能承擔起弟弟的生活習慣，所以打算親自盯著潘穎成。

由於潘穎成使用二級毒品的行爲屬於初犯，最後得到的判決是緩刑與戒癮治療。

潘穎成堅持他沒有上癮，但是潘穎杰懶得聽他說。他依然會偷偷聯絡潘穎秀，希望能從有求必應的二哥這裡，得到額外的零用錢。

不過，經過這次事件，潘穎秀堅決不再多給零用錢，也相信潘穎杰說的「會負責管理弟弟的生活起居」，不多過問。

想是這麼想，但潘穎成傳訊息來的時候，潘穎秀還是會像被人打了一拳一樣。

「會越來越好的」，戴君儒總這麼說，他也打從心底這麼希望。

「君儒！」

行政助理在餐酒館的另一端喊：「我再介紹另一個人給你，你帶穎秀一起來！」

戴君儒看向潘穎秀，偷偷翻了個白眼，「怎麼跟叫狗一樣。」

「你可以選擇不要去啊。」潘穎秀微笑。

「走吧。看看他又要把我們介紹給什麼人。」

戴君儒拉起潘穎秀的手腕，帶他往行政助理的方向走去。

「這位是我老婆之前在攝影器材行的同事。她現在在活動策畫公司工作。」行政助理對站在桌邊的一個女孩舉起酒杯，「她認識滿多人的，如果有展場拍攝的機會，搞不好她可以幫你牽個線。」

戴君儒拿出手機，和女孩交換了聯絡方式。

「穎秀是攝影助理兼模特兒。」行政助理對著女孩介紹。

他看向潘穎秀說：「如果你不介意參加實體活動，她可能也會有些機會喔！」

「你這樣介紹我，好像我很不專業耶。」潘穎秀笑了起來。

「不然要怎麼介紹？」行政助理說：「戴君儒的男友嗎？」

「不要隨便把人變成別人的附屬品。」他妻子打了他的手臂。

行政助理反駁，「我哪有。難道說妳是我老婆，也是把妳變成我的附屬品嗎？」

戴君儒見機舉起相機，拍下新婚夫妻鬥嘴時臉上的笑容。

「總之，我們戴君儒現在也在籌備自己的工作室了。」行政助理繼續對女孩說道：「如果之後有什麼案子可以讓他表現，記得通知他啊。」

女孩點點頭，對戴君儒敬了一杯。

然而這時的戴君儒尷尬得只想打行政助理一拳。

雖然一切都在規畫中，但是提起「準備創立工作室」這件事，還是會讓戴君儒感到十分難為情。

很多人都說，家庭背景也是實力的一環，但接受父母的資助，對戴君儒而言，依然是一件他不喜歡說出口的事。

在他的構想中，這間工作室，他和潘穎秀會一起經營。可是，在他真正做出一點實績之前，他都無法理直氣壯地說，他在經營攝影工作室。

「這筆錢我會還的。」

在他爸媽表示能出資幫助他創業時，他堅持地這麼說道。

他爸媽的回應不置可否，讓戴君儒懷疑，他們依然把他當成一個長不大、需要爸媽牽著手引導的孩子。

不過他想，這或許就是他需要學會的東西——一次處理一件事情就好，不要眼高手低，也不要太看得起自己。最重要的是，他不必向父母證明任何事。

這個心態對他來說實在太陌生，他還需要一點時間才能適應。

「說到這個，我突然想到，最近有一個品牌聯名的活動在找攝影。」女孩說：「如果你有興趣的話，我可以再把活動網頁傳給你看。」

戴君儒張開嘴，舌頭有點打結，「呃，當然。如果不會太麻煩妳的話。」

「只是這種活動的酬勞都不會太高啦。你評估一下，我們再來討論。」

潘穎秀的手搭上他的背，鼓勵似地拍了拍。戴君儒感覺到口袋裡的手機震動了下。

一切都會越來越好的。戴君儒告訴自己。

往下一桌前進時，行政助理喊了他們。

「穎秀，你來一下。這邊有人想認識你。」

戴君儒對潘穎秀吹了一聲口哨，「很熱門喔！我該擔心嗎？」

潘穎秀對他挑起眉，「你怕我又不小心拿錯別人點的紅茶嗎？」

戴君儒不禁笑出聲，這個小小的意外，只是幾個月前發生的事，感覺像上輩子。

「穎秀。」

潘穎秀往行政助理的方向走去，這時，戴君儒在他身後叫住了他。

那瞬間，戴君儒按下快門，將潘穎秀回望他、一臉困惑的模樣永遠保留下來。

（全文完）

番外 Sugar High

「乾杯。」

潘穎秀舉起手中的玻璃杯，和戴君儒的相碰之後，一飲而盡。

茶几上擺著滷味和鹹酥雞，還有地瓜球跟煎餃，不過現在，餐盤裡都只剩下零星的食物了。

戴君儒啜了一口手中的啤酒，然後打量著眼前的男人。只是幾杯啤酒而已，潘穎秀的臉頰已經微微泛紅。

注意到戴君儒的視線，潘穎秀露出淺淺的微笑，「怎麼了？我臉上有什麼東西嗎？」

「沒有，只是……」戴君儒猶豫了一下，「你真的不會不舒服嗎？」

「我？」潘穎秀歪了歪頭，「爲什麼這麼問？」

戴君儒沒有再繼續說下去。

今天這個日子，是潘穎秀主動提議要慶祝的，儘管戴君儒並不覺得這是什麼值得慶祝的節日。

這是潘穎秀住進戴君儒公寓的日子，至今已經過了一年了。桌上的食物，除了啤酒，也全都是那一天戴君儒買給他吃過的。

如果可以，戴君儒更傾向無視這個日子。

他覺得沒有必要提醒潘穎秀經歷過什麼，更沒有必要讓他回憶落得無家可歸的那一天，重拾餓著肚子、寄人籬下的心情。

但是潘穎秀不是那麼想的。

「沒有什麼好不舒服的。」潘穎秀柔聲說：「要我說，去年的這個日子，大概是我人生中最重要的一天。」

「也許是吧。」戴君儒勉強同意。

潘穎秀彎下身，叉起一塊豆乾，湊到戴君儒嘴邊。戴君儒咬下，咀嚼時，潘穎秀的眼神跟著他的嘴唇移動著。

「你不覺得時間很有趣嗎？才一年，什麼都不一樣了。」潘穎秀說。

「我覺得現在這樣很好。」戴君儒回答。

潘穎秀笑了起來，「我也覺得很好。」

看著潘穎秀臉頰上的紅暈，戴君儒突然想伸手碰觸他的皮膚，但他忍住了。

「老實說吧，穎秀，我不喜歡一直提起之前的事。」他喝了一口啤酒，「我不想一直想起，之前那個人是怎麼傷害你的。」

儘管潘穎秀的前任已經得到了法律制裁，但是他對潘穎秀所造成的傷害，還是會讓戴君儒很生氣、非常生氣，不會隨著時間消失。

每次只要看見潘穎秀陷入偶然的沉思，或者沒由來地紅了眼眶，戴君儒內心那個好鬥的自己又會蠢蠢欲動。

但是最近他懂了，要和潘穎秀在一起，他就得學會和潘穎秀的傷痛共存。

潘穎秀的唇角顫抖了一下，「但是，如果沒有他的話，我就不會認識你了呀。眞要說的話，我其實還得感謝他。」

雖然潘穎秀說得對，但是戴君儒還是很討厭潘穎秀用這種角度，看待那些傷害過他的人、事、物，將那些存在視爲理所當然。

戴君儒抿起嘴，側過身，對潘穎秀伸出手。

潘穎秀的指尖碰觸到他的皮膚，冰涼的觸感讓他愣了愣。他握住潘穎秀的手指，輕輕搓揉，「穎秀，你會冷嗎？」

「還好。」潘穎秀輕聲說：「只是啤酒喝得有點多了。」

「那就去刷個牙，早點上床吧。」

戴君儒邊說邊站起身，「我來收拾一下，等等就去找你。」

潘穎秀順從地從沙發站起身，走向浴室。

聽見水聲後，戴君儒才起身，整理著桌上剩下的食物。

戴君儒也盥洗完畢，關上客廳的燈，準備回到臥房。

他從門縫下方透出的微弱光線注意到裡頭的燈還亮著——潘穎秀一定還在等他。

這是潘穎秀的小習慣，他總覺得先睡著就是冒犯了戴君儒，所以再睏也會撐著，直到戴君儒躺上床。

戴君儒很想要矯正潘穎秀的行爲，想讓他知道，在他身邊不用擔心任何事。但是他不確定要怎麼做才好。

戴君儒推開房門，潘穎秀背對著他，裹著被子躺在靠近床沿的位置。戴君儒可以看見他柔軟的頭髮落在枕頭上，肩膀在被單下方微微起伏。

「穎秀，你睡著了嗎？」他輕聲問。

「還沒。」潘穎秀的聲音很軟、很輕，只有在喝完酒、帶著睡意的時候，才會有這種口氣。

戴君儒不禁哼笑出聲，往床邊走去，「久等了。」

就在他準備跨過潘穎秀的身子爬上床時，他注意到床腳邊落著一疊衣服，和戴君儒洗好後還沒掛起來的衣物放在一起。

他湧起一股說不上好，卻也不是不好的預感。

「穎秀。」他說。

「嗯？」

戴君儒爬到自己的位置。不知爲何，掀起棉被的動作本來應該很直覺，但此刻戴君儒卻有點猶豫。

他一咬牙，將棉被從潘穎秀身上拉起。潘穎秀光滑的肩胛暴露在眼前。此刻，他臉頰上因爲喝酒而泛起的紅暈，從他的脖頸一路蔓延到鎖骨。

戴君儒嚥了一口口水，阻止視線向下移動，「穎秀，你在幹麼？」

「今天是一週年。」潘穎秀微微一笑，「你不覺得，這是一個很好的時機嗎？」

聽到這番話，戴君儒感覺渾身的血液循環加了速。

儘管兩人同居了一年，除了在浴室的那次接觸，就沒有比接吻和擁抱更爲親密的行爲了。

戴君儒當然很想碰他，但是他知道，潘穎秀的身體經歷過太多不應該有的碰觸了。尤其是在被人綁架，再遭到下藥之後。

他不想要透過任何不正確的肢體動作，喚起潘穎秀記憶中的痛苦。

「我……」戴君儒緊盯著眼前的人，「你確定嗎？」

「我不是都躺在這裡等你了嗎？」潘穎秀說：「夠久了。再繼續下去，我會懷疑你其實對我沒有興趣。」

潘穎秀臉上的線條柔軟而精緻，在酒精的影響之下，他的眼皮變得有些沉重，看上去更加迷濛。

戴君儒可以感覺到慾望正快速累積，但是他的身體卻停在原位，動彈不得。

在這段時間裡，潘穎秀不只一次暗示或明示可以更進一步，但是戴君儒總會拒絕他的提議。

「我不想要你覺得你必須這麼做。你懂嗎？」

他不想要潘穎秀認爲，他得用身體換取戴君儒的陪伴。

他希望潘穎秀知道，他喜歡他，是因爲他就是他，而不是因爲他的身體能帶來的肉體愉悅。

潘穎秀的眼睛緩緩地眨了一下、兩下，然後撐起身子，「那如果我告訴你，這不是爲了你。」

他抬著眼，直盯著戴君儒，「這是爲了我自己。因爲我想要你，這樣可以嗎？」

戴君儒張開嘴，想試著說點什麼，但是喉頭卻緊縮得一句話也說不出來。

他清了清喉嚨，「可以。」

聞言，潘穎秀露出了笑容。

這一刻，戴君儒湧起一股想要落淚的衝動，也想把潘穎秀緊緊抱進懷裡。

戴君儒還沒有決定好下一步要做什麼、怎麼做，潘穎秀就朝他靠了過去，將他往枕頭上推倒。

那一刻，戴君儒只感覺得到潘穎秀的體溫。

然後，柔軟而豐滿的嘴唇貼上了他的，戴君儒的手指輕輕地撫上潘穎秀的臉頰。

細碎而綿密的吻一路來到戴君儒的嘴角，潘穎秀的手指拉扯著他身上的T恤。

「把這個脫掉。」潘穎秀低聲說：「我想要和你更靠近一點。」

一陣手忙腳亂，戴君儒的T恤也加入了地上的那疊衣物。

兩人的肌膚相貼，戴君儒彷彿感覺到一股電流從身上竄過。

他的手指輕輕滑過潘穎秀的肩膀，沿著他的背部線條，一路來到腰側。

潘穎秀比他想像的還要纖細，彷彿一不小心就會將他碰碎。

他可以感覺到潘穎秀的慾望，溫熱地抵著他的大腿。

這或許是他們最貼近彼此的時刻，比任何感官上的挑逗，都更讓戴君儒的身體發熱。

他的手探進兩人的身體之間，輕輕覆上潘穎秀的器官，他的身子顫抖了一下，發出低吟。那聲音掀起戴君儒的一陣酥麻。

潘穎秀撐起身子，看著戴君儒的臉。

他眼神迷茫，嘴角帶著淺淺的笑意，「你知道我等這一刻等多久了嗎？」

「我知道。」戴君儒輕聲說：「我也是。」

如果潘穎秀真的想要這麼做，戴君儒還有什麼不能給他的？

伴隨著炙熱的吻，戴君儒決定放下一直以來的顧慮。

他的手和嘴唇在潘穎秀身上遊走，感受著每一寸肌膚的觸感。而潘穎秀的每一聲呻吟和喘息，都像在鼓勵他繼續。

當戴君儒的手指來到潘穎秀的股間時，他停了下來。

「可以嗎？」他最後一次確認。

潘穎秀只是將骨盆向下壓，讓他勃起的器官與戴君儒的緊緊相貼。

這股壓力帶來的刺激，令戴君儒低哼一聲。渾身的細胞都在催促著他，但是戴君儒得確保每一個動作都緩慢而溫柔。

潘穎秀的身體配合著碰觸而反應，當戴君儒將潤滑過的手指探進他的體內時，潘穎秀的身體不自覺地向上弓起。

「君儒。」他喘著氣，垂下眼看著他。

「不要急。」戴君儒低聲說道：「我怕弄痛你。」

光是擴張的過程，就讓戴君儒心癢難耐。

他不知道潘穎秀的反應有多少是眞實的，又有多少是爲了滿足戴君儒的自尊心，他只能盡可能地觀察潘穎秀，注意每一個細微的變化。

然而，當他眞正將器官挺入潘穎秀的體內時，他泛紅的眼眶絕對是眞實的。

潘穎秀的頭髮垂落在臉頰兩側，嘴唇微啟，發出像是嗚咽般的呻吟聲。

戴君儒扶著他的腰，讓自己緩緩深入，緊緊包覆他的肌肉，讓戴君儒幾乎要喪失理智。

他咬著牙，抬眼看向跨騎在他身上的潘穎秀。

他感覺到潘穎秀的手指陷進他的肩膀。

潘穎秀的雙眼半闔，看著他，「不要停。」他用幾乎是氣音的音量說。

所以戴君儒就這麼做了。

潘穎秀在他身上忘我的模樣，會是戴君儒這輩子最難忘的畫面。

高潮來得比戴君儒以爲的更快，他覺得有點可惜。

當他從短暫的空白中恢復過來時，潘穎秀的身體癱軟在他的懷裡，皮膚上沁出一層薄汗。

戴君儒輕輕吻著潘穎秀的頭髮，將他抱得更緊。

「我知道這樣說很沒有說服力。」他閉著眼睛，嘴角微微上揚，「但是我眞的、眞的很喜歡你，穎秀。」

語畢，他感覺到潘穎秀笑起時的身體起伏。

「噓，你破壞氣氛了。」潘穎秀回答，一邊在戴君儒的鎖骨印下一個慵懶的吻。

戴君儒也笑了起來。

即使潘穎秀希望他們能維持在這個姿勢，但是這當然不可能。在戴君儒的堅持之下，潘穎秀被他半抱半拉地帶去浴室。

回到床上時，潘穎秀的眼睛幾乎已經睜不開。

戴君儒關上燈，爬回屬於他的床位。

這時，身旁傳來潘穎秀深沉的呼吸聲，讓他以爲他已經睡著了。

然而，潘穎秀的手指悄悄爬上他的肩膀，嚇了他一跳。

「我覺得我已經表現得很明顯了。」潘穎秀說：「我也很喜歡你。」

胸口漲得滿滿的，戴君儒側過身，輕輕抱住潘穎秀。

他懷裡的這個人，身上承擔過太多傷害和太多痛苦，他突然覺得，絕口不提那些傷害，反而像是在抹煞潘穎秀這個人的存在。

無論是好、是壞，是一切的組合，才成就了現在的潘穎秀，而這才是戴君儒唯一在乎的。

他再度吻了吻潘穎秀的額頭，「睡覺吧。」

然後在閉上眼睛之前，他又補上一句，「一週年快樂。」

後記
致一起走到現在的我們

給看到這裡的大家：

首先，非常感謝讀到這篇後記的你，我們一起走了一段很長的距離呢！能和你相遇眞是太好了。

這個故事，我想寫的，大概是一個總是覺得自己不配、不值得被愛的人，逐漸學會接受自己的存在，也接受被人愛的過程。

有時候，要接受自己的價值眞的太難了，因爲生活中總是有很多聲音、很多人在告訴我們，我們不夠好，所以不會有人愛我們。

也許有天會遇到個對象，也許是朋友或是友善的老師，幫助我們找回存在的意義。而在這個故事裡，穎秀遇到了君儒，不只是君儒拯救了他，他也反過來給予君儒需要的支持。

我也想要透過這個故事，紀念一個已經解散的韓國偶像團體。

這個團體不紅，也沒有什麼特別厲害的代表作，沒有激起什麼水花。他們就只是在一間小小的公司，載浮載沉了幾年，最後無聲無息地解散了。

但是他們的音樂和成員，給了我很多靈感。這本書裡面許多角色穿的服裝，都是取材自成員們在活動時所穿的服裝XD。

現在他們都已經找到接下來的人生道路，而我想要藉由這個故事，保留我對他們的感謝。如果沒有他們，也就沒有這個故事的靈感。

所以，謝謝。願未來的日子越走越光明。

最後，再一次謝謝讀到這裡的你。雖然在寫作的時候話很多（可能有點廢話太多了），但是寫到後記時，就開始詞窮了……

在創作的過程中，某部分的我，被這個故事治癒了。如果能帶給你同樣的效果，就算只有一點點，那就太好了。

非逆　二〇二四年七月二十八日

國家圖書館出版品預行編目資料

戀愛的2000分之1秒／非逆著. -- 初版. -- 臺北市：
POPO原創出版，城邦原創股份有限公司出版：英屬蓋曼群島商家庭傳媒股份有限公司城邦分公司發行, 2024.09
面； 公分. --
ISBN 978-626-7455-58-6（平裝）

863.57 113013501

戀愛的2000分之1秒

作　　者／非逆
責任編輯／黃韻璇　行銷業務／林政杰　版　權／李婷雯
內容運營組長／李曉芳
副總經理／陳靜芬
總　經　理／黃淑貞
發　行　人／何飛鵬
法律顧問／元禾法律事務所　王子文律師
出　　版／POPO原創出版
城邦原創股份有限公司
台北市南港區昆陽街 16 號 4 樓
電話：(02) 2509-5506　傳眞：(02) 2500-1933
email：service@popo.tw
發　　行／英屬蓋曼群島商家庭傳媒股份有限公司城邦分公司
聯絡地址：台北市南港區昆陽街 16 號 8 樓
書虫客服服務專線：(02) 25007718・(02) 25007719
24小時傳眞服務：(02) 25001990・(02) 25001991
服務時間：週一至週五09:30-12:00・13:30-17:00
郵撥帳號：19863813　戶名：書虫股份有限公司
讀者服務信箱 email：service@readingclub.com.tw
城邦讀書花園網址：www.cite.com.tw
香港發行所／城邦（香港）出版集團有限公司
地址：香港九龍土瓜灣土瓜灣道86號順聯工業大廈6樓A室
email：hkcite@biznetvigator.com
電話：(852) 25086231　傳眞：(852) 25789337
馬新發行所／城邦（馬新）出版集團 Cité(M)Sdn. Bhd.
41, Jalan Radin Anum, Bandar Baru Sri Petaling,
57000 Kuala Lumpur, Malaysia.
電話：(603) 90563833　傳眞：(603) 90576622
email：services@cite.my
封面插畫／大烯豆干
封面設計／也津
電腦排版／游淑萍
印　　刷／漾格科技股份有限公司
經　銷　商／聯合發行股份有限公司
電話：(02)2917-8022　傳眞：(02)2911-0053

■ 2024 年9月初版
Printed in Taiwan

城邦讀書花園
www.cite.com.tw

定價／380元

ISBN 978-626-7455-58-6